PUNKTUM

1. Auflage 2015

www.punktum-buecher.de

Lektorat Jana Sondermann

Autorenfoto Sven-Eric Stender

Art Direktion Gabriela Schnauder

Satz Wilko Gaedeke

Druck Von Stern'sche Druckerei, Lüneburg

ISBN 978-3-981-71315-2

PROLOG

Der Sommertag, an den ich mich als an den Sommertag meiner Jugend erinnere, war kein besonderer Tag. Es war lange hell und wir haben Frisbee gespielt. Es war heiß, bestimmt haben wir geschwitzt und vielleicht waren wir durstig. Ina, Jörg und ich saßen auf einem Holzbalken neben einer Wiese und redeten noch ein wenig, bevor wir zurück ins Zeltlager gingen, weil es langsam dunkel wurde. Ich weiß noch nicht mal, worüber wir sprachen. Und obwohl nichts Besonderes passiert ist, erinnere ich mich immer an diesen einen Tag, wenn ich an einen Sommertag in meiner Jugend denke. Manchmal werden Dinge wichtig, von denen man nie gedacht hätte, dass sie einmal wichtig sein werden.

1. INA, INA

August 1999, Oslo – Alta

Aufgeregt bin ich eigentlich erst auf dem letzten Teil der Reise. In Oslo bin ich in eine kleine Propellermaschine umgestiegen, die irgendwo über der Hurtigrute nach Alta fliegt. Unter mir liegt die wild-romantische Küste, mit tiefen Einschnitten. Sie sieht rau und zerklüftet aus. Wenn wir Landstriche streifen, entdecke ich hin und wieder kleine Siedlungen zwischen graugrünen Felsen und der weißen Gischt der Brandung. Aber die meiste Zeit, während wir das dunkle Polarmeer überfliegen, spiegele ich mich selbst im Kabinenfenster.

Bis hierher habe ich nicht weiter nachgedacht. Meine Reise – sie Urlaub zu nennen wäre falsch – ist ein Akt der Leidenschaft.

Und mein Motiv? Lässt sich in einem Satz erklären: Ich werde mir Ina zurückholen.

Ich bin 31, und ob ich renne, schwimme, trinke oder arbeite, ich kann in jedem Tropfen Wasser, jedem Blatt, jedem Stück Gras, das mir begegnet, eine Verbindung zu ihr finden. Ähnlich wie bei der Theorie der losen Netzwerke, die besagt, dass man jeden Reisbauern in China aufspüren kann, wenn man zum Beispiel einen Brief für ihn hat und dieser persönlich überreicht werden soll. Man würde einem Bekannten den Brief geben und der gibt ihn einem seiner Bekannten, den er in China kennt, und der kennt einen, der in dem Dorf von dem Reisbauern einen kennt, und so weiter. Bis der Brief bei seinem Empfänger landet.

Laut dieser Theorie kann man jeden auf der Welt in nur fünf oder sechs Schritten erreichen. Ich behaupte, wenn ich eine Verbindung zwischen Ina und einem Stück Holz oder einer Satellitenschüssel oder was auch immer herstellen sollte, dann bräuchte ich nicht mehr als einen Schritt.

Es gibt Dinge, die müssten erst gar keinen anderen Namen haben. Man könnte sie einfach Ina nennen, weil ich bei ihrem Anblick sowieso sofort an sie denke.

Mit Schlüsseln ist es am schlimmsten, weil ich nach unserer Trennung meinen Schlüssel nicht zurückhaben wollte. Ich habe ihr gesagt, er sei ein Symbol dafür, dass sie jederzeit zurückkommen kann. Ich will nicht wankelmütig erscheinen, aber manchmal denke ich, es wäre besser gewesen, ihn zu behalten, weil ich seitdem keinen Schlüssel in die Hand nehmen kann, ohne an sie zu denken.

Ansonsten verlief unsere Trennung ganz anständig. Wir haben bis heute nicht aufgehört, miteinander zu telefonieren oder uns zu treffen. Am Anfang habe ich ihr unaufgefordert Sachen vorbeigebracht, die sie vergessen hatte, wie zum Beispiel den Spargelschäler aus Metall, die kleine blaue Luftpumpe oder die zwei Likörgläser ihrer Großmutter – einzeln. Nur ihr Kopftuch aus Indien habe ich behalten, obwohl es eindeutig ihr zusteht und ein ausgezeichneter Grund gewesen wäre, sie zu sehen. Aber all das hätte sowieso nichts mehr gebracht.

Stattdessen bekam ich in dieser Zeit viele tröstende Worte. Mein Freund Norbert sagte mir damals, ich solle froh sein, dass ich enttäuscht worden bin, denn damit sei ich im wahrsten Sinne „ent-täuscht" worden.

Meine Eltern sagten, all das sei sicherlich für irgendetwas gut, ich müsse nur noch herausfinden für was. Und ich solle die Ruhe bewahren, weil sich diese Erkenntnis eventuell erst viel später einstellt.

Also bekam Ina kommentarlos die Vasen aus der Auvergne und ich behielt die orangene Papierlampe, die Norbert uns zum Einzug geschenkt hatte. Ihren Anteil an dem japanischen Schlafzimmerschrank, den wir gemeinsam gekauft hatten, habe ich ihr ausgezahlt. Obwohl ich ihn selbst gerne losgeworden wäre. Sie konnte ihn aber weder bezahlen noch mitnehmen, und ich wollte damals nicht diskutieren, nicht darüber.

Alles wurde fair geteilt, sie bekam ihre Sachen inklusive der Geschenke, und ich meine. Sie zog aus und ich behielt die Wohnung. Sie bekam ihre Freiheit und ich die Erinnerungen.

2. HEIMWEH UND HYPNOSE

Juni 1979, Kaiserbach, 10 Tage

Ich war zwölf, als ich Ina zum ersten Mal begegnete. Wir haben viel miteinander gesprochen, aber sie hat nie wirklich geantwortet. Es waren verträumte Dialoge, die ich mit ihr in Gedanken führte, während ich fast täglich alleine den staubigen Weg nach Kaiserbach gelaufen bin, um zu Hause anzurufen.

Ich machte mit der evangelischen Jugendgruppe aus unserer Stadt die erste Reise ohne meine Eltern in ein Zeltlager bei Stuttgart. Die zehn Tage konnte ich nur überstehen, weil es zwei Dinge gab: Ein Telefon, das mit grünem Stoff bezogen war und im Flur einer Gaststätte in Kaiserbach stand. Und Ina, mit der ich regelmäßig auf dem drei Kilometer langen Hin- und Rückweg fiktive Gespräche führte.

Ina gab es wirklich und sie war auch in diesem Zeltlager. Aber sie schien unerreichbar für mich zu sein. Sie war ein Jahr jünger, hatte blonde, lange Haare, blaugraue Augen, war größer als die meisten Mädchen in ihrem Alter und wirkte selbstbewusst. Mit den Röhrenjeans und ihren weiten Sweatshirts sah sie aus, als hätte sie ihre Kleider zufällig gefunden und würde sie morgens aus Langeweile anziehen.

Wenn man sie genau beobachtete, was ich tat, dann bemerkte man, dass sie eigentlich auch ein Außenseiter war, genau wie ich. Die anderen Kinder beachteten sie nicht und Ina selbst war kaum witzig. Sie war fröhlich und freundlich, aber nicht witzig. Dennoch kam sie besser mit den anderen klar als ich. Zumindest ließ sich ein dünnes, großes blondes Mädchen anscheinend einfacher integrieren als ein schlaksiger, dunkelhaariger Junge, der selten ein Wort sagte und sich vor Heimweh verzehrte.

Zu jeder Tageszeit saß sie zwischen den anderen Mädchen wie ein Leuchtturm. Und damit meine ich nicht etwa ihre Größe und die auffällig blonden Haare, sondern ihr sorgloses Wesen. Sie lachte nahezu immer und war mit allen möglichen Dingen beschäftigt, Zöpfe flechten, Blumen sammeln, Saft trinken. Egal was sie tat, ich fand, es war ein Ereignis.

Im Bus auf der Hinfahrt saß ich vor ihr – unsere allererste Begegnung. Als ich einen Teil meines Gepäcks über ihrem Sitz verstaute, lächelte sie mich an. Während ich mich setzte, hatte ich nicht das Gefühl, dass sich unsere Welten je wieder überschneiden würden. Ich drehte mich nach vorne um und sah vor meinem geistigen Auge, wie sie auf ihrem Sitz in einem langen Tunnel in irrer Geschwindigkeit wegflog, immer kleiner wurde, bis sie ein winziger Punkt in der Dunkelheit war und schließlich darin verschwand. Ein faszinierendes, nahezu hypnotisches Erlebnis, wenn es nicht so traurig gewesen wäre.

Lediglich zu den Essenszeiten begegnete ich Ina regelmäßig und wurde so daran erinnert, dass es sie tatsächlich gab. Ich kann nicht sagen, wie es dazu kam, dass ich mich ausgerechnet mit ihr unterhielt, wenn ich alleine war. Die blonden Härchen an ihren Unterarmen waren damals für mich so weit weg wie die Mondoberfläche.

Vielleicht lag es daran, dass sie beim ersten Gemeinschaftstreffen so nett war, mir ein Handtuch rüberzuwerfen, als ich Kakao verschüttet hatte. Oder es lag daran, dass sie so himmlisch schön war oder so viel gute Laune versprühte. Oder es lag daran, dass sie blond war.

Sich in Gedanken zu unterhalten, war für mich in dieser Zeit nichts Besonderes. Ich hatte davor schon eine längere Gesprächsbeziehung zu dem blondgelockten Kinderstar Anita Hegerland, die gemeinsam mit Roy Black den Hit sang „Schön ist es auf der Welt zu sein". Mit ihr hatte ich bis dahin schon viele Einzelkind-Abenteuer erlebt. In meiner Fantasie rettete ich sie vor gefährlichen Piraten auf einsamen Inseln – meinem Bett. Und brachte sie heldenhaft in Sicherheit – den Teppich in unserem Flur. Anita wurde in diesen Ferien von Ina abgelöst.

Die Telefonate mit meinen Eltern verliefen damals fast alle gleich. Mein Vater oder meine Mutter nahmen ab, „Stürmer."

„Hallo, ich bin's. Frank."

„Wir dachten uns schon, dass du es bist", sagte in dem Fall mein Vater.

„Wieso?“

„Ist doch deine Zeit“, antwortete er warmherzig.

Meistens schaffte ich zwei bis drei Sätze, bevor ich anfing, ins Telefon zu schluchzen.

„Es ist nicht schön hier. Die sind alle schrecklich.“

„Wirst du nicht gut behandelt?“, fragte mein Vater erschrocken.

„Doch, aber in den Zelten stinkt es“, jammerte ich weiter.

„Na ja, nur weil es nicht gut riecht, können wir dich nicht abholen.“

Das war einer der Augenblicke, auf die ich in diesen Telefonaten gewartet hatte. Ans Abholen hatte ich überhaupt noch nicht gedacht. Ich dachte, ich müsse das alles einfach durchstehen, auf Durchzug schalten und die Tage an mir vorüberziehen lassen. Sozusagen in eine Art Jugendfreizeit-Winterschlaf verfallen. Die Möglichkeit, abgeholt zu werden, hatte ich noch nicht in Erwägung gezogen. So kühn zu sein, traute ich mich nicht. In meiner Fantasie hatte ich mir eher ein Bein gebrochen und musste daraufhin nach Hause gebracht werden. Oder ich war einfach in den Zug gestiegen und abgehauen. Einmal hatte ich mir sogar vorgestellt, ganz dazubleiben, um meine Eltern zu bestrafen, weil sie mir schließlich das Ganze eingebrockt hatten. Aber das hatte ich schnell wieder verworfen, es musste bessere Wege geben. Abholen schien so ein Weg zu sein.

„Abholen? Ihr wollt mich abholen?“

Ich hörte auf zu weinen und wischte mir die Tränen ab.

„Nein Frank, wir wollen dich nicht abholen. Ich habe nur gesagt, dass wir dich nicht abholen können, nur weil es in den Zelten stinkt.“

„Da, da ist noch mehr. Ich muss Holz sammeln und Geschirr spülen und …" – mir gingen die Argumente aus. Seelische Grausamkeit ließ sich auch damals nur schwer beweisen.

„Es ist einfach alles schlimm hier."

„Frank, die Hälfte ist doch schon fast um."

Was dachte sich mein Vater eigentlich? Natürlich wusste ich, dass die Hälfte um war.

Auf dem langen Weg zum Telefon hatte ich Ina erklärt, dass wir schon fünf Tage geschafft hatten. Die Hälfte war um. Ab übermorgen konnte ich sagen, dass ich überübermorgen wieder daheim sein würde. Und ab morgen konnte ich am Tag darauf sagen, dass ich übermorgen nach Hause kommen würde. Übermorgen war eigentlich ein gutes Ziel.

„Das weiß ich", sagte ich traurig zu ihm. In dieser Hinsicht ließ ich mir nichts vormachen.

„Du musst doch auch mal andere Kinder kennenlernen. Daheim legst du dich jeden Mittag nach der Schule ins Bett."

„Aber dann mache ich meine Hausaufgaben."

„Ja, du machst deine Hausaufgaben. Darum geht es uns doch nicht."

Uns. Ich hatte also zwei gegen mich.

„Wir wollen doch nur, dass du ein bisschen mehr Zeit mit anderen Kindern verbringst. Und da denken wir, ist es ganz gut, wenn du auch mal alleine klarkommen musst."

„Alles klar. Das hab ich verstanden. Ich komme fünf Tage alleine klar. Das ist schon mal ganz gut für den Anfang. Und jetzt könnt ihr mich abholen."

Ich glaube, meine Mutter weinte im Hintergrund. Diese Telefonate machten das alles nicht besser.

Dazwischen, sozusagen als Refrain, muss man sich einfach die schlimmsten Jugendfreizeitgeschichten und Zeltlagerabenteuer vorstellen, um die richtige Grundeinstellung zu meiner damaligen Situation zu bekommen. Und dabei muss man wirklich alle positiven Aspekte auslassen, vielleicht nimmt man sogar eher noch ein paar schlechte aus Filmen und Büchern dazu. So etwas wie Duschvorhänge, die alt und vergilbt sind und am Hintern kleben, zu wenig heißes Wasser, verlorene Spiele und verdorbenes Essen. Das Ganze mischt man mit ein paar seltsamen oder widerwärtigen Protagonisten, schreienden Lagerführern, schrulligen Lehrerinnen und garstigen Kindern. So war das.

Meine Eltern waren damals sehr nervös, bevor die Reise losging. Sie sagten mir, ich solle mich benehmen und das machen, was Herr und Frau Böhme sagen. Außerdem solle ich mir die Zähne putzen, nachts im Schlafsack Socken anziehen und mich mit den anderen Kindern vertragen.

Daran, dass ich mich mit anderen Kindern verstehe oder etwas mit ihnen unternehme, lag meinen Eltern besonders viel. Ich glaube fast, sie hatten ein schlechtes Gewissen, dass sie nur mich zur Welt gebracht haben, ohne weitere Geschwister. Außenstehenden gegenüber wurde dieser Mangelzustand jedoch vehement verteidigt. Ein Einzelkind, das ist doch was Gutes!

Mein Vater sagte mal stolz zu einem seiner Arbeitskollegen, der mich mitleidig anschaute, als er erfuhr, dass ich keine Geschwister habe: „Den Frank, den kann man mit einem Quelle-Katalog und einer Schere in ein leeres Zimmer stecken. Da hat er stundenlang Spaß und ist beschäftigt.“ Er hat es bestimmt gut gemeint, aber als ich es hörte, kam ich mir auch etwas beschränkt vor. Und damals, auf dem Weg nach Kaiserbach, fragte ich mich, was passieren wird, wenn man noch sechsundvierzig andere Kinder in meinen Raum steckt?

Schon nach sehr kurzer Zeit fielen mir zwei Dinge auf:

Zum einen, wenn man sich den Grundriss eines Ferienlagers von oben anschaut, dann gibt es das Haupthaus mit Kantine und Anmeldung, die Versorgungshütte, das Haupttor, die reihenförmig angeordneten Zeltplätze und die Toilettenräume. Das bedeutet, aus der Luft lässt sich das Ferienlager einer Jugendfreizeit für Zehn- bis Sechzehnjährige von einem Kampfstützpunkt der Bundeswehr nicht unterscheiden.

Und zum anderen, das wurde mir ebenfalls schnell klar, ließen sich die Teilnehmer solch einer Ferienlager-Gruppe in drei Kategorien einteilen. Freunde, Feinde und Neutrale.

Zu den Freunden zählte ich ganze zweieinhalb Personen. Ina natürlich, Jörg und Carsten zur Hälfte.

Eigentlich gehörte Carsten zu den Neutralen mit einem Hang ins Feindliche, aber er lag mit mir anfangs in einem Zelt und wir mussten es fast jede Nacht gemeinsam wieder aufbauen, weil uns die Heringe herausgezogen wurden. Das verbindet. Er hatte einen hellbraunen Lockenkopf, war blass, groß und hielt sich ansonsten aus jeder Diskussion heraus – ein Einzelgänger, dem es nichts ausmachte, von zu Hause weg zu sein. Ich dachte am Anfang, er sei still und souverän. Später stellte sich heraus, dass er hinterlistig und geldgierig war.

Abend für Abend erklärte er mir vor dem Einschlafen, wie viel Geld er während dieser Reise von dem Taschengeld, das ihm seine Eltern mitgegeben hatten, sparen wird.

Seine Hauptmaßnahme wollte er bei den Getränken ansetzen. Er hatte ausgerechnet, dass er mit zwei Flaschen Kirschsirup, die er mit Leitungswasser verdünnt, auskommen kann. Das gesparte Geld wollte er in Kriegsspielzeug investieren, das ihm seine Eltern nicht kaufen wollten, irgendwelche Maschinenpistolen-Nachbildungen aus Amerika, denen Erbsen als Geschosse dienten.

Überhaupt war dieser Junge sehr gewieft. Weil in den großen, grauen Zehnmann-Zelten kein Platz mehr war, bekamen wir das einzige Dreimann-Zelt. Unser Zelt mussten wir selbst aufbauen, während es regnete. Der sonst eher stille Carsten erklärte mir währenddessen, dass in ein Dreimann-Zelt eigentlich nur zwei Mann passen und in ein Viermann-Zelt nur drei. Das spielte er bis zu den großen Zehnmann-Zelten durch. Danach fuhr er damit fort, seine Verschwörungstheorie mit Spaghetti-Portionen aus Fertigpackungen zu untermauern. Eine Portion für drei Personen macht eigentlich nur zwei satt und so weiter.

Nebenbei plante er, seine Schwester zu zersetzen. Er hatte gelesen, dass ein bestimmter Ton den Körper eines Menschen nur durch Vibration zerfallen lässt. Dieser Ton ließ sich mit Hochtönern, wie man sie zum Bauen von Lautsprecherboxen benötigt, erzeugen. Einer dieser Hochtöner kostete fünfundzwanzig Mark. Man würde laut Carsten Hochtöner im Wert von dreitausend Mark benötigen, um das zu vollbringen. Und den Ton musste man sich natürlich noch besorgen. Dazu würden eine spezielle Anlage und ein oder zwei Hallgeräte gebraucht werden. Auch dazu gab es Pläne.

Jörg war kein echter Freund von mir. Ich zählte ihn nur in dieser Freizeit zu meinen Freunden, weil er mir nicht ein Mal negativ aufgefallen war. Er war ein kleiner, dünner Junge, der trotz ziemlich vieler Pickel vor Energie strotzte. Und obwohl er mit seiner Nickelbrille und dem Bürstenhaarschnitt eher komisch aussah, redete er mit jedem und setzte sich beim Einsteigen in den Bus einfach neben mich, als wäre ich ein Teil der Gemeinschaft wie alle anderen auch. Er erzählte mir, was für eine schlimme Katastrophe es seiner Meinung nach ist, dass Franz Josef Strauß im nächsten Jahr Kanzlerkandidat würde und dass es dann schwieriger werden würde, die Atomkraft abzuschaffen. Er hatte fast alles, was er erzählte, von seinem älteren Bruder. Ich kannte weder die Band ‚The Clash' noch kannte ich mich mit Politik aus. Meine einzige selbstgekaufte Schallplatte zu dem Zeitpunkt war eine Single von Baccara ‚Yes Sir, I can Boogie'. Die Platte hatte ich mir gekauft, weil ich die beiden Frauen in den schwarzen und weißen Kleidern sehr reizvoll fand.

Die neutralen Schiedsrichter in diesen zehn Tagen waren Herr und Frau Böhme, die alles organisiert hatten und die Verantwortung trugen.

Morgens um sieben stand Böhme auf der Terrasse des Holzhauses und brüllte: „Holz sammeln! Holz sammeln! Aufstehen ihr Schlafmützen!" Ihm schienen dieser Platz und seine Rolle zu gefallen, denn auch mittags brüllte er von dort: „Hände waschen! Hände waschen! Essen ist fertig ihr Faulpelze!" Mehr gibt es zu diesem Mann nicht zu sagen.

Frau Böhme hingegen war eine nette, zierliche Person mit einem freundlichen, faltigen Gesicht. Im Gegensatz zu ihrem Mann konnte ich sie gut leiden. Sie hatte etwas Vertrauenerweckendes und schaute mich immer ein wenig mitleidig an. Aus dem Grund hatte ich auch sie das erste Mal nach einem Telefon gefragt.

„Wozu brauchst du denn ein Telefon?“

„Um meine Eltern anzurufen. Ich will mich mal bei ihnen melden. Nur so“, log ich, denn in Wirklichkeit wollte ich ihren schreienden Mann und die anderen kleinen Mistkröten, die so viel Spaß hatten, denunzieren.

Sie lächelte verständnisvoll.

„Ja, deine Mutter hat mir schon gesagt, dass du bestimmt Heimweh bekommst.“

Meine Mutter hatte ihr schon gesagt, dass ich Heimweh bekomme? Ich war vorher noch nie alleine weg gewesen, wieso sollte ich Heimweh bekommen? Anscheinend wusste meine eigene Mutter, dass ich zu den Kindern gehöre, die im Leben immer mit der Marmeladenseite nach unten auf den Boden fallen. Ich war enttäuscht und verletzt. Anrufen wollte ich auf keinen Fall mehr. Nicht unter diesen Umständen.

„Ich hab kein Heimweh. Wollte mich nur mal melden, damit sich meine Eltern keine Sorgen machen.“

„Es gibt hier kein Telefon im Lager. Wenn du willst, fahre ich dich nach Kaiserbach und von dort aus kannst du anrufen.“

„Ist nicht so wichtig. Nur keine Umstände.“

Das war am Vormittag des zweiten Tages.

Alle anderen Kinder zählten zu meinen persönlichen Feinden, weil sie mich permanent an das Freizeiterlebnis erinnerten, das ich hätte haben sollen.

Es gab noch einige andere Ereignisse, wie eine Zecke am Hoden und zwei Dorfdeppen auf Mopeds, die mich verfolgten. Oder Ulf, der T-Shirts trug, auf denen ‚Ulf' stand, und wenn ihm kalt wurde, Sweatshirts überzog, auf denen auch ‚Ulf' stand. Wir haben uns zweimal geprügelt.

Aber das Entscheidende war, ich hatte Heimweh, das waren körperliche Schmerzen. Ein Ziehen in der Magengegend, das brennend heiß in der Mitte beginnt und sich lodernd über die Bauchhöhle ausbreitet. Es wird einem übel und man kann nicht brechen. Man spürt lediglich, wie der Körper schwächer wird und schließlich in sich zusammensackt.

Deshalb habe ich mich ab dem dritten Tag vor fast jeder Veranstaltung gedrückt. Morgens nach dem Holzsammeln und dem Frühstück habe ich mich freiwillig zum Küchendienst gemeldet. Die meisten sind losgezogen und haben Ball gespielt oder Gitarrenunterricht genommen. Was die Mädchen in den Zelten gemacht haben, wusste ich nicht. Bis zum Mittagessen war ich mit dem Geschirr fertig und nach dem Mittagessen wurden Ausflüge unternommen. Ich lief nach Kaiserbach und rief meine Eltern an.

Der Wirt, dem der Gasthof, der Flur und das Telefon gehörten, stellte keine Fragen mehr. Wir hatten ein Abkommen, ich durfte ohne dumme Fragen telefonieren und er durfte mich ausnehmen. So wurde der kleine Hocker neben dem grünen Telefon fester Bestandteil meiner evangelischen Kirchenfreizeit.

Die Telefonate selbst waren sehr traurig und liefen nicht ohne Tränen ab. Aber der Hinweg war schön, weil ich wusste, dass ich gleich meine Mutter oder meinen Vater hören würde, und der Rückweg war schön, weil ich für ein paar Stunden zufrieden war.

Meine Selbstgespräche mit Ina wurden dabei immer intensiver. Manchmal, wenn das Wetter und die Zeit es zuließen, setzten wir uns noch auf eine Bank oder machten einen kleinen Umweg, bevor wir zurückliefen.

Ina erfuhr, dass ich glaubte, meine Eltern seien in gewisser Weise an vielem Schuld. Zum Beispiel an meiner Angst vor dem Zahnarzt. Als ich das erste Mal zum Zahnarzt musste, war ich eigentlich neugierig. Ich wurde erst misstrauisch, als meine Mutter sagte, ich müsse keine Angst haben. Wieso sollte ich Angst haben? Morgens im Auto meinte mein Vater, alles würde gut gehen, das wäre nicht so schlimm. Da bekam ich Angst.

Und genauso war es auch mit dieser Freizeit. Hätten meine Eltern nicht dauernd gedacht, ich käme mit den anderen Kindern nicht klar und würde sicher Heimweh bekommen, dann hätte ich wahrscheinlich nie Probleme gehabt. Ina sah das genauso.

Ich unterhielt mich mit ihr über Freunde, Musik, Schule und was einem sonst in dem Alter so einfällt. Und obwohl sich ausschließlich alles um mich drehte, war sie immer geduldig.

Wir verbrachten jede freie Minute miteinander. In meiner Fantasie trug sie immer das gleiche Sommerkleid mit Punkten und auch ihre Haare waren nicht so wild und zerzaust wie in Wirklichkeit.

Sie war sogar dabei, wenn ich abends nach dem Essen, später als die anderen Jungs, duschen ging. Sie saß mit ihrem Kleid auf dem Waschbecken, sagte nichts, schaute mir zu und wurde nicht nass, selbst wenn ich sie mit Wasser bespritzte.

Unser Verhältnis verlief bis dahin absolut asexuell. Ich habe zu der Zeit erst langsam entdeckt, dass es Mädchen gibt, dass es auf seltsame Weise eine gewisse Spannung gibt, wenn man eins um sich hat, und dass dieses Gefühl nicht unangenehm sein muss. Das war es dann auch schon – fast. Neben dieser Spannung nahm ich nämlich plötzlich auch körperliche Dinge war. Nicht bei mir selbst, sondern bei den Frauen und Mädchen. Ich hielt mich beim Zeitschriftenlesen auf den Seiten der Wäschewerbung auf einmal länger auf. Nicht bewusst, auch noch nicht so gierig, wie es zwei Jahre später der Fall sein würde. Blitzlichtartig gab es auch im Zusammenhang mit Ina diese Augenblicke. Morgens beim Frühstücken, wenn sie zwei Tische weiter saß, sah ich, wenn ich mich überwunden hatte hinzugucken, dass sie ganz zarte, rosa Lippen hatte, die glatt und glänzend und feucht waren. Wie Lippen in der Jugend eben sind.

Am siebten oder achten Tag brach allerdings die echte Ina so überraschend in mein harmloses Leben, wie plötzlich Unkraut auf dem Wimbledon-Rasen auftaucht.

Direkt nach dem Aufstehen sollten wir unsere Schwimmsachen packen. Frau Böhme hatte eine alte Schulfreundin getroffen, die die ortsansässigen Badeanstalten verwaltete. Wir bekamen freien Eintritt und ein einfaches Frühstück im Schwimmbadrestaurant. Ich war entsetzt, denn mein Tagesrhythmus – Frühstück, Spülen, Mittag, Kaiserbach, Telefonieren – würde durcheinanderkommen. Gerade als ich auf dem Weg zu Frau Böhme war, um ihr zu erklären, dass mir schlecht sei, fing mich Herr Böhme ab.

„Na Frank, was machst du denn hier draußen. Ab ins Zelt, Sachen packen. Es geht in zehn Minuten los. Wir treffen uns am Bus.“

Widerspruch ließ er nicht zu, weil er sofort selbstverliebt lachte, ‚Marsch, Marsch‘ sagte und weiterging. Ich glaube, er freute sich wirklich.

Im Bus saß ich wie ein Stein neben Jörg. Irgendwo weiter hinten war auch Ina, aber da habe ich mich nicht hin getraut, weil es ziemlich laut zuging und Frau Böhme ganz vorne saß. Vielleicht würde sie mir sagen können, wo ich die drei Postkarten einwerfen konnte, die ich am Abend davor an meine Eltern geschrieben hatte.

Sechsundvierzig Kinder, ausnahmsweise vollzählig, frühstücken nicht lang, wenn nebenan eine leere Schwimmhalle mit Rutschen, Whirlpools, Massagedüsen und Wasserball-Netz liegt.

Wenn man in ein Schwimmbad kommt, in dem Massagedüsen sind und man hat Heimweh, dann nimmt man am besten die Düse auf Hüfthöhe und lässt sich am Rücken links und rechts von der Wirbelsäule etwas unterhalb der Nieren massieren. Das angenehme Gefühl erzeugt leichten Schwindel, aber man spürt, wie man sich entspannt und alles vergisst. So ging es mir damals. Als ich die Augen schloss, plätscherte die Wasseroberfläche in dem abgelegenen Becken gleichmäßig und alles war mir egal. Alle anderen waren weg und ich hörte lediglich durch den gemauerten Durchgang das Getümmel von nebenan.

Erst als es lauter wurde, drehte ich mich um und sah, wie ein paar Jungs Mädchen in meinen Raum jagten. Ina war auch dabei. Sie rannte um mein Becken, bis einer sie zu fassen bekam und sie ins Wasser schleuderte. Sie schrie laut auf und landete direkt vor meiner Nase. Florian Renschke. Danke. Das werde ich dir nie vergessen!

Dann hetzten sie weiter in den nächsten Raum. Ina und ich blieben zurück. Sie strich sich die nassen Haare aus dem Gesicht und ging ein wenig in die Knie, bis sie bis zum Kinn im Wasser war.

„Schön warm hier. Drüben ist es kälter", sagte sie.

„Mhm."

Sie stellte sich an die langweilige Fußdüse neben mir.

„Das ist ja toll."

„Mhm."

Einige Minuten sagten wir nichts und es kam auch keiner in unsere Halle. Selbst als an der Decke eine Lampe anging, die das Zeichen dafür war, dass man zu der nächsten Düse wechseln sollte, blieben wir stehen.

Schließlich fragte Ina, wo ich bei der Fuchsjagd vor zwei Tagen gesteckt habe.

„Ich hab eine alte Mühle entdeckt."

Schon der erste Satz, den ich in meinem Leben zu Ina sagte, war eine Lüge.

Tatsache war, dass ich durch einen dummen Zufall bei einem Spiel zum Fuchs gewählt wurde. Der Fuchs musste mit einer Viertelstunde Vorsprung vom Rest des Lagers gefangen werden. Dabei musste ich mit Klopapier eine Fährte legen und durfte nach eigenem Ermessen falsche Fährten hinzufügen. Am Ende einer falschen Fährte musste ein Kreuz aus Klopapier liegen, das offizielle Zeichen für ‚falsche Fährte'. Ich wurde zwar nicht gefangen und hatte somit theoretisch gewonnen, aber dafür hetzte ich drei Stunden alleine durch den Wald und kam erst ins Zeltlager zurück, als alle schon gegessen hatten und beim Lagerfeuer saßen. Eine Mühle war mir dabei nicht begegnet.

Ina wollte mehr darüber wissen und ich erfand eine haarsträubende Geschichte, die ziemlich langweilig gewesen sein muss. Hier eine falsche Fährte, da ein steiler Hang und sogar ein Wildschwein hatte ich gesehen.

„Mhm." Ina fand das nicht spannend.

Mir fiel auf, dass ich Ina doch nicht so gut kannte, wie ich dachte. Einerseits hatte ich mit ihr schon so viel gesprochen, dass sie mir vertraut war. Und andererseits wusste ich nichts von ihr.

„Was machst du gerne?", fragte ich sie. Ein paar Tage davor hatte mir die andere Ina gesagt, dass sie gerne reitet.

„Lesen, Musik hören, mit meinem Hund spazieren gehen. Was man eben so macht."

„Reitest du auch?", fragte ich sie.

„Nein, wieso sollte ich reiten?"

„Weil alle Mädchen reiten."

„Bin ich wie alle Mädchen?"

Sie spritze mich nass. Ich tunkte sie. Danach hob ich sie aus dem Wasser und tunkte sie wieder. Ina lachte und schrie. Mir ging es natürlich nicht ums Tunken, sondern darum, sie anzufassen. Ich berührte ihre Beine, die Hüften und ab und zu, zufällig, den Busen. Einmal tauchten wir zusammen unter und meine Lippen berührten sogar ihre Wangen.

Als wir aus dem Wasser kamen, entdeckten wir einen kleinen, abgelegenen Raum mit Kunstrasen und leichter UV-Beleuchtung, die laut Infotafeln auch für ein hellhäutiges Mädchen wie sie unschädlich sein sollte. Ich hatte dunkle Haare, fast schwarz, wie meine Mutter stolz sagte, dunkle Augen und einen dunklen Teint. Darüber musste ich mir also keine Sorgen machen.

Wir lagen auf dem Rücken und starrten in die schwachen, farbigen UV-Lampen, die im 7-Minuten-Rhythmus an- und ausgingen.

Sie wurde in Hamburg geboren und ihr Vater besaß zwei große Steakhäuser in Köln. Sie war schon mal auf dem Titel einer Fernsehzeitschrift. Es war die gleiche Zeitschrift, die meine Eltern abonniert hatten, solange ich mich erinnern konnte. Ich fand die Mädchen, und es waren nur Mädchen auf dem Titel, ausnahmslos wunderschön. Neben so einem Mädchen lag ich jetzt. Ich erfuhr, dass sie gerne in die Schule ging, gut mit ihrem Bruder klarkam, Styx und ELO hörte und gegen den Ausbau einer Umgehungsstraße in ihrer Heimatstadt war, genau wie ihr Vater.

Auf einmal hörte sie auf zu erzählen, stand auf, holte sich von einem kleinen Holztisch eine Zeitschrift und legte sich etwas dichter als zuvor neben mich.

Sie las, ich weiß nicht was, und hatte offensichtlich das Interesse an mir verloren. Hatte ich einen Fehler gemacht? Mir war unbegreiflich, wie die Menschen sich vermehren und wie es jemals zu Sex kommen sollte, wenn ich mal älter wäre. Mädchen ignorierten Jungs und ich war mir ziemlich sicher, dass sich das auch nie ändern würde. Deshalb mussten wir Jungs die Ignoranz der Mädchen ignorieren, sonst hätten wir sie nie anfassen können. Und aus biologischen Gründen wollten wir sie anfassen. Das hat die Natur so eingerichtet, damit es zwischen Mann und Frau überhaupt vorwärtsgeht.

Weil mir nichts anderes einfiel und weil ich auch nichts anderes wollte, fragte ich Ina, ob ich sie küssen könne.

Sie lag auf dem Bauch, blätterte um und sagte völlig gelangweilt, als ob wir uns nicht kennen würden: „Ja, aber nicht auf den Mund."

Wohin sollte ich sie sonst küssen? Ich dachte kurz nach, mein Zögern durfte nicht zu lange dauern, das spürte ich. Also beugte ich mich über ihren Rücken und küsste sie auf das Stück Haut zwischen Badehose und Bikinioberteil, obwohl ich sie lieber auf den Mund geküsst hätte. Dafür hörte ich aber nach dem Kuss nicht auf, sondern blieb mit meinen Lippen auf ihrem Rücken und übersäte ihn mit kleinen, ich glaube ziemlich hektischen Küssen. Irgendwann wagte ich es, zog die rote Badehose ein kleines Stück runter und fing an sie auf den Po zu küssen. Völlig benommen küsste ich verschiedene Stellen auf den beiden Hälften.

Sie las weiter und wollte, dass ich ein Lied summe. Ich konnte nicht rebellieren, denn dann hätte ich die zwei Rundungen, auf die sich mein Universum reduziert hatte, nicht weiter küssen können. Es dauerte unendlich lange, bis ich keine Lust mehr hatte zu summen und deshalb aufhören musste.

Auf der Rückfahrt saß Ina wieder hinten im Bus und wir tauschten heimlich Blicke aus. Ich saß neben Jörg und je näher wir dem Zeltlager kamen, desto mehr Heimweh bekam ich wieder.

Auf dem Weg vom Bus zu den Zelten war Jörg bester Laune. „Spielen wir morgen mal Basketball?", fragte er mich.

„Ja, können wir machen", antwortete ich, obwohl mir klar war, dass ich morgen wieder nach Kaiserbach musste, um zu Hause anzurufen.

All das ist so lange her, dass ich nicht mehr genau weiß, wie es sich in Wirklichkeit zugetragen hat.

Wenn ich mir einen Teil dieses Tages nur eingebildet habe, dann ist daran vor allem eines bemerkenswert, dass ich es selbst in meiner Fantasie nicht geschafft habe, Ina auf den Mund zu küssen.

3. ODYSSEUS

Juni 1985, Saintes-Maries-de-la-Mer, 21 Tage

Jeden Mittag ging ich den langen Weg zum Campingplatz-Supermarkt und kaufte mir einen Becher gestoßenes Eis mit Maracuja-Geschmack. Ansonsten gab es in diesen Ferien keinen überflüssigen Luxus.

Meine erste Freundin Anke, ihr Bruder Björn, seine Freundin Uta und ich waren in Südfrankreich unterwegs. Eigentlich hatte ich nicht genug Geld für einen Urlaub im Süden. Ich hatte gerade meinen Führerschein gemacht und auf einen R4 gespart.

Ich fand es schade, dass Anke nicht noch ein paar Wochen warten wollte, dann hätten wir alleine mit meinem neuen Auto fahren können.

„Ach komm schon, das ist doch spitze. Wir fahren mit, teilen uns das Benzin-Geld und weil wir die ganzen Ferien campen, geben wir nicht mehr als 600 Mark in den drei Wochen aus“, hatte Anke argumentiert. Sie war noch verschwitzt, weil wir gerade miteinander geschlafen hatten. Da kann man nicht Nein sagen, ich zumindest nicht.

Mit meinem neuen Führerschein in der Tasche ärgerte ich mich, dass Uta keinen anderen fahren ließ. Wenn sie müde wurde, mussten wir Rast machen, und erst wenn sie wieder fahren konnte, ging es weiter. Statt selber zu fahren, fuhr ich drei Wochen mit der beschissensten Autofahrerin der Welt weg.

Uta sah super aus, war blond und hatte einen bombigen, wohlgeformten Busen. Ich war nicht auf Busen fixiert, das ist nur das Erste, was mir einfällt, wenn ich an Uta denke. Sie hatte diesen bombigen Busen und roch nach nassem Fuchs, wenn es warm wurde auf der Fahrt oder wenn sie nervös wurde, weil die Autobahn zu voll war. Anke hatte drei Brüder, Björn war der älteste. Er gab bereitwillig bei jeder Auffahrt Kommandos, ohne die Uta nicht auf die Autobahn fuhr. Sie fuhr in die Auffahrt und sobald sie auf dem Beschleunigungsstreifen war, wurde sie langsamer. Dann verrenkte sie den Kopf umständlich so weit nach hinten, dass sie mir jedes Mal ins Gesicht schaute, wenn ich hinter ihr saß. „Ist frei?“, wimmerte sie und Björn musste dann wie immer sein Kommando geben: „Kannst rüber, Schatz. Ist frei.“ Sie zog auf die Fahrbahn und erst dann beschleunigte sie – langsam.

Wir hatten auf einem Campingplatz nahe Hyères eine Woche verplempert und fuhren schließlich nach einigen Diskussionen zwischen Anke und ihrem Bruder weiter die Küste entlang in Richtung Stes Maries-de-la-Mer, wo es angeblich schöner sein sollte. Anke konnte Björn noch weniger leiden als ihre anderen Geschwister, wir waren nur aus pragmatischen Gründen mitgefahren. Sobald wir irgendwo ankamen, gingen wir uns aus dem Weg, bis wir wieder aufeinander angewiesen waren. Die Campingplatz-Verwalter wussten natürlich nichts von dieser angeborenen Feindschaft und gaben uns gutmütig immer zwei Zeltplätze nebeneinander, weil sie davon ausgingen, dass man zusammen Urlaub machen möchte, wenn man gemeinsam mit dem Auto kommt.

Ich las in jeder freien Minute „Ulysses“ von James Joyce. Anke und ich schliefen jede Nacht miteinander und nicht selten nachmittags, wenn die anderen alle am Strand oder einkaufen waren. Auf unseren Luftmatratzen machte das so viel Lärm, dass ihr Bruder und andere Zeltnachbarn anfingen, sich zu beschweren. Wenn Leute sich über Geräusche aufregen, die vom Sex kommen, dann schauen sie einen nie dabei an. Das ist mir damals zum ersten Mal aufgefallen. Sie reden und sprechen ihre Vorwürfe in irgendeine andere Richtung. In den Kofferraum, wenn sie den Wagen gerade ausladen, oder zum Beispiel in einen Blumentopf, wenn sie gerade Blüten zupfen. Und dann, anschließend, schauen sie einen immer direkt an, ganz nach dem Motto: Jetzt weißt du Bescheid, einer musste es mal sagen.

„Wie findest du eigentlich die Sachen, die ich schreibe“, fragte Anke mich abends, während wir uns Miesmuscheln über einem geliehenen Campingkocher warm machten.

„Gut“, sagte ich. In Wirklichkeit verstand ich die meisten Gedichte nicht, die sie schrieb. Ich glaube auch nicht, dass es daran was Tieferes zu verstehen gab. Ich mochte Gottfried Benn, aber Ankes Sachen waren mir zu wirr. Benn ist auch wirr, aber ich konnte ihn verstehen, er traf mich, während das, was Anke schrieb, an mir vorbeirauschte. Außer, sie schrieb mir einen Brief. Sie schrieb sehr oft Briefe an mich, an ihre Geschwister, meine Mutter, ihre Freundinnen oder deren Freunde. Sie schrieb immer viel, es floss nur so aus ihr heraus. Man musste kein Graphologe sein, um unsere Schriften in den Briefen von damals richtig zu deuten. Ich schrieb klein, krakelig und unausgewogen. Die Buchstaben tanzten hoch, runter, waren mal Druck- und dann wieder Schreibschrift.

Anke schrieb freizügig, schwungvoll und brauchte viel Platz und immer noch mehr Papier. Sie beschriftete alles, was ihr in die Finger kam. Vorder- und Rückseiten, Umschläge, Servietten, leere Seiten in Büchern, ja sogar Busfahrscheine, wenn's sein musste.

Ich liebte es, wenn sie selbst von dem begeistert war, was sie machte. Das war für mich das Wichtigste, deshalb spielte es auch keine Rolle, ob ich es verstand oder nicht. Und deshalb konnte ich ihre Frage nach den Gedichten auch ohne schlechtes Gewissen mit „Gut" beantworten, denn mir war nicht wichtig, was sie schrieb, sondern dass sie beim Schreiben glücklich war, weil ich sie liebte.

Anke sah das anders. „Ich sehe doch, dass du lügst."

„Ich lüge nicht. Und wie willst du bitte sehen, ob ich lüge?", sagte ich trotzig. Gerade noch dachte ich an eine weitere Portion Miesmuscheln und anschließenden Sex und jetzt bekam ich falsche Tatsachen untergejubelt.

„Dein Mund wird dann rechteckig", sagte sie. Ich wartete, dass sie anfing zu lachen. Das machte sie aber nicht. Stattdessen fuhr sie voller Überzeugung fort: „Und warum interessiert es dich, ob ich erkenne, dass du lügst, wenn du doch gar nicht gelogen hast."

Anke überholte sich oft mit ihrer eigenen Logik. Ich kenne keinen, der so schnell so überzeugt von falschen Argumentationsketten sein konnte wie Anke. Sie erkannte kausale Zusammenhänge, wo keine waren, und berief sich auf Interpretationsfreiheit, wo es keine gab.

„Ich will nur wissen, woher du deine falschen Schlüsse ziehst“, sagte ich wahrheitsgetreu.

Jetzt lächelte sie, wo sie nicht lächeln sollte. Es war ihr zynisches Lächeln, das messerscharf sein konnte.

Ich sagte nichts. Sie sagte auch nichts.

„Was ist so lustig?“, fragte ich so locker ich konnte, weil ich komplett auf Deeskalation aus war.

Aber anstatt zu antworten, lächelte sie wieder und fing an, sich eine Zigarette zu drehen, was mich noch nervöser machte.

Eine Weile herrschte Ruhe, dann kam eines der beiden Mädchen, die uns den Campingkocher geliehen hatten, zu uns rüber und fragte, ob sie ihn wiederhaben könnten, weil sie sich Kaffee machen wollten. Sie war freundlich, trug einen kurzen Wickelrock und hatte eine samtige Bräune. Ich sprang auf, gab ihr den Campingkocher, verbrannte mir die Finger, ließ mir nichts anmerken, sagte „Gern. Danke. Tschüss“ und wollte am liebsten mitgehen.

„Die fandst du süß, oder?“, fragte Anke beiläufig.

Ebenso beiläufig antwortete ich, „Ja, aber die ist nix Besonderes.“

Und zack, hat sie mir eine geknallt. Mit der flachen Hand ins Gesicht. Die Süße von eben drehte sich sogar noch mal kurz um und ging dann weiter. Sie dachte wahrscheinlich, dass sie sich geirrt hatte in dem, was sie dachte, was passiert hätte sein können. Auch ich konnte es nicht fassen.

„Sag mal, spinnst du total?“

Anke zischte: „Du solltest mich nicht anlügen.“

„Anke, das kann doch nicht wahr sein. Ich hab unseren Zeltnachbarinnen den Campingkocher zurückgegeben, war freundlich und du scheuerst mir eine.“

„Du hattest es verdient. Was schaust du der auch auf den Arsch."

Ja, das hatte mich verraten.

„Ich hab ihr nicht auf den Hintern geschaut." Im Gegensatz zu Anke mochte ich Kraftausdrücke nicht, auch nicht, wenn ich wütend war.

„Erzähl mir keinen Scheiß. Und wie die blöde Kuh dich angegrinst hat."

„Aber man kann sich doch nett anlächeln. Freundlich sein, gute Laune haben, mehr nicht."

„Was soll der Mist mit blöde anlächeln und so. Ihr wollt miteinander ins Bett und die Einzige, die hier fehl am Platz ist, das bin ich."

Ich fing an, mich schuldig zu fühlen, obwohl ich nicht schuldig war. Ich hatte keine Ohrfeige verdient, nur weil ich für den Bruchteil einer Sekunde geflirtet hab.

„Du bist eifersüchtig. Es gibt aber keinen Grund eifersüchtig zu sein. Ich bin auch nicht eifersüchtig, wenn du dich mit Thomas triffst."

„Thomas ist mein Ex-Freund und das ist jetzt nicht fair. Du weißt genau, dass er schwer krank ist und ich ihn nicht fallen lassen kann."

„Genau, du kannst ihn nicht fallen lassen, weil du ihn immer noch liebst. Was weiß ich, was ihr treibt, wenn ich nicht dabei bin. So krank sieht er gar nicht aus", sagte ich.

Ich war nicht eifersüchtig und glaubte auch nicht, dass zwischen Thomas und Anke noch was lief. Sie war ein rasantes Mädchen mit einem großen Herz. Sie war eins achtzig, hatte lange blonde Haare und auf der Straße drehten sich in der Regel alle nach ihr um. Dazu kam ihr aufgekratztes Skorpion-Temperament. Sie war nicht schüchtern, weder in der Öffentlichkeit, noch im Bett.

Sie hatte so viel Energie in sich, dass sie permanent etwas davon abgab. In der Schule unterhielt sie sich mit den Mädchen, mit denen sonst keiner was zu tun haben wollte. Wie Schatten zog sie die Aussätzigen in den Pausen und Freistunden hinter sich her. Genauso war es auch in ihrer Freizeit, da traf sie sich mit alten, einsamen Tanten aus der Familie, schrieb Postkarten an Leute, die sie einmal kurz in der Bahn kennengelernt hatte und nahm sich für jeden Gemüsehändler und Zeitungsverkäufer viel Zeit.

Mich interessierten die alle nicht, das war nicht mein Ding. Wenn Leute sich in eine Außenseiter-Position bringen, dann müssen sie auch sehen, wie sie damit klarkommen. Ich war selbst Außenseiter und vielleicht war ich auch deshalb mit Anke zusammen oder besser gesagt, sie mit mir.

„Komm schon, du bist nicht wirklich eifersüchtig auf Thomas. Ich kümmere mich um ihn, weil er mir leid tut. Er lebt bei seiner Tante, hat keine Eltern mehr und ist schwer krank. Ich habe ihn wegen dir verlassen."

„Das stimmt nicht. Jetzt lügst du schon wieder, oder du hast damals gelogen", sagte ich, um sie hier in dem Gespräch festzunageln. „Mir hast du damals erzählt, dass du dich mit ihm langweilst und dass ich viel spannender sei als er."

Als ich Anke kennenlernte, tat mir Thomas leid. Ich wusste noch nicht genau, ob mich über den Sex hinaus etwas an ihr interessierte, und wollte deshalb keine Beziehung zerstören, die womöglich mit echter Liebe zu tun hatte. Anke war sehr anstrengend mit ihrer sozialen Ader und mir war nicht klar, ob ich das nur wegen der Aussicht auf außergewöhnlich guten Sex ertrug. Sie war die Erste, mit der ich geschlafen hatte, mittlerweile war es Liebe und ich hatte durchaus das gleiche Recht, sie für mich zu beanspruchen, wie Thomas.

„Frank, du weißt doch, dass ich dich liebe.“ Sie streichelte meinen Kopf. Ich drehte mich weg und stellte mich stur. Zumindest war ich in der Offensive, obwohl ich mich da nicht wohlfühlte. Aber besser, Anke bettelte um meine Gunst, als ich um ihre.

„Wieso solltest du auf Thomas oder irgendjemanden eifersüchtig sein. Ich starre keinem auf den Arsch, wie du.“ Das Lächeln verschwand aus ihrem Gesicht und sie kam wieder in Schwung.

Das ist das Dumme: Wenn man in einem Gespräch versucht, die Argumente des anderen gegen ihn zu verwenden, dann fehlen einem plötzlich die eigenen Argumente, um die vorgetäuschten Ansichten zu untermauern.

„Ich bin auch nicht wirklich eifersüchtig auf Thomas. Ich wollte dir nur mal zeigen, wie das ist, wenn jemand ohne Grund eifersüchtig ist. Man macht sich damit nur das Leben schwer. Und wir lieben uns doch.“

„Ich liebe dich. Du liebst Ärsche.“

Das war das Dumme an den Gesprächen mit Anke. Wenn ich mich bescheiden auf meinen eigenen, kleinen Quadratmeter Standpunkt zurückziehen wollte, um weiteren Ärger zu vermeiden, dann wollte sie mir den, früher oder später, auch noch wegnehmen.

Sie stand auf, schnappte sich ihre Jacke, den Tabak und den alten Armeebeutel mit ihrer zerfledderten Gedichtsammlung und ging. Der Campingkocher war weg und Anke auch. Einen Moment überlegte ich, obwohl ich eigentlich keine Lust hatte, ihr nachzulaufen. Schließlich hatte ich Recht und nichts verbrochen, sie drehte durch und rannte in der Nacht herum. Ich war müde und hätte lieber noch ein bisschen Lärm auf der Luftmatratze gemacht. Andererseits dachte ich, wer weiß was ihr passieren könnte, und dann würde ich mich mein Leben lang schuldig fühlen. Ich rannte ihr nach.

An dem Zelt der beiden Nachbarinnen ging ich langsamer und nickte ihnen vorsichtig zu, immerhin hätte Anke noch in der Nähe sein können.

Plötzlich rief mir jemand hinterher.

„Frank?“

Ich drehte mich um. Es war die Freundin des Mädchens, von der ich mir vor zwei Stunden den Campingkocher geliehen hatte. Es war Ina.

„Frank, was machst du denn hier. Das ist ja eine Überraschung“, sagte sie und strahlte dabei genauso wie damals abends am Lagerfeuer.

Gedanken und Bilder rasten durch meinen Kopf. Zuerst: Wo ist Anke? Dann der Nachmittag im Schwimmbad, Inas roter Bikini, der versäumte Abschied, weil mich meine Eltern zwei Tage vor dem Ende der Freizeit abgeholt hatten.

Ich muss wohl ziemlich hilflos ausgesehen haben, denn sie fragte mich, ob ich Ärger hätte.

„Ja. Hab mich mit meiner Freundin gestritten. Aber schön, dich wiederzusehen. Bist du schon lange hier?“ Ich überlegte, wie laut unsere Luftmatratze wohl in den letzten Nächten gewesen war.

„Eine Woche. Wir reisen morgen Nachmittag ab.“

„Gut, dann sehen wir uns bestimmt noch. Ich bin gespannt, was du so treibst.“ Ich war zwar nicht sicher, wie ich das Anke erklären sollte, wenn ich mit Ina am Strand spazieren gehe, aber ich meinte es ernst.

„Gut. Dann sehen wir uns morgen, ich freu mich. Euch noch einen schönen Abend.“ Sie setzte sich wieder zu ihrer Freundin.

Ina war hier und ich würde sie morgen wiedersehen.

Ein bisschen später kamen mir Uta und Björn entgegen. Sie hatten Anke gesehen.

„Sie hatte ihre Kopfhörer auf, hat Musik gehört und wie immer ihren Bruder nicht beachtet“, sagte Björn und deutete auf den Zeltplatzausgang, ein schwarzes Loch in der Dunkelheit.

Er kniff Uta in den Hintern und sie gingen kichernd zu ihrem Zelt. Viel Spaß noch.

Wie sich Ina wohl entwickelt hat, seit ich sie das letzte Mal gesehen habe? Gerade eben, bei unserer Begegnung, war ich so sehr damit beschäftigt, ohne großen Schaden aus der Situation zu kommen, dass ich keine Gelegenheit hatte, das Bild, das ich so lange in mir trug, mit der akuten Realität abzugleichen.

Sie hatte ein großblumiges Wickelkleid an, unter dem dünne Bikini-Träger über die Schultern herauskrochen. Sie trug also immer noch mädchenhafte Kleidung und brauchte keine Accessoires, um sich nach der Pubertät neu zu definieren. Zumindest sah ich keine alte Feldjäger-Tasche oder Springer-Stiefel oder grellen Nagellack oder eine andere Frisur. Nur Füße im Sand und ein paar weiße Flip-Flops daneben. Blonde, lange Haare, feucht nach dem Duschen, und der unvergleichlich helle Teint. Ein Mädchen, das nur da zugenommen hat, wo es nötig war, um zu einer jungen Frau zu werden. Die Grübchen links und rechts von ihrer Nase verrieten beim Lachen immer noch aufrichtige Freude.

Als ich Anke einholte, war sie schon auf der Landstraße zum nächsten Dorf. Es war stockdunkel, wir stolperten am Straßenrand entlang, sie hörte Musik und ich redete auf sie ein. Nach einer Weile gab ich es auf und stapfte nur hinter ihr her. Irgendwann würde ihr das hier hoffentlich zu blöde sein, weil es mit Argumenten wohl kaum zu lösen war. Ich war müde und mir war kalt.

„Ach komm schon Anke, lass uns zurück zum Zeltplatz, ich habe keine Jacke dabei." Ich dachte nicht, dass es so lange dauern würde.

Das erste Mal, dass sie mir antwortete: „Dann geh doch zu deinem Häschen auf den Zeltplatz. Jetzt bist du mich ja los und hast freie Bahn. Ich gehe tanzen."

„Tanzen? Wo um Himmels willen willst du jetzt tanzen gehen in dem Kaff?"

„Ich sage doch, lass das meine Sorge sein. Kümmere du dich um die beiden Trullas auf dem Campingplatz."

„Jetzt sollen es schon beide sein. Du spinnst total!"

„Ja klar. Und wenn Uta nicht so bescheuert wäre, würdest du die doch auch noch mitnehmen. Hauptsache Arsch und Titten." Sie weinte.

Anke war mir eindeutig überlegen in Sachen Streitkultur. Ihr Spektrum war viel größer. Sie konnte schreien, sie fing an zu weinen, ob es Sinn machte oder nicht, sie verwendete Kraftausdrücke, sie wurde laut, die anderen um sie herum interessierten sie dabei nicht.

„Ich will mich nicht streiten, Anke. Komm, wir gehen zurück."

„Das ist kein Streit, das sind meine Gefühle. Ich gehe jetzt auf keinen Fall zurück. Ich werde tanzen und es ist mir egal, wie weit ich dafür noch laufen muss."

Obwohl sie ihren Walkman ausgemacht hatte, oder vielleicht war die Batterie inzwischen leer, sagte sie nichts und ich auch nicht. Wir gingen lange still durch die Nacht.

Die Einzigen, die von der Situation profitierten, waren notgeile Franzosen, die mit Mopeds oder mit dem Auto an uns vorbeifuhren. Viele hupten und einige riefen Anke sogar was hinterher. In gewisser Weise konnte ich sie verstehen, denn was hatte eine Blondine mit abgeschnittenen Shorts nachts auf der Landstraße nach Saintes-Maries-de-la-Mer zu suchen? So wenig Anke auf die Franzosen achtete, so wenig beachteten die Franzosen mich. Aber weil ich sicher war, dass ich eine Art psychologische Hürde für die Jungs darstellte, blieb ich bei ihr. Selbst als ich vor Kälte und Müdigkeit schon stinksauer war.

Nach einer guten Stunde kamen wir in Saintes-Maries-de-la-Mer an. Natürlich hatte in dem Kaff schon alles zu. Ina und ihre Freundin auf dem Campingplatz, den täglichen Maracuja-Drink, Ankes Bruder, der Ulysses von James Joyce, den ich nicht verstand, und alle Gründe oder Vorwände für diesen lächerlichen Streit hatte ich längst vergessen. Ich wollte nur noch ins Bett und mich bis dahin so wenig wie möglich zum Affen machen.

„Komm, lass uns gehen“, sagte ich ganz friedlich.

„Du kannst ja gehen. Ich habe Durst. Wenn man schon nicht mehr tanzen kann, dann will ich wenigstens was trinken.“

„Aber es gibt nichts mehr zu trinken. Hier ist alles dicht.“

„Wir gehen zum Bahnhof“, sagte sie mit neutraler Stimme. Es schien so, als ginge es wirklich nur um ein Getränk. Auch sie hatte vergessen, weshalb sie diesen

Protestmarsch gestartet hatte. „An unserem Campingplatz ist keine Station, wo wir aussteigen können", entgegnete ich, weil ich schon komplett auf Heimweg eingestellt war.

„Aber an Bahnhöfen hat immer noch was offen."

Wenn jemand nachts um halb drei in Saintes-Maries-de-la-Mer was trinken will, dann geht er zum Bahnhof. Service und Ambiente sind Geschmackssache. Wenn man Glück hat, so wie wir, dann hat man dabei auch noch nette Gesellschaft.

In der Bahnhofsmission von Saintes-Maries-de-la-Mer arbeitete Marie, eine dünne Französin, die schon so viel gesehen hatte, dass sich ihr Gesicht kaum noch rührte. Aber ein großes Herz hatte sie, das merkte ich sofort. Anke bestellte einen Pastis. Marie lächelte. Klar gab es keinen Alkohol hier, schließlich waren wir in der Bahnhofsmission, wo die Leute sich ausnüchtern sollten, statt zu saufen.

Marie erklärte Anke, dass gestern so was wie der französische Vatertag war und dass deshalb so viele betrunkene Männer hier darauf warten würden, sich nach Hause zu trauen. Ich hatte eine Fünf in Französisch und so erklärte mir Anke, was Marie ihr erklärt hatte.

Die versprochenen Getränke bekommt man dort nicht von Marie, sondern von den anderen Gästen. Jeder Zweite hatte noch ein Fläschchen dabei, und wenn man eine Blondine in Shorts mitbringt, dann hat man für den Rest des Abends ausgesorgt.

In dem kleinen Raum mit zwei großen Tischen und einfachen Bänken waren wir elf Leute. Wir bekamen andauernd Wein von einem dunkelblonden Franzosen um die fünfzig nachgeschenkt. Anke erzählte mir, er sei

Handwerker und würde nur einmal im Jahr so richtig feiern gehen und das sei heute. Er könne erst morgen Mittag nach Hause, weil seine Frau ihn in dem Zustand nicht sehen dürfe. Ein farbiges Paar um die dreißig war die ganze Nacht unterwegs gewesen und wartete auf die erste Bahn nach Arles. Die beiden hatten einen Kassettenrekorder dabei, und nachdem man sich mit einem einfachen Kopfnicken vorgestellt hatte, wurde doch noch getanzt. Anke flippte total aus, sie warf ihre Haare durch die Luft, nahm immer wieder einen Schluck Wein zwischendurch und fegte abwechselnd zwischen dem Handwerker, dem Paar und mir hin und her. Die restlichen Gäste spielten keine Rolle. Sie schauten Anke und der gut gebauten Farbigen abwechselnd auf den Hintern und bekamen keine geklebt dafür.

Ich lächelte und tat so, als wüßte ich, was Anke im nächsten Augenblick vorhätte. Ich tat so, als wäre das alles Teil eines schönen, genau geplanten Abends.

Dabei ging es mir ähnlich wie Gefangenen in alten Azteken-Filmen. Manche von ihnen haben sich gerettet, weil gerade in dem Moment, in dem sie getötet werden sollten, eine Sonnenfinsternis stattgefunden hat. Sie gaben vor, das Naturereignis selbst herbeigerufen zu haben, und wurden wegen ihrer übernatürlichen Kräfte frei gelassen. Aber genauso wenig wie die Gefangenen der Azteken einen Einfluss auf die Sonnen- und Mondkonstellationen hatten, hatte ich einen Einfluss auf das, was dort in der Bahnhofsmission passierte.

Tanzen konnte ich nicht, weil ich viel zu sehr damit beschäftigt war, die Kontrolle über die Situation zu behalten. Es wurde nicht viel geredet und von dem, was gesagt wurde, verstand ich kein Wort. Angespannt starrte ich Gesichter an. War alles in Ordnung oder kippte die Stimmung vielleicht gerade? Zum Glück geschah nichts dergleichen, weil alle zu betrunken waren. Wenn der eine oder andere hier ein, zwei Flaschen weniger getrunken hätte oder es noch nicht so spät gewesen wäre, dann hätte ich sicher Ärger bekommen. Anke warf immer noch die Haare durch die Luft, schwitzte, legte ihre Arme um den Handwerker und versuchte, ihn zum Tanzen zu bringen. Gott sei Dank war der Mann eine gute Seele. Er wedelte nur mit der Hand in meine Richtung und blieb sitzen. Mit mir zu tanzen, fiel Anke erst ein, als sich wirklich kein anderer fand und das farbige Paar knutschend in der Ecke saß. Ich konnte kaum noch die Augen aufhalten, doch als sie angetanzt kam und ihre Hände um meine Hüften legte, machte ich sofort das Gleiche. Sie lächelte und wog sich viel zu langsam mit mir zu der schnellen Musik. „Siehst du, man kann hier doch tanzen."

„Ja, aber die Musik ist scheiße." Wenn es um seichten Franzosen-Pop geht, kann man schon mal Klartext reden.

„Frank, jetzt mach nicht auf Jörg. Du findest es auch gut. Das hier ist pulsierendes Leben und Musik ist nur dann gut, wenn man dazu tanzt. Das wird dein Soul-Funk-Freund daheim nie kapieren. Aber bei dir sehe ich Hoffnung." Sie sagte es herablassend, aber dafür bekam ich anschließend einen langen Zungenkuss und ich vergaß tatsächlich, wo ich war und worauf ich zu achten hatte.

Sie hatte insofern Recht – das hier war etwas Außergewöhnliches. Jörg und ich verbrachten die meisten Abende damit, uns über schlechte Musik in irgendwelchen Läden aufzuregen, um ganz zum Schluss auf einen oder zwei Rausschmeißer zu tanzen. Wir hörten Musik, die als Rausschmeißer verwendet wurde, und waren überzeugt davon, Vorreiter und Trendsetter in Sachen Pop- und Musik-Kultur zu sein. Später hat sich bestätigt, dass wir es wirklich waren. Entweder waren wir dem Trend weit voraus oder wir lagen ganz falsch und hörten Sachen, die schon vor acht, neun Jahren ihre beste Zeit hinter sich hatten. Ich glaube, immer wenn wir der Zeit hinterherhinkten, hatte es etwas damit zu tun, dass Jörg zu sehr auf seinen älteren Bruder hörte und ich zu sehr auf Jörg. So oder so, wir hörten nie das, was gerade aktuell war. Anke und Jörg kamen nicht sonderlich gut miteinander klar. Die meiste Zeit ignorierten sie sich. Hin und wieder ließ Anke eine Spitze los und vermutete, dass Jörg hinter ihrem Rücken das Gleiche tat. Jörg interessierte sich gar nicht für Anke, weil er sich nicht für Mädchen interessierte. Ein oder zweimal hatte ich versucht, mit Jörg über Anke zu sprechen, aber nachdem er mit Zitaten von Patty Smith oder Julie Burchill geantwortet hat, habe ich's gelassen.

Dennoch, Anke hatte Unrecht, das hier war nicht das pulsierende Leben. Es war ein beschissener Abend, der im Zelt viel besser hätte laufen können. Oder wir wären die Nacht am Strand entlangspaziert, hätten uns im Sand gewälzt und ich hätte bestimmt auch was Gutes gesagt zu einem von Ankes Gedichten, die sie mir vielleicht vorgetragen hätte. Wir waren aber in der Bahnhofsmission von Saintes-Maries-de-la-Mer gelandet, es war mittlerweile fünf und ich hatte keine Ahnung, wie wir zurückkommen sollten.

Ich küsste Anke noch mal und noch mal und noch mal und dann sagte ich ihr, dass es Zeit würde, zu gehen. Sie war einverstanden. Ich sammelte den Inhalt ihrer Tasche ein und wartete, bis sie sich von allen verabschiedet hatte, die noch wach waren. Das farbige Pärchen hörte kurz auf zu knutschen und rief uns lachend etwas hinterher. Ich verstand es nicht. Egal. Draußen wurde es hell und man spürte auch schon, dass es ein heißer Tag werden würde.

„Komm, wir gehen hier an den Strand, der soll super sein."

„Wie, hier an den Strand? Wir haben kein Geld dabei. Ich habe Hunger. Dein Bruder wird uns vermissen und sich Sorgen machen. Wir müssen zurück", sagte ich gähnend.

„Björn wird denken, dass wir früh los sind an unseren eigenen Strand und sich vor heute Abend keine Gedanken machen. Der ist froh, wenn er mit seiner Uta alleine ist. Außerdem habe ich noch ein paar Centimes."

Wenigstens war mir nicht mehr kalt und wenn wir am Strand liegen würden, könnte ich auch kurz schlafen. Saintes Maries-de-la-Mer hat einen wunderschön langen, flachen Strand und wenn es windig ist, dann hat man Sand überall, in den Augen, zwischen den Zähnen, in den Klamotten, in jeder Tasche und in jeder existierenden Hautfalte. Ich schlief eine Stunde und als ich aufwachte, saß Anke im Schneidersitz neben mir und fotografierte mich mit einer Wegwerf-Kamera. Ich war ein kleiner, gleichmäßiger Sandhügel und Anke fand das so niedlich, dass sie Fotos davon machen musste.

„Hast du nicht geschlafen?", fragte ich sie.

„Nein, der Sonnenaufgang ist so herrlich."

Ich rieb mir den Sand aus den Augen und versuchte, mich auch hinzusetzen, aber ich legte mich sofort wieder auf den Bauch, weil der Wind zu stark war und der Sand mir zusetzte.

„Du magst den Sonnenaufgang nicht, oder? Kannst du ihn für mich malen?“, sagte Anke säuselnd.

„Mich interessiert der Sonnenaufgang nicht. Und malen würde ich ihn auch nicht, weil er mir zu kitschig ist.“

„Wie kann man was Schönes einfach als kitschig abtun, nur weil es schön ist?“

„Den Sonnenaufgang finde ich nicht kitschig. Ich finde es kitschig, ihn zu malen, weil es tausend Bilder von Sonnenaufgängen gibt. Einen Sonnenaufgang kann man guten Gewissens nicht malen, man kann ihn nur erleben.“

„Und warum sagst du mir dann nicht, dass du ihn schön findest, wenn ich mit dir darüber reden will?“

„Das ist das Gleiche, wie mit dem Malen“, erklärte ich, „ich kann nicht über einen Sonnenaufgang reden, den ich erleben will. Das geht nur, ohne dass ich oder du darüber reden. Wieso soll ich einen so schönen Augenblick zerquatschen?“

„Aber man teilt seine Gefühle mit, indem man über etwas spricht.“

„Es heißt Gefühle, weil man fühlt. Was du meinst, heißt Gequatsche.“

Sie war einen Moment still und sagte dann traurig: „Zumindest verstehe ich dich jetzt.“

Ich fand meinen Satz gut und dachte, man sollte ihn sich für eine Musik-Kritik oder so was merken.

Ich klopfte mir den Sand von den Kleidern und stand auf. „Wo willst du hin?“, fragte Anke.

„Zurück zum Zeltplatz. Aber vorher muss ich was essen. Ich sterbe vor Hunger.“

„Wir haben kein Geld. Wovon willst du was kaufen?“

„Wieso haben wir kein Geld? Du hast doch gesagt, dass wir ein paar Centimes dabeihaben."

„Hatten. Wir hatten ein paar Centimes dabei. Ich habe von dem Geld die Kamera gekauft, damit ich dich fotografieren kann. Du hast so süß ausgesehen mit dem ganzen Sand."

Ich resignierte. Ich dachte, ich würde diesen Zeltplatz nie wieder sehen. Das alles wurde meine kleine, private Odyssee in Südfrankreich. Wie viele Jahre würden vergehen und wie viele Prüfungen müsste ich bestehen, bevor ich den Zeltplatz wiedersehen würde, mir einen Maracuja-Drink kaufen könnte und mein T-Shirt wechseln dürfte? Und vielleicht Ina wiedersehen?

„Wollen wir noch mal ins Wasser, bevor wir zurückgehen?", fragte ich Anke, weil es jetzt sowieso egal war und ich überall Sand an und in mir hatte.

Ein paar Minuten später waren wir im Wasser und schwammen beide zum Ende eines schmalen Stegs, der für seine geringe Breite ungewöhnlich weit ins Meer hinausführte. Ich holte Anke ein, wir alberten herum. Und da wir beide nackt waren, dauerte es nicht lange, bis mehr geschah. Es war ein unbeschreibliches Gefühl, Anke lächelte, ich stöhnte, ihre Haare klebten in unseren Gesichtern und ihre Haut schmeckte nach Salzwasser.

Unweigerlich musste ich an Ina denken, wie wir damals im Wasser herumgetollt haben und ich sie immer wieder verstohlen berührt hatte. Umso mehr genoss ich Anke, ich fasste sie an und berührte sie überall, wo ich nur konnte. Und weil ich dabei immer wieder an Ina dachte, fiel mir auf, wie sehr sich die beiden ähnelten. Beide waren größer als die meisten Mädchen, beide hatten eine gute Figur, waren schlank und hatten langes, auffällig blondes Haar. Genau genommen konnte ich froh sein, dass sie sich nicht mehr begegneten, denn als wir wieder auf dem Zeltplatz ankamen, war Ina bereits abgereist.

Sie waren sich äußerlich so ähnlich, dass es mir peinlich gewesen wäre. Und ich wusste gerade nicht, bei welcher von beiden es mir mehr ausgemacht hätte.

4. DREIFELDERWIRTSCHAFT

August 1987, Satalinna, 16 Tage

„Na mein Junge, ganz schön frisch hier draußen." Mein Vater hatte zwei Tassen Kaffee dabei und setzte sich neben mich an Deck.

Wir waren bereits mit der Fähre von Helsinki nach Stockholm gefahren und jetzt auf dem letzten Stück mit einer zweiten Fähre nach Deutschland unterwegs, von Stockholm nach Travemünde.

Es war schon dunkel. Nach dem Abendessen sind wir noch lange an dem großen, runden Tisch sitzen geblieben und haben uns gegenseitig die lustigsten oder schönsten Geschichten der letzten zweieinhalb Wochen erzählt.

Aber hier draußen war es still. Bis auf das Rauschen des Meeres und die schweren Schiffsschrauben hörte man nichts. Selbst die Möwen kreisten nicht mehr über dem Heck. Mein Vater nippte an seinem heißen Kaffee, den er wie immer ohne Milch und Zucker trank, und fragte mich, wie es Anke und mir gefallen hätte.

Anke saß mit meiner Mutter, Rolf, Gudrun, Peter und Charlotte, Freunde meiner Eltern, noch im Speisesaal. Ich war an Deck gegangen, um meine Ruhe zu haben.

Und obwohl ich wusste, dass mein Vater über Anke und mich sprechen wollte, störte er mich nicht.

Ich hatte mich mit der Situation zwischen Anke und mir bereits abgefunden. Sie war ungewöhnlich, doch es war mir nicht schwergefallen, mich damit abzufinden. Mein Vater kam noch nicht damit klar, er konnte sich auch nicht vorstellen, damit klarzukommen. Und er hatte mir zehn Tage Zeit gelassen, mich auf dieses Gespräch vorzubereiten, immerhin acht Tage mehr, als alle anderen Mitreisenden.

Anderthalb Wochen zuvor lag ich mit Anke im Doppelbett des Wohnmobils. Der Rest unserer Gruppe war auf die zwei gemütlichen Holz-Hütten verteilt, die weit weg standen, und machte das Abendessen. Als wir in Finnland von der Fähre fuhren, noch bevor wir Satalinna erreicht hatten, boten wir freiwillig an, die Schlafplätze im Wohnmobil zu nehmen. Wir taten es nicht aus Höflichkeit, sondern um so abgeschieden wie möglich zu sein.

Eigentlich waren wir schon seit einem halben Jahr getrennt, aber den Urlaub nach Finnland hatten wir schon vorher mit meinen Eltern ausgemacht. Und weil wir uns sowieso regelmäßig trafen und miteinander schliefen, sprach auch nichts dagegen, die Reise wie geplant anzutreten. Die Zeit davor war eine angenehme Zeit gewesen. Wir waren vertraut miteinander, hatten kontinuierlich guten Sex ohne die Beziehungsprobleme von vor der Trennung. Selbstverständlich tauschten wir auch persönliche Dinge miteinander aus, Probleme mit Freunden, den Eltern oder dem wenigen Geld, das wir uns nebenbei mit kleinen Jobs verdienten. Allerdings, das muss ich zugeben, schaffte das lediglich das Vertrauen, das nötig war für hemmungslosen Sex. Wenn einer von uns Lust darauf hatte, rief sie oder ich an und wir machten was aus. So wie man eine Tennisstunde, einen Spieleabend oder einen Friseurtermin ausmacht. Ab und an wurden daraus auch Termine, die sich mit dem Zahnarzt, dem TÜV oder einer Inventur vergleichen ließen, aber das war eher selten.

Die Hälfte der Urlaubszeit hatten wir bereits hinter uns, bis wir zum ersten Mal miteinander schliefen. Anke war sexy, keine Frage, aber ihr Gehabe ging mir auf die Nerven und ich war froh, dass wir getrennt waren. Sie konnte nie einfach nur dasitzen und zuhören. Immer musste sie sich einmischen und ihre Meinung sagen, ob es jemand hören wollte oder auch nicht. Denjenigen, die nicht hören wollten, was sie zu sagen hatte, unterstellte Anke, dass sie ihre Probleme verdrängten. Ich hingegen musste weder über alles reden, noch in allem neue, ungewöhnliche oder nie da gewesene Aspekte entdecken. In sexueller Hinsicht war ich bereit dazu, aber im Leben, so viel stand mittlerweile fest, wollte ich es etwas gemütlicher angehen.

Als ich vom Angeln kam, lag Anke frisch geduscht nach zwei Saunagängen im Bett. Wir schliefen miteinander und lagen dann beide nackt auf dem Rücken.

„Es ist immer wieder schön mit dir“, sagte ich.

„Mit dir auch“, antwortete Anke.

„Was würdest du sagen, wenn es jemand anderen geben würde?“, fragte sie nach einiger Zeit. Es war wichtig, das zu klären, dachte ich, weil es jederzeit passieren könnte und wir hatten noch nie darüber gesprochen. Sie lächelte, es war nichts Ernstes, Bedrückendes in ihrem Gesicht. Also gab es auch keinen Grund von meiner Seite, dem Gespräch etwas Ernstes, Bedrückendes zu geben. Im Gegensatz zu ihr war ich friedliebend.

„Nichts. Was soll ich sagen. Wir sind seit einem halben Jahr getrennt. Wenn das zwischen uns aufhören soll, dann sag mir rechtzeitig Bescheid, damit ich nicht die ganze Zeit anrufe und du dich verleugnen lassen musst."

„Du glaubst nicht, dass es jemanden gibt. Warum bist du dir so sicher?"

„Ich bin mir nicht sicher. Ich denke nicht darüber nach."

Sie lächelte immer noch, legte ihr braunes, glattes Bein auf meine Beine, streichelte meine Brust und sagte: „Du solltest dir auch nicht sicher sein."

Ich dachte zunächst, sie wäre zu dem Schwachkopf Thomas zurückgegangen, aber das wollte ich beiden nicht wünschen. Hoffentlich kann ich den Neuen gut leiden. Am Ende wäre es aber wahrscheinlich doch leichter, wenn mein Nachfolger ein Idiot wäre.

Dann dachte ich, dass ich eigentlich lieber vor ihr eine Neue gehabt hätte. Andersherum würde es so aussehen, als hätte ich die Hoffnung nie aufgegeben. Ich ärgerte mich. Hätte ich mich früher umgeschaut, dann wäre ich jetzt nicht in solch einer Lage.

An Charlotte traute ich mich nicht ran, sie wäre auf die Schnelle der einzige Lichtblick gewesen. Sie war eine gute Freundin meiner Mutter, dreiundvierzig, Grundschullehrerin und hatte etwas Jugendliches, Verständnisvolles. Sie strahlte Erfahrung aus, ohne Hektik und Stress. Außerdem hatte sie etwa doppelt so viele Rundungen wie Anke. So lange meine Mutter noch Fränki zu mir sagte, würde ich bei ihr wohl kaum landen.

„Scheint so, als gäbe es da was, dass du mir erzählen willst."

„Nicht unbedingt." Sie kicherte. Das hätte ich mal umgekehrt machen sollen, dann wäre die Hölle los gewesen.

Wenn es schon jemanden gab, ganz gleich, wer es war, dann gefiel mir die Stimmung, in der ich es erfuhr. Das machte mich zu einem Vertrauten von Anke. Dadurch würde das, was wir gemeinsam hatten, nicht die Leichtigkeit verlieren und es würde keine Dramen nach sich ziehen. Ich hasste Dramen. Der Hauptgrund, weshalb ich mit Anke nicht mehr zusammen war.

„Also, wer ist es?"

„Rate mal." Sie biss mir ins Ohr.

„Keine Ahnung und so wichtig ist er mir auch nicht."

„Und wenn es kein ‚Er' ist?"

„Was soll es denn dann sein?" Jetzt lachte ich.

„Birgit", sagte Anke und beobachtete mich wie ein Glas Wasser, in das sie eine Brausetablette geworfen hatte.

„Oh, Birgit, die dich an den Bahnhof gebracht hat. Machte einen netten Eindruck." Ich war nicht schockiert. Ich horchte noch mal in mich rein. Ich war nicht schockiert. Warum war ich nicht schockiert? Keine direkte Konkurrenz, wir waren einfach nicht miteinander vergleichbar. Besser hätte es für mich nicht laufen können.

Mir machte es nichts aus. Meine Sturm-und-Drang-Zeit mit Anke hatte ich hinter mir. Ich mochte sie und liebte sie vielleicht sogar auch noch, aber mit all den Sorgen, die sich daraus zwangsläufig ergaben, hatte ich nichts mehr zu tun.

Ich war ein junger, aufgeklärter, moderner, fauler Mensch, der großzügig über alles hinwegsah, was keinem einen direkten Schaden zufügte. Den Satz kennt jeder: Solange keinem ein Schaden zugefügt wird. Bei den meisten, die diesen Satz verwenden, ist es Desinteresse, sich mit bestimmten Dingen auseinanderzusetzen. Ich kann das verstehen. Man muss seine Seelenschublade nicht bis ins letzte Eck aufgeräumt haben. Kleinkram braucht einen Platz, wo er keinen stört. Dieser Satz steht auf der Schublade mit dem ganzen Krempel, um den sich erst mal keiner kümmern muss. Anke war vielleicht lesbisch. Rein damit.

Sie erklärte mir noch, dass wir keinen Sex mehr haben könnten, weil Birgit eifersüchtig sei. Ich fand es schade, aber akzeptierte es. Mit der Zeit wurden unsere Treffen sowieso immer seltener, es zu unterlassen, war nur konsequent.

Es war das letzte Mal, dass wir miteinander schliefen. Birgit, eine kleine Dunkelhaarige, zwei Köpfe kleiner als ich, war sympathisch. Sie hatte mir Anke ausgespannt. Birgit schien mir ein bisschen zu brav zu sein für sie, aber von mir aus sollte sie ihr Glück versuchen. Sollte sie sich mit Ankes Launen herumschlagen.

Anke war misstrauisch und enttäuscht. Da ich nicht so empört reagiert hatte, wie sie es sich wünschte, versuchte sie, diese Reaktion in den kommenden Tagen bei den anderen auszulösen. Sie erzählte jedem Einzelnen, beim Wäscheaufhängen, Einkaufen, Saunieren, Schwimmen oder Spazierengehen, von Birgit. Abends war dann immer ein anderer besonders freundlich zu mir. Daran erkannte ich, mit wem Anke gesprochen hatte. Nur bei Charlotte wusste ich nicht, an welchem Tag sie es erfahren hatte, weil ihr Verhalten sich nicht änderte.

Auf Dauer wurde das natürlich lästig, weil jeder das Bedürfnis hatte, mit mir auch noch mal darüber zu sprechen.

Wenn man sich mit etwas abgefunden hat und ein anderer noch nicht, dann kommt derjenige zu einem und regt sich und einen selbst noch mal ordentlich mit auf. Es findet so etwas wie Aufregungsosmose statt. Diffusion – Aufregung und Beruhigung vermischen sich wieder. Man beruhigt sein Gegenüber mit all dem, worüber man schon nachgedacht hat, und das Gegenüber regt einen noch mal mit seinem ganzen unreflektierten Mist auf.

Ich hatte bereits mit allen gesprochen. Nur mein Vater fehlte noch und deshalb war mir auch sofort klar, warum er mit den zwei Tassen Kaffee bei mir an Deck auftauchte. Es war soweit, Anke hatte mit ihm gesprochen.

„Irgendwie ein seltsames Mädchen, deine Anke“, sagte er und trank den Rest von seinem Kaffee in einem Zug aus.

„Sie ist nicht mehr mein Mädchen, wie du weißt. Sie ist jetzt das Mädchen von einem anderen Mädchen.“ Ich war gereizt und hatte keine Lust, schon wieder über sie zu sprechen, über uns zu sprechen, über Birgit zu sprechen.

Woher sollte ich wissen, wie es weitergeht. Mich interessierte es auch nicht. Es war aus und vorbei. Anke war wahrscheinlich auf dem langsamen Rückzug vor Männern und ich war die letzte Tankstelle vor der Autobahn nach Lesbos.

„Wie es aussieht, bin ich der Einzige, der noch nicht ganz versteht, was da gelaufen ist.“ Mein Vater war gekränkt, weil meine Mutter nicht mit ihm gesprochen hatte, nachdem sie es von Anke in einem Gespräch unter Frauen erfahren hatte. Meine Mutter hatte es auch als solches behandelt, ohne zu ahnen, dass Anke dieses ‚Gespräch unter Frauen’ mit jedem führte.

„Ist alles halb so wild, Papa“, sagte ich, weil ich auf einmal das Gefühl hatte, wir Männer sollten irgendwie doch auch zusammenhalten.

„Alle anderen sind hier anscheinend wahnsinnig tolerant. Erst sagt mir keiner was und dann soll ich aus heiterem Himmel alles verstehen. Deine Mutter sagt die ganze Zeit, Anke wäre bestimmt mal enttäuscht worden, du sagst, das ginge dich jetzt nichts mehr an, und Charlotte erzählt plötzlich, dass sie schon mal mit einer Frau zusammen war.“

Das mit Charlotte fand ich interessant. Ich fragte meinen Vater, was sie erzählt hatte. Und er meinte, es sei eigentlich nichts Besonderes gewesen, weil er nicht über sie, sondern über mich sprechen wollte.

Charlotte ist während ihrer Studienzeit mal zwei Wochen mit einer Kommilitonin zusammen gewesen. Es fing an, als sie an einem Abend zu viel getrunken hatte. Mein Vater meinte bestimmt, gekifft und nicht getrunken, denn das würde besser zu Charlotte passen. Bei uns daheim wurde verantwortungsvoll mit Drogen umgegangen. Es kam nur Alkohol ins Haus. Mit Zigaretten hatte mein Vater aufgehört, als er vierzig wurde, und meine Mutter hatte nie geraucht. Als ich jünger war, hat sie mal zu mir gesagt, wenn ich etwas ausprobieren wolle, Rauchen, Kiffen, Tabletten, Klebstoff oder sonst irgendein Zeug, dann solle ich es mitbringen und wir würden es gemeinsam machen. Das hatte gewirkt. Ich hatte nie das Bedürfnis, mit meinen Eltern einen Joint zu rauchen oder etwas Ähnliches.

Charlotte hatte mir in der Sauna erzählt, dass sie in ihrer Jugend ziemlich viel gekifft hat. Außerdem hatte sie mir erzählt, wie sie Peter kennengelernt hat und dass sie eine offene Beziehung führen würden. Erst fragte ich mich, ob meine Eltern das wussten, und dann fragte ich mich, ob meine Eltern auch eine offene Beziehung führen und ich das nur nicht merkte. Es war mir allerdings nicht möglich, diesen Gedanken zu Ende zu denken.

„Wie geht es denn jetzt mit Anke und dir weiter, mein Junge?“ Mein Vater war besorgt.

„Gar nicht. Es ist aus und vorbei. Das war es ja schon vor dem Urlaub.“

„Hast du denn eine neue Freundin in Aussicht?“, fragte er.

„Es gibt insgesamt drei“, log ich, um dem Gespräch Schwung zu geben.

„Gleich drei?“

„Ja, drei.“ Ich war stolz. „Dreifelderwirtschaft nenne ich das. Immer wenn es mit einer gut läuft, liegen die beiden anderen Felder brach. Wenn es mit der einen Probleme gibt, dann ruft man ein anderes Feld an und trifft sich. Hat den Vorteil, dass man jederzeit eine entspannte Beziehung führt – wenn auch nicht mit einer einzigen Frau.“

„Und wissen die … drei Felder voneinander?“

„Nein, ich glaube, dann würde es nicht so gut funktionieren.“

„Wer sind denn die drei, wenn man fragen darf.“ Mein Vater grinste verschwörerisch. Das war das Gespräch unter Männern, auf das alle Väter ihr Leben lang warten. Ich fand es gut, aber die Namen konnte ich ihm auf keinen Fall verraten. Vater-Sohn-Gespräch hin oder her, dann wäre der Teufel losgewesen.

Feld Eins: Anke. Zählte nicht mehr wirklich, weil wir nicht mehr zusammen waren. Mittlerweile sogar offiziell.

Feld Zwei: Charlotte.

Feld Drei: Gab es nicht. Noch nicht, weil die Dreifelderwirtschaft überhaupt erst seit zwei Minuten existierte. Aber als ich mir vorstellte, wer mein drittes Feld sein könnte, fiel mir sofort Ina ein, die ich seit Südfrankreich nicht mehr gesehen hatte. Dieses Feld lag seit zwei Jahren völlig aussichtslos brach. Mit ihr wären die beiden anderen Felder wahrscheinlich hinfällig, dachte ich.

Charlotte hatte es verhältnismäßig unverhofft in meinen nagelneuen Dreifelder-Plan geschafft. An dem Tag, als Anke mir sagte, dass sie mit Birgit zusammen ist, hatte ich das Gefühl, hinterherzuhängen. Ich war ein Junge, der wenig riskierte. Wenn ich nicht bald damit anfing, würde ich nie etwas Weltbewegendes anstellen.

Deshalb bin ich im Saunaschuppen beim Aufräumen über Charlotte hergefallen. Sie war genauso überrascht wie ich. Schlagartig fühlte ich mich rehabilitiert und mein angekratztes Selbstbild schien wieder gerade gerückt. Es war nicht angekratzt, weil Anke etwas mit einer Frau hatte, es war angekratzt, weil ich mich für einen Langweiler hielt. Die Begegnung mit Charlotte war umwerfend. Das bestätigte sie mir. Und ich glaubte ihr.

„Wirklich schade, dass ich keine davon kenne", sagte mein Vater. „Vielleicht bringst du mal eine von ihnen mit, wenn du uns besuchst. Oder wenigstens ein Foto. Äh, Fotos." Wir lachten beide. Und bevor wir zu den anderen zurückgingen, umarmten wir uns fest. Er drückte mich und sagte: „Du machst das schon, mein Junge."

Ich schaute ihm in die Augen, mir kamen die Tränen. Obwohl ich gelogen hatte und wir so viele entscheidende Worte nicht gewechselt hatten, fühlte ich mich tief verbunden mit ihm.

5. DAS ERSTE GEDICHT

1990/91, Paris, 5 Tage

Paris ist nur die Stadt der Liebe, weil ich Ina dort zum ersten Mal richtig begegnet bin. Ansonsten ist Paris nichts weiter als eine schmutzige, französische Stadt voller Illusionen. Hätte ich Ina in London, Madrid oder Barcelona getroffen, dann hätten wir wahrscheinlich noch am gleichen Tag geheiratet. In Paris hingegen habe ich es neben ein paar Küssen nur bis zur Telefonnummer gebracht, das war's.

Paris ist nichts weiter, als ein raffiniert angelegtes Täuschungsmanöver der Franzosen, ein Lichterspiel, ein Hütchentrick, eine Gaukelei. Es ist nicht die richtige Kulisse für die wahre Liebe. Ab und an trifft man Leute, die behaupten, sie wären mal in Paris gewesen und es sei faszinierend. Diese Leute haben nur nicht genau hingeschaut.

Ausschließlich Touristen wie ich machen Paris zu dem, was es sein soll. Man selbst ist Paris. Die Franzosen und die umliegenden Steine haben damit nichts zu tun. Die mitgebrachte Liebe ist die Liebe von Paris. Die eigene Romantik ist die Romantik von Paris.

Mit Paris ist es wie mit dem König in einem Theaterstück. Kein Schauspieler kann einen König spielen. Den König spielen die anderen. Jeder Untertan, der sich vor ihm verbeugt, jeder Musiker, der eine Fanfare spielt, sobald der König den Raum betritt, ja selbst der Bühnenbildner, der den Thron gebaut hat, trägt mehr zur königlichen Rolle bei als der Schauspieler selbst. Der muss nur starr dasitzen.

Falls ich also jemals wieder über die höher liegende Autobahn langsam immer tiefer in das Herz von Paris fahren sollte, werde ich daran denken: Ich selbst bin Paris. Und das ganze Trinkgeld werde ich mir sparen.

Es war kurz nach Weihnachten und Jörg fing an zu überlegen, wo wir Silvester verbringen könnten. Seit dem Zeltlager in Kaiserbach hatte er im Wesentlichen schlimmen Stimmbruch, einen stark hervorstehenden Kehlkopf und ein paar Pickel dazubekommen.

Damals gab es unzählige Möglichkeiten, wo man Silvester verbringen konnte. Das Problem bestand eher darin, die optimale herauszufiltern. Dieser Prozess war noch aufwendiger als der, den wir sowieso schon jeden normalen Samstagabend durchliefen. Er zog sich über Wochen und endete, genau wie jeder Samstag in den letzten Jahren, damit, dass wir von einer Party zur anderen trampten, weil Jörg die Musik nirgends passte.

Wir waren Trendsetter und hatten als solche unter Einsamkeit zu leiden. Besser gesagt, Jörg war Trendsetter und ich war der Mitläufer. Viele Nächte liefen wir an Landstraßen entlang, um von einer schlechten Diskothek in die andere zu kommen. Hier sollte ein Soul-Abend sein oder dort eine Sixties-Nacht. Es war aber immer weder das eine noch das andere. Dafür waren die Läden, die wir verließen, voll mit Mädchen, und die, zu denen wir kamen, waren oft schon geschlossen, weil es zu spät war. Jörg machte das nichts aus, mir schon.

Wir befanden uns in der Phase unseres Lebens, wo man alles richtig oder falsch macht. Etwas dazwischen gab es nicht.

In diesem Jahr hatte ich allerdings die Hoffnung auf ein ganz normales Silvesterfest. Ich müsste lediglich Jörg und unsere Ansprüche in eine Gegend bringen, in der wir uns nicht auskannten. Deshalb schlug ich, noch bevor er überhaupt eine Idee haben konnte, vor, nach Paris zu fahren, und lud meinen besten Freund Norbert auch noch dazu ein.

Kaum in der Stadt angekommen, steckten wir mit dem zweiten R4 meines Lebens im schlimmsten Verkehrschaos, das ich bis heute je gesehen habe. In einem namenlosen Kreisel rund um einen kleinen Brunnen mitten in Paris. Es gab sechs oder sieben Zufahrten, von allen Seiten strömten Autos auf den schmalen Ring um den Brunnen. Sobald sich vor uns nur die geringste Lücke auftat, stießen direkt zwei oder drei Wagen hinein. Und weil ich kein Franzose war, sondern höflicher Gast, hatten wir uns über eine halbe Stunde nicht vom Fleck gerührt.

Währenddessen warf Jörg vereinzelt Kassetten von Norbert aus dem Fenster und erklärte ihm, dass das alles Hippie-Scheiße sei. Die beiden hatten sich erst vor ein paar Stunden kennengelernt und es würde noch einige Tage dauern, bis Norbert bereit wäre, Jörg wahrzunehmen. Außerdem regte er sich nicht gerne auf. Aufbrausende Gefühle entsprachen nicht seinem angestrebten, emotionalen Ideal – aus diesem Grund klammerte er sie komplett aus.

Ohne Jörg zu beachten, fragte er mich, ob es noch weit wäre.

„Noch etwa dreieinhalb Kilometer“, sagte ich und war froh, dass jemand bereit war, mit mir über unsere Situation zu sprechen. Ich drückte ihm die Reiseunterlagen, die in meiner Beifahrertür steckten, in die Hand. Es waren zwei Karten, ein Reiseführer und das Fax mit der Hotelbestätigung. Ohne die Dokumente zu beachten, gab er sie Jörg, der sie, fast angewidert, im Handschuhfach verschwinden ließ und mich fragte, ob ich vorhätte, das Hotel zu stürmen oder ob wir da nur übernachten würden. Dann kümmerte er sich wieder um die Kassetten.

Ich hatte als Einziger einen Führerschein. Ich hatte mich um Landkarten, Winterreifen und eine Unterkunft gekümmert. Ich hatte zwei stinkfaule Freunde. Wenn auch aus unterschiedlichen Gründen. Jörg war nicht faul, sondern warf eher banalen, bürgerlichen Ballast ab. Norbert war elf Jahre älter als ich, hatte zwei Kinder und war zu der Zeit noch verheiratet. Er sah aus wie Gérard Depardieu, war aber zwei Kopf kleiner, wog etwa die Hälfte, hatte jede Menge Sommersprossen und rotblondes Haar. Eine Familie zu versorgen sei so etwas Ähnliches, wie lebenslanger Zivildienst – sagte er. Ich solle erst mal eine Frau finden und zwei Kinder zeugen, bevor ich ihn nur ansatzweise verstehen würde. Bis dahin hatte ich mich um die Alltäglichkeiten zu kümmern.

Wenn ich es nicht tat, dann geschah auch nichts. Wobei ich zugeben muss, Jörg und Norbert kamen mit wenig aus und konnten überall schlafen, ich nicht.

Spät am Abend fanden wir die Unterkunft im Marais-Quartier, dem schönen, angeblich jugendlichen Stadtteil von Paris. Ich parkte das Auto so, dass ich es bis zur Abfahrt stehen lassen konnte. In unserer windigen Pension fiel sofort auf, dass keiner von uns ausreichend Französisch sprach. Bis wir endlich unser reserviertes Zimmer bekamen, war es kurz nach elf. Trotzdem standen wir fünf Minuten später wieder auf der Straße, weil wir noch am gleichen Abend die nähere Umgebung erkunden wollten.

Nichts hatte geöffnet, außer einem Café an der Ecke neben unserer Pension. Wir gingen in immer größeren Kreisen um den Block, um schließlich zu dem Café zurückzukehren.

Bis auf zwei alte Männer und den Kellner waren wir alleine. Wir bestellten mit Händen und Füssen Pernod und Wasser und tauschten uns bei ein paar Gläsern darüber aus, dass wir von Frankreich keine Ahnung hatten. Wir überlegten, wo man Silvester verbringen könnte, ob das da hinten zwei Mädchen waren, die um die Ecke bogen, ob sie gut aussahen, was man gegen die Kakerlaken in unserem Duschausguss machen könnte und wie wir uns mit der Morgentoilette organisieren würden, weil das WC nur durch einen Vorhang vom Rest des Zimmers abgetrennt war. Wir tranken noch ein paar Gläschen mehr, weil das mit dem Nachbestellen wie von selbst lief.

Nachdem wir immer wieder etwas bekommen hatten, ohne auf eine Sperrstunde hingewiesen zu werden, beschlossen wir, dass man sich in diesem Café gut aufhalten kann. Hier könnten wir alles planen, und falls uns nichts einfallen würde oder wir uns nicht einig wären, würden wir einfach sitzen bleiben.

Nach einem weiteren Pernod hielten wir fest, dass wir weder zu den Jägern noch zu den Sammlern gehörten. Wir gehörten zu der neuen Spezies der Angler, die bis dahin zeitgeschichtlich noch nicht existiert hatte.

Jäger waren Jungs, die Treibjagden veranstalteten und in der Gegend herumballerten. Sammler stöberten und wurden ihre Altlasten nicht los. Ganz anders Angler, die warteten einfach in Cafés, bis sie hübsche Französinnen entdeckten. Wenn sie an einem anderen Tisch saßen, dann nannte man das Stippfischen, und wenn man sie unter den vorbeigehenden Passanten entdeckte, dann war das Flussangeln.

Glücklich über die Logik der Zusammenhänge bezahlte irgendeiner irgendwie und wir gingen zurück in unsere Pension.

Am nächsten Tag frühstückten wir im selben Café, dem Petites Fleures. Norbert wollte unbedingt ins Museum, am besten in den Louvre. Jörg und ich versuchten, ihn an unsere Anglertheorie vom vorigen Abend zu erinnern, aber es nützte nichts, er wollte in ein Museum.

Norbert hatte einen Realschulabschluss und aus Rebellion gegen das Notensystem hatte er sein Abitur abgebrochen und eine Buchhändlerlehre begonnen. Er las doppelt so viele Bücher wie Jörg und ich zusammen, beschimpfte beim Lesen andauernd den Autor oder schüttelte einfach nur stumm den Kopf. Ich denke, er las lediglich, um sein verpasstes Abitur zu kompensieren. Zugegeben hätte er das allerdings nie. Vielmehr war es so, dass das klassische Bildungssystem seiner Ansicht nach völlig untauglich war. In Schulen lernte man alles über das Leben von Rebellen, Freigeistern und Revolutionären, mutigen Frauen und Männern, die meistens alles andere als angepasst waren. Und dabei sollte man sich anpassen, still sitzen, mitschreiben und auswendig lernen. Wir wurden alle falsch erzogen. Da Norbert nicht wusste, was man beim Abitur alles lernte und was nicht, hatte er den gewöhnliche Bildungslevel längst überschritten.

Norbert hätte einfach sein Abitur machen sollen. Dann müssten wir alle nicht so lange darüber reden und er müsste nicht so viel lesen, obwohl es ihm zuwider war.

Aber andererseits wären wir an diesem sonnigen Wintervormittag auch nie in den Louvre gegangen.

Der Louvre. Als wir in die erste große Halle mit Bildern kamen, sah ich sie sofort. Ina saß mit einer Freundin auf einer Bank vor einem Bild von Jaques-Louis David. Ihre Haltung war aufrecht und die langen blonden Haare fielen ihr glatt über die Schultern. Zunächst dachte ich, es sei ein Mädchen, das nur aussieht wie Ina. Das ist mir damals häufig passiert. Eigentlich täglich. Erst auf den zweiten Blick erkannte ich, dass sie es wirklich war. Wir hatten uns fünf Jahre nicht gesehen.

Jörg drehte sich auf der Schwelle um und ging raus auf den Hof. Vorher erklärte er noch kurz, dass all das, was dort hing, toter Scheiß sei, den sich nur irgendwelche Bildungsbürger reinziehen würden. Er wäre jetzt unten bei der Glaspyramide und würde unter freiem Himmel in der Sonne auf uns warten. Unerträglich, der ganze alte Mist. Die beiden Mädchen hatte er noch nicht mal bemerkt.

Norbert interessierte sich ausschließlich für die Bilder von David, die in der großen Halle und in den beiden kommenden Räumen hingen. Er erklärte mir, was es mit Jeanne D'Arc und dem Schwur der Horatier auf sich hatte und unter welchen außergewöhnlichen Umständen das Portrait des toten Statthalters entstanden ist. Ina saß vor dem Gemälde einer Frau auf einer Chaiselongue.

Seit Jahren hatte ich diesen Moment in Gedanken durchgespielt, mir vorgestellt, wie der weitere Verlauf meines Lebens mit Ina aussehen würde und was ich zuerst sagen könnte, falls wir uns je wiederbegegnen sollten. Wie ein Samurai-Schüler hatte ich meinen Hieb gelernt, sodass ich ihn, wenn es soweit wäre, ohne nachzudenken ausführen könnte. Und hier war er nun, der Augenblick.

Ich ließ Norbert verwundert stehen, ging zu Ina und ihrer Freundin, stellte mich neben sie und sagte, mit einer leichten Betonung auf dem ‚Hallo':

„Hallo. Darf ich deinen Po noch mal küssen?"

Dabei muss ich gestehen, ich hatte mir immer gedacht, dass wir uns auf irgendeiner Party zu Hause wiedertreffen würden, bei lauter Musik, und ich müsste ihr den Satz ins Ohr schreien, damit sie mich überhaupt verstehen könnte. Und ein wenig Alkohol wäre auch im Spiel. Dass wir uns im Louvre an einem strahlenden Tag begegnen würden und sie eine Freundin dabei hätte, konnte keiner ahnen.

Bei allem, was in den darauffolgenden Jahren zwischen uns geschehen ist, muss ich Ina bis heute hoch anrechnen, wie sie damals reagiert hat.

Sie drehte sich zu mir, lächelte mich freundlich an, sagte: „Ach, hallo Frank", fragte mich dann, was ich in Paris mache und stellte mir ihre Freundin Simone vor.

Das ganze Gespräch dauerte nicht viel länger als anderthalb Minuten. Ich habe sie gefragt, ob wir uns diesmal wiedersehen können, bevor sie abreist. Wir verabredeten uns alle zusammen für den kommenden Abend und dann musste ich raus, zu Jörg, weil es im Louvre zu wenig Sauerstoff gab.

Ina und ich haben uns später noch oft über diesen Tag unterhalten, so wie es unter frisch Verliebten üblich ist. Sie konnte mir dann genau beschreiben, was ich anhatte und wie ich ging, als ich auf sie zukam. Bis heute beharrt sie darauf, dass ich nur ‚Hallo' gesagt habe, mehr nicht.

Als wir uns am nächsten Abend in einer kleinen Bar in der Rue Morgue mit Ina und Simone trafen, kam ich mir vor wie jemand, der sich nach einer langen Autofahrt fragt, wie er unfallfrei ankommen konnte, obwohl er nicht auf die Strecke geachtet hatte. Ich war überglücklich darüber, dass bis dahin alles glatt gelaufen war. Wobei die Bedingungen für unser erstes Treffen nicht die besten waren. Jörg war grantig, weil wir seiner Ansicht nach im Petites Fleures hätten bleiben müssen. Die Musik in der Bar war genauso schlecht wie dort und der Weg wäre für uns viel kürzer gewesen.

Ina und ihre Freundin Simone kamen über eine halbe Stunde zu spät. Norbert und ich stellten uns ein kleines bisschen aufrechter an unseren Stehtisch und Jörg goss sich noch etwas Wasser in seinen Pernod. Seit wir in Paris waren, arbeitete er an der richtigen, seiner Ansicht nach optimalen Mischung.

Ina erschien. Sie war größer als ich dachte, trug einen weißen Rollkragenpullover aus weicher Wolle, der eng anlag und eine sehr gut sitzende Jeans. Den beigen Trenchcoat ignorierte ich. Sie ging so, als ob sie auf jeden Schritt großen Wert legen würde.

Dagegen war Simone eindeutig der robustere Typ. Das betraf sowohl die Kleidung als auch die Statur. Sie war kleiner und fülliger, aber nicht dick. Sie trug eine grün-changierende Bluse und einen dicken, karierten Winterwollrock mit schwarzen Strümpfen und braunen Stiefeln. Alleine war sie selbstsicher und fast bissig, wie sich in den kommenden Jahren zeigen würde. Wenn sie neben Ina stand, war sie jedoch immer lammfromm.

Erst als sie an unserem Tisch ankamen, sah ich, dass Ina sich mit einem älteren Paar unterhielt, das mit ihnen hereingekommen war. Ich stellte Norbert und Jörg kurz vor.

„Hallo ich bin Ina", sagte sie, „und das sind meine Eltern Marliese und Volker Werning."

Ich brachte Jörg und Norbert mit und sie ihre Eltern. Wir wollten es uns scheinbar immer noch nicht leicht machen.

Ich kann nichts Schlechtes über Inas Eltern sagen. Sie waren höflich und kamen beide ganz nach ihrer Tochter. Frau Werning war groß, sportlich, hatte schmale Fesseln und ein breites Lachen. Sie redete viel und war leicht zu durchschauen. Wenn sie eine Frage stellte oder selbst beantwortete, war ihre Intention sofort klar. Inas Vater hatte leuchtende Augen, weiße stoppelige Haare, war drahtig und sprach selten. Norbert stufte ihn später, als wir wieder unter uns waren, als typischen ‚Sammler' ein. Ina war sehr um das Wohlwollen ihrer Eltern bemüht. Sie fragte ihre Mutter nach Geschichten, die sie selbst schon kannte, um sie bei Laune zu halten. Sie unterstützte ihren Vater, wenn er hier oder da Einwände hatte und seine Frau korrigierte. Ina wollte, dass er im Gespräch nicht zu kurz kam.

Schöne Momente sollte man meiner Ansicht nach bewusst genießen. Ich genoss es sehr, dass meine Eltern nicht auch noch dabei waren.

Nach anderthalb Getränken fragte Frau Werning, ob wir Hunger hätten, und meinte damit eigentlich, dass sie Hunger hat.

Ich versuchte, eine Speisekarte zu bestellen, der Kellner deutete gelangweilt auf eine Kreidetafel an der Wand: Croque Monsieur.

Die Bars in Paris unterscheiden sich von den Cafés nur durch das Essensangebot. In Cafés gibt es Croissant mit Marmelade, Croissant mit Schinken oder Croissant mit

Käse. Oder für den großen Hunger zwei Croissants mit Marmelade, zwei Croissants mit Schinken oder zwei Croissants mit Käse. Zu jedem Angebot kann man Eier bestellen.

In Bars gibt es Croque Monsieur mit Schinken und Käse, und wenn man Hunger hat, dann kann man natürlich auch zwei bestellen.

Inas Mutter wollte Salat und ein ordentliches Steak. Deshalb gingen die Vier nach einer Stunde. Weil ich der Einzige war, der auch Hunger hatte, blieben Norbert, Jörg und ich zurück.

Bei diesem ersten, richtigen Treffen löste sich meine Faszination für Ina in Luft auf. Nicht etwa, weil sie sich hauptsächlich um ihre Eltern gekümmert hatte, sondern weil jahrelange Illusionen zerplatzten. Allein durch die Tatsache, dass sie ansprechbar war. Ich konnte normal mit ihr reden. Sie sagte schlaue und auch naive Dinge, wie alle anderen Mädchen, die ich bisher kennengelernt hatte. Sie wurde berührbar. Ich würde diesen Abend auf jeden Fall als tiefen Einschnitt in unserer Beziehung beurteilen, auch wenn hauptsächlich ihre Mutter geredet hatte.

Weil Ina erwähnte, dass sie das ‚Charles' mag, gingen wir auf mein Drängen am nächsten Abend wieder dorthin. Und diesmal wurden wir alle glücklich. Das Wochenende stand bevor und dementsprechend war es voller. Die Musik war nicht schlecht, viele Franzosen waren da und in einer Ecke waren Tische und Stühle zur Seite geräumt, damit man tanzen konnte.

Norbert bekam die Telefonnummer von einer kleinen Französin mit dunklen Augen und drei Freundinnen, die alle viel zu jung waren für uns, für ihn sowieso.

Wir tranken Pernod mit wenig Wasser, um schnell warm zu werden. Dann endlich, nach über zwei Stunden, tauchte Simone am Eingang auf. Ich winkte ihr, und sie kam lächelnd zu uns herüber. Die Tür hinter ihr öffnete sich allerdings kein zweites Mal. Ina und ihre Eltern waren zusammen essen gegangen und sie würde auch später wahrscheinlich nicht mehr kommen. Simone weigerte sich beharrlich, mir ihre Telefonnummer zu geben, weil Ina ihr verboten hatte, anderen Jungs ihre Nummer zu geben. Wie kann man so vorausschauend sein, dachte ich. Im Laufe des Abends entwickelte Simone etwas Schlangenhaftes, Gehässiges, obwohl ihr Mund dabei immer noch schön war. Es war zwei Tage vor Silvester. Sie erzählte uns von einer Bar am Place du Pompidou, in der man wahrscheinlich gut feiern könne, weil es dort eine riesige Uhr am Treppenaufgang zur Galerie geben sollte. Ina und sie wären aber nicht dabei. Ina würde morgen nach Lyon weiterreisen und Simone selbst würde mit Herrn und Frau Werning zurück nach Deutschland fahren.

Ich stellte mir drei Menschen in einem Auto vor, die alle Inas Telefonnummer hatten. Und ich stellte mir meine Freunde und mich zwei Tage später auf der Autobahn vor. Drei Menschen, die Inas Telefonnummer nicht hatten.

Simone langweilte mich, aber dennoch fragte ich sie, was sie zu Hause machen müsse. Sie fotografiere für einen Verlag, der demnächst ein Gedichtband herausbringen wolle. „Nichts Besonderes“, fügte sie hinzu, „eines der kleinen Bändchen, die in Buchhandlungen an der Kasse liegen und die man mitnimmt, wenn einem kein anderes Geschenk einfällt.“

„Von Gedichten hab ich keine Ahnung. Ich mache einfach Fotos und der Verlag sucht sich dann die passenden aus“, sagte sie.

„Nicht gerade romantisch“, erwiderte ich.

„Interessierst du dich etwa für Gedichte?“

„Ja. Ich mag Gedichte. Benn zum Beispiel.“

„Kenn ich nicht.“

Ich sagte ihr mein Lieblingsgedicht von Benn auf. Immerhin war sie Inas beste Freundin.

Was schlimm ist

Wenn man kein Englisch kann, von einem guten
englischen Kriminalroman zu hören, der nicht ins
Deutsche übersetzt ist.

Bei Hitze ein Bier sehen, das man nicht zahlen kann.

Einen neuen Gedanken haben,
den man nicht in einen Hölderlin-Vers einwickeln kann,
wie es die Professoren tun.

Jetzt meine Lieblingspassage:

Nachts auf Reisen Wellen schlagen hören
und sich sagen, dass sie das immer tun.

Sehr schlimm. Eingeladen sein und wissen, dass zuhause
die Räume stiller sind und der Kaffee besser ist.

Am schlimmsten. Nicht im Sommer sterben, wenn alles
hell ist und die Erde für Spaten leicht.

Es war laut und ich glaube, die letzte Strophe hatte sie nicht mehr verstanden, aber Simone war dennoch beeindruckt.

Jörg lehnte sich zu uns und winkte ab: „Schon wieder die Masche mit den Gedichten?"

„Wie meinst du das mit Masche?", fragte Simone verdutzt.

„Frank und Norbert lernen Gedichte auswendig, um Frauen aufzureißen."

„Ja, aber hier ist das was anderes. Wir kennen uns und sind zufällig auf das Thema gekommen", ergänzte ich.

„Näher lernen wir uns auch nicht kennen."

Simone stand auf und ging rüber zu Norbert, um sich mit ihm zu unterhalten. Mit mir sprach sie nicht mehr.

Für mich war ihr Verhalten unlogisch, weil Norbert auch Gedichte auswendig konnte.

Ich trank noch einen Pernod und ging dann tanzen.

Mitten auf der kleinen Tanzfläche bildete sich kurz eine Lücke. Auf der Lichtung, die zum Vorschein kam, tanzte – Ina. Etwas zu langsam für das Lied, aber die wenigen Schritte und die minimalistischen Bewegungen, die sie machte, passten perfekt. Sie war meinetwegen hier. Sie musste meinetwegen hier sein. Heute würde sie abreisen, denn es war bereits halb eins und normalerweise viel zu spät, um auszugehen, wenn man am Tag darauf reisen muss.

Sie lächelte mich an und ich winkte ihr zu. Schon beim nächsten Song musste ich zurück an die Theke. „Nothing compares 2U" war eines der schlimmsten Lieder, die mir damals passieren konnten. Außerdem hatte Jörg so lange das Gesicht zu der süßlichen Stimme von Sinéad O'Connor verzogen, dass es mir peinlich gewesen wäre, länger zu tanzen. Bei ihm angelangt sagte ich entschuldigend, dass Ina jetzt auch da sei. Er nickte verständnislos.

Drei Lieder später lehnte ich mich zum ersten Mal gegen meine eigene Spätpubertät auf und ging trotz Jörg und der schlechten Texte wieder auf die Tanzfläche.

Zu Hause hörten wir nur Soul – wegen der Echtheit der Gefühle. Und nebenbei gesagt, das was viele für Soul hielten, war kein Soul. Bei uns ging es nicht um Sade oder Lionel Ritchie. Worüber wir sprachen, fing bei den Temptations, den Supremes, Curtis Mayfield, Bobby Womack oder Marvin Gaye mit Tammy Tarrell an. Das alles war Soul, auf den man tanzen durfte.

Northern Soul war noch korrekter und man hätte auch darauf tanzen dürfen, denn alles, was wir hörten, hatte darin seinen Ursprung. Aber er war hart, schnell und zackig. Man brauchte Tanzflächen, die mit Talkum bestreut waren, aber die gab es bei uns in der Gegend nicht. Und wenn, dann hätten wir uns blamiert. Dazu kam, dass Mädchen lieber die Musik hörten, die sie für Soul hielten.

Ich tanzte etwa zwei Meter entfernt von Ina. Wir lächelten uns zu und ich versuchte, mich ihrem Rhythmus anzupassen. Und wenn ich meine eigenen, ausfallenden Schritte machte, versuchte sie das Gleiche. Dann hörte sie auf und ging zum Tresen, weil sie durstig war. Mit Musik-Politik hatte das bei ihr nichts zu tun.

Ich tanzte mein Lied zu Ende und stellte mich neben sie. „Nicht hier“, sagte sie so leise, dass ich sie kaum verstand. „Die Bar gehört den Eltern meines Freundes, hier kennen mich zu viele Leute, wir treffen uns in zehn Minuten draußen.“

So sollte man mal mit den Umweltressourcen umgehen, denn das war eines der besten Beispiele dafür, dass man mit wenig Energie viel erreichen kann. Ich hatte schließlich nur ein wenig getanzt.

Ich ließ mir von Jörg etwas Geld aus unserer Reisekasse geben und sagte ihm, dass sie nicht auf mich warten sollten, wenn ich nicht wieder auftauchen würde. Dann ging ich raus und wartete.

Es war kalt und es hatte gerade aufgehört zu regnen.

Sie hatte also einen Freund, damit hatte ich fast gerechnet. Es war nicht weiter tragisch, denn ich dachte an keinerlei Konsequenzen. Ich wollte weder mit ihr zusammen sein, noch Schuld daran haben, wenn sie ihn verlassen würde. Im Grunde genommen wollte ich Ina nur küssen, aber nicht mit ihr schlafen. Das dachte ich nicht aus moralischen Gründen, sondern weil meine Liebe wahrscheinlich nicht so groß sein würde, wie die ihres Freundes. Da ich mit Sicherheit der Verlierer sein würde, wäre es wohl am besten, wenn diese Situation erst gar nicht entstehen würde. So weit war ich, als Ina aus dem ‚Charles' kam.

Sie schaute sich kurz um und kam tatsächlich zu mir. Kann das Leben noch etwas Schöneres bieten als diesen Moment, dachte ich. Es war Nacht und eine bezaubernde Frau kam gerade aus einer Bar direkt auf mich zu. Nicht, um nach Feuer zu fragen oder nach dem Weg zur nächsten Bushaltestelle. Sie wollte zu mir. Sie war meinetwegen rausgegangen, hatte meinetwegen gelogen und ihrer Freundin unser geheimes Treffen wahrscheinlich schon gestanden.

Wir waren von Anfang an miteinander vertraut.

„Alles klar?"

„Ja, kein Problem."
„Schön, dass wir uns wiedersehen."
„Das finde ich auch."
„Du tanzt gut."
„Du aber auch."

Wer von uns was sagte, war völlig egal, wir meinten das Gleiche. Wir waren froh, uns wiederzusehen, gestanden uns gegenseitig, dass wir gehofft hatten, den anderen an diesem Abend zu treffen, und dass es gut war, draußen zu sein, obwohl es kalt war. Wir gingen ein Stück. Ina erzählte mir, dass sie seit ihrer Kindheit mit ihren Eltern nach Paris fuhr, weil ihre Mutter früher in Frankreich studiert hatte und die Stadt liebte. So hatte Ina sechs Jahre davor Marco kennengelernt. Er war Franzose und studierte in Lyon etwas Ähnliches wie Informatik, aber das hieß in Frankreich anders. Seine Eltern besaßen zwei Restaurants und eine Bar: das ‚Charles' in Paris. Die beiden Väter hatten sich auf einer Gastronomie-Messe kennengelernt. Ina sprach von Marco im gleichen Ton, wie man einem Fremden den Weg durch eine Stadt beschreibt, deutlich und nüchtern. Da vorne geht's links, dann zweimal rechts und dann geradeaus, dann sind Sie da. Aber ich bildete mir auch ein, dass etwas mitschwang wie: ‚Tut mir leid, dass sie es noch so weit haben.'

Ich versuchte, den traurigen Unterton zu vertreiben, indem ich ihr sagte, dass ein Mann mit drei Restaurants keine schlechte Partie sei, und zog sie eine Weile mit der dallasartigen Verbindung zweier Gastronomie-Dynastien auf. Ich amüsierte sie und erzählte ihr, was alles geschehen war, seit wir uns nachts auf dem Zeltplatz in Frankreich gesehen hatten. Von der Jugendfreizeit in Kaiserbach sprachen wir beide nicht. Es war zu weit weg, zu lange her.

Norbert hatte mich mal damit aufgezogen, wie man so blöde sein kann, ein Mädchen ziehen zu lassen, dessen Eltern ein Steakhaus besitzen und die sich schon in diesem jungen Alter gerne auf den Hintern küssen ließ. An dem Abend hatten wir uns gegenseitig verpasste Chancen bei Frauen erzählt. Seit dieser Nacht waren wir befreundet. Meine Frauen sahen wahrscheinlich besser aus, aber dafür klangen seine Geschichten wilder.

Ina hakte sich bei mir ein, weil ihr kalt war. Ich legte meinen Arm wie selbstverständlich um ihre Hüfte.

Sie erzählte mir, dass sie damals mit einer Freundin nach Hyères gefahren war, weil sie mit Marco Krach hatte. So lange kannten sie sich also schon. Dann kamen wir auf den Streit zwischen Anke und mir zu sprechen. Ich erzählte ihr von der Nacht und warum wir uns am nächsten Morgen nicht mehr getroffen hatten.

„Anke muss ja ein ganz schönes Fegefeuer gewesen sein“, sagte Ina und fröstelte in meinem Arm.

„Ja, schon sehr temperamentvoll, Skorpion. Mit einer Skorpionfrau werde ich in meinem ganzen Leben nicht mehr zusammenkommen.“

Mir fiel auf, dass ich einen Fehler gemacht haben könnte. „Was bist du denn für ein Sternzeichen?“

„Wassermann, Aszendent Zwilling“, gab sie zurück.

„Du bist meine Eltern!“, rutschte mir heraus.

„Ich bin was?“

„Hm, du hast die beiden Sternezeichen meiner Eltern. Meine Mutter ist Wassermann und mein Vater Zwilling“, stellte ich klar.

„Aha. Und ist das gut?“, fragte sie.

„Natürlich ist das gut.“

Alles war gut, außer Skorpion.

Ich erzählte Ina, dass ich zwei Jahre mit Anke zusammen gewesen war, dass wir ein intensives Jahr hatten und in dem Jahr darauf nur Stress. Ich erzählte ihr auch, dass Anke direkt nach unserer Beziehung lesbisch geworden ist. Das war nichts Besonderes, denn ich machte in der Regel keinen Hehl aus dieser Geschichte. Mich plagten immer noch keine kleinlichen Gedanken, ob ich eventuell sexuell versagt haben könnte. Wenn ich mich mit Frauen darüber unterhielt und feststellte, dass sie dachten, ich könnte an meiner Potenz zweifeln, dann dachte ich nur, für wie einfältig halten Frauen einen Mann eigentlich? Und wenn ich mit Männern darüber sprach und die dachten, dass ich jetzt an meiner Potenz zweifle, dann dachte ich, wie einfältig sind Männer eigentlich? So oder so, ich schnitt meiner Meinung nach in diesen Gesprächen nie schlecht ab und war froh, dass Ina sich die Geschichte nur aufmerksam anhörte, ohne etwas dazu zu sagen.

Wir gingen durch romantische Gassen und kamen an großen Parks vorbei. Wir passierten Läden und Bars, die geschlossen hatten, weil es schon spät war. Ina ließ sich von mir führen, obwohl sie sich in Paris besser auskannte. In die Parks gingen wir nicht, weil sie zu dunkel waren und Hauptstraßen kreuzten wir so schnell wie möglich, weil sie zu hell waren. Wir wollten alleine bleiben, keinem begegnen.

Einmal, am Rande eines Flusses, ich nehme an, es war die Seine, setzten wir uns auf eine Mauer und schauten dem Wasser zu. Alles war von Straßenlaternen in gelbes Licht getaucht. Ich schob Inas Haare beiseite, roch an ihrem Hals und küsste ihren Nacken. Vielleicht habe ich, im Vergleich zu Marco, doch auch einen Anspruch auf sie, wenn man es an der Dauer meiner Liebe misst, dachte ich.

Wir gingen weiter, uns war nicht mehr kalt. Gegen halb sieben blieb sie stehen und sagte: „Da vorne wohne ich, ist wohl besser, wenn wir uns hier verabschieden."

Ich war sehr verwundert. Wie hatte ich sie nach Hause bringen können, ohne zu wissen, wo das war?

„Sehen wir uns wieder?", fragte ich, um etwas zu tun, was die Nacht verlängerte.

„Ja, Frank."

Ina gab mir ihre Telefonnummer.

Wir standen da, Arm in Arm. Dann kam sie nah mit ihrem Mund zu mir, und kurz bevor unsere Lippen sich berührten, legte sie ihre Hand dazwischen, auf meinen Mund. Dennoch küsste sie diesen verbotenen Kuss zu Ende. Sie küsste ihren eigenen Handrücken. Ihr Gesicht war so nah, dass ich sie riechen konnte, und ihren Atem spürte ich durch ihre Finger.

Wir trennten uns langsam aus der Umarmung und ließen unsere Finger so lange zusammen, wie es nur ging. An ausgestreckten Armen glitten unsere Fingerspitzen auseinander. Ich hatte das Gefühl, dass ich schon zwei Blocks weiter war, bevor wir uns losließen.

Von da an gibt es über diesen Urlaub nichts Wesentliches mehr zu berichten. Silvester interessierte mich nicht mehr, mein Neues Jahr hatte bereits begonnen. Ina ist am nächsten Tag abgereist. Für mich brach keine Welt zusammen, weil ich sie wiedersehen würde. Sie fuhr nach Lyon zu Marco, das war sozusagen höhere Gewalt. Unsere Nacht war zu schön, um einzig zu bleiben, zu intensiv, um sie vergessen zu können.

Nur eines noch: Silvester sollte man niemals in dieser Bar mit der großen Uhr am Place du Pompidou feiern. Es ist eine der wenigen übrig gebliebenen Existenzialisten-Bars. Dort kümmert es keinen, wenn es zwölf Uhr wird in Paris. Norbert, Jörg und ich waren die einzigen, die aufstanden, um anzustoßen.

6. REHE UND ANGSTBEIßER

März 1991, Grömitz, 3 Tage

Es war nicht sonderlich warm und es regnete leicht. Dennoch gingen wir am Ostseestrand spazieren. Ina hatte einen Schäferhund dabei. Es war der Hund von Freunden ihrer Eltern. Und weil die Eltern selbst spontan weggefahren waren, sollte Ina auf ihn aufpassen. Ich habe Angst vor Hunden und finde sie eklig und plump, weil sie laut sind und stinken. Auch die einfache und verständliche Erklärung von Inas Vater, dass man vor Otto keine Angst haben müsse, weil er ein Angstbeißer sei, der nur zubeißt, wenn er sich nicht sicher fühlt, beruhigte mich nicht. Wie sicher würde sich ein zweijähriger Schäferhund aus dem Tierheim wohl fühlen, der erst seit vier Wochen neue Herrchen hatte, die ohne ihn verreisten, ihn bei den Nachbarn ließen, die dann auch ohne ihn verreisten und ihn bei ihrer Tochter abgaben, die dann letztendlich mit ihm und ihrem hundefeindlichen Freund verreiste?

Schon während der Autofahrt musste Ina ihn die ganze Zeit zwischen ihren Füßen im Fußraum sitzen lassen, weil Otto auf der Rückbank keine Ruhe gab. Bei unserer Ankunft waren das Handschuhfach und die komplette Beifahrertür mit Hundespeichel vollgesabbert. In dem angetrockneten Sabber klebten stinkende Hundehaare.

Als wir das erste Mal die Küste sahen, musste ich anhalten. Strahlend schnappte Ina sich Otto und eine Flasche Wasser von der Rückbank und rannte in Richtung Strand.

Über den Zustand des Beifahrer-Fußraumes in meinem Auto verlor sie kein Wort und ich natürlich auch nicht.

Sie lief ein ganzes Stück vor mir und warf für Otto Treibholz in die Wellen, damit er noch mehr stinken würde, wenn er rauskäme. Manchmal hechelte er mit dem viel zu großen Holzstück an Ina vorbei und sprang aufgeregt zu mir. Vorsichtig griff ich dann nach dem Ast und hoffte, dass er loslassen würde, damit ich ihn so weit wie möglich wegschleudern könnte.

Ina mochte Otto. Sie mochte Hunde und insbesondere Schäferhunde. Otto erinnerte sie an ihre tote Hündin Reika, von der sie immer noch ein Foto in ihrem Portemonnaie hatte. Obwohl wir uns noch nicht oft getroffen hatten, hatte sie schon viel von ihr erzählt. Sie war sehr traurig darüber, dass Reika gestorben war. Ich hingegen war froh, dass die Anwesenheit eines Hundes an diesem Wochenende eine Ausnahme sein würde. Solange Inas Trauerphase anhielt, wollte sie keinen neuen Hund. Auch darüber war ich froh.

„Du darfst keine Angst haben", rief sie lachend zu mir, als Otto wieder an ihr vorbeirauschte und über den nassen Sand auf mich zuschoss. Diesmal hatte er allerdings das Treibholz liegen gelassen und kam völlig unbewaffnet. Da wir uns noch nicht mal einen ganzen Tag kannten, fragte ich mich, was das zu bedeuten hätte. Seine Zunge schlabberte zwischen den Zähnen und er hetzte, so schnell er nur konnte, auf mich zu.

Ina lachte und machte lustige Hechelgeräusche.

„Hassa, hassa, hassa. Los Otto, hol ihn dir. Los."

Da setzte der Köter auch schon zum Sprung an. Mit einer wenig geschickten Bewegung torkelte ich zur Seite und Otto verfehlte mich. Auf Brusthöhe flog das stinkende Fellknäuel an mir vorbei. Schon rappelte er sich wieder auf und kam zurück. Beliebig wie Hunde sein können, rannte er allerdings an mir vorbei zu Ina, weil sie die vielversprechendere Spielpartnerin zu sein schien. Sie blieb stehen, fing ihn auf, ließ sich mit ihm in den Sand fallen und die beiden tollten herum.

Menschen, die mit Hunden gut umgehen können, so wie Ina oder mein Freund Norbert, faszinierten mich. Nicht, dass ich Wert auf die Gesellschaft eines Hundes gelegt hätte, aber Menschen, die mit Hunden spielen, haben etwas Natürliches, Unkontrolliertes, um das ich sie beneidete. Ich hingegen stand regelmäßig stocksteif daneben. Und falls eine Welle der tierischen Freude auf mich überschwappte, hielt ich widerwillig meine Hand hin und fragte mich, wo ich wohl die nächste Gelegenheit finden würde, um sie zu waschen.

Damals am Strand wollte ich nicht zugeben, dass ich Hunde nicht ausstehen kann. Es war unsere erste gemeinsame Reise, ein verlängertes Wochenende an der Ostsee, und ich befürchtete, ein solches Geständnis könnte unsere Beziehung tief treffen. Wir hatten schließlich noch nicht mal miteinander geschlafen.

Also versuchte ich, mich Otto gegenüber freundlich zu verhalten, und erzählte Ina, ich wäre eher ein Katzen-Typ. Obwohl ich mit Katzen genauso wenig anfangen konnte wie mit Hunden.

Ich hatte ein klares Bild davon, wie ich an diesem Wochenende zu funktionieren hätte. Ich wollte höflich, charmant, überraschend und witzig sein. Und undurchschaubar. Ich war eine Maschine, die sich selbst auf Ina programmiert hatte, und mein Repertoire umfasste nahezu alles, was man sich vorstellen kann. Hunde- und Katzen-Lügen waren da erst der Anfang.

Auf der Suche nach der passenden Unterkunft stellte sich jedoch schon heraus, dass ich unschlüssiger war, als ich es von mir erwartet hatte. Die eine war mir zu groß, die andere zu nah an der Straße und eine weitere war komplett ausgebucht für eine Hochzeitsgesellschaft. Ich kam mir vor, wie ein Vogelmännchen, das einen geeigneten Nistplatz für sein Weibchen sucht.

Schließlich fanden wir ein kleines Hotel am Rande von Grömitz, das meinen Ansprüchen gerecht wurde und das Haustiere akzeptierte.

Im Inneren des Hotels ging unsere Reise weiter. Als wir in das erste Zimmer kamen, setzte Ina sich vorsichtig auf das Bett und sagte, dass sie hungrig und müde sei.

„Wir können ja gleich hier im Restaurant was essen gehen", sagte ich, ohne die Taschen abzustellen und sah mich in dem Zimmer mit der Nummer eins um. Es war klein, schlauchförmig und lag direkt neben dem Haupteingang des Hotels, gegenüber der Rezeption.

„Findest du das Zimmer gut?", fragte ich sie.

„Ja, du nicht?", sagte sie leichtfertig.

„Irgendwie klein. Und dunkel."

„Ja, aber ist doch in Ordnung."

„Soll ich nicht noch mal nach einem anderen Zimmer fragen?"

„Von mir aus nicht. Aber wenn es dir lieber ist."

Ich stellte die Taschen ab, stieg über Otto, öffnete die Tür und stand direkt vor der Rezeption.

„Können wir vielleicht ein anderes Zimmer bekommen?“, fragte ich tonlos. Ich war erst dreiundzwanzig. Auf den drei Metern hatten mich der Mut und die Empörung über das dunkle Loch schon wieder verlassen.

„Stimmt was nicht mit dem Zimmer?“, fragte mich die Wirtin schroff.

„Nein, nein, alles in Ordnung, aber haben sie noch ein anderes? Vielleicht ein bisschen weiter oben?“

Sie drehte sich zum Schlüsselbrett und gab mir einen Schlüssel mit der Nummer zwölf.

„Erster Stock, den Gang rechts runter. Am Ende auf der linken Seite.“

Ich bedankte mich. Und holte Ina, die Taschen und den Hund. Im Zimmer Nummer zwölf roch es nach kaltem Rauch, aber das störte mich nicht, weil es in zwei Stunden sowieso nach Otto riechen würde. Inakzeptabel hingegen war die Beleuchtung. Selbst wenn man die dünne, ockerfarbene Gardine zuzog war es taghell. Zwei von vier Halogenscheinwerfern, die eigentlich das Hotelschild von außen anleuchten sollten, waren direkt auf das Bett von Nummer zwölf gerichtet.

An der Rezeption fragte ich nach einem Zimmer, in dem es nicht nach Rauch riechen würde.

„Auf all unseren Zimmern darf geraucht werden“, sagte die Wirtin und drehte sich diesmal nicht so bereitwillig nach dem Schlüsselbrett um, wie beim ersten Mal.

„Meine Freundin bekommt Kopfschmerzen davon“, log ich.

Das nächste Zimmer, die Nummer dreiundzwanzig, lag in der zweiten Etage, die im letzten Herbst frisch renoviert worden war. Als wir es betraten, wurde mir klar, weshalb die Wirtin so süffisant gelächelt hatte, als sie mir den Schlüssel gab. Es hatte neue Sprossenfenster und war, im Vergleich zu dem, was wir bisher gesehen hatten, besonders liebevoll eingerichtet. Bis auf die Tatsache, dass die Betten nicht zusammenstanden, war es perfekt.

Abends beim Essen waren wir zunächst die einzigen Gäste in dem kleinen Hotelrestaurant. Ich wählte einen Platz in einer Nische, die mir nicht so dunkel erschien wie alle anderen Ecken. Ich suchte Aperitifs aus, schlug vor, was hier wohl gut schmecken könnte und worauf man sich besser nicht einlassen sollte. Rotwein fand ich romantischer als Weißwein, obwohl ich Weißwein lieber mochte. Ich fragte Ina, ob ihr Rotwein recht sei. Er war ihr recht.

Wenn mir jemand gesagt hätte, ich hätte damals einfach ‚ich selbst' sein sollen, dann hätte ich gesagt: Ich wusste nicht, wer ich war. Und schon gar nicht, was ich wollte.

Ina war nur zu etwa neunzig Prozent meine große Liebe. Sie war ein Mädchen, das höchstens auf dem Weg zur perfekten Liebe liegen würde. Man verhält sich in solchen Fällen ähnlich wie beim Autofahren. Solange man nicht weiß, wo es lang geht, fährt man erst mal geradeaus. So gern ich bei Ina abgebogen wäre – Ina hatte Fehler.

Was ich ihr von Anfang an verübelte, war, dass sie meine Tricks nicht durchschaute und dass sie mein blödes Gehabe und meine Lügen nicht auffliegen ließ. Ich konnte sie zu leicht beeindrucken.

Stolz sagte sie mir während des Essens, dass sie mich souverän findet. Wie ich bestellte, uns ein neues Zimmer geben ließ und wie höflich ich dabei gewesen sei. Sie hatte mich aufmerksam beobachtet. Ich war zwar zufrieden, aber ich hatte eigentlich nur das getan, was ich von meinem Vater kannte. Auch er besorgte Zimmer, suchte Weine aus und bestellte Essen. Er wusste allerdings genau, was er tat. Ich wiederholte lediglich das, was ich bei ihm beobachtet hatte.

Zwischendurch erzählte ich ihr von meinen Lieblingsfilmen. Sie kannte keinen und wenn sie einen Film gesehen hatte, dann erinnerte sie sich nicht an die Ausschnitte. Aber das störte mich nicht. Frauen und mein Freund Norbert behielten Filmausschnitte nicht. Dieser Teil im Gehirn wird wohl für etwas anderes gebraucht.

Ina plätscherte so vor sich hin. Und ich bekam langsam ein eindeutigeres Bild von ihr. Sie war brav und ehrlich, liebte die Natur und trieb viel Sport. Den Kontakt zu ihren Mitschülern aus der Abitur-Klasse hatte sie abgebrochen, weil sie mit denen nichts anfangen konnte und die mit ihr auch nicht.

Sie schwärmte von ihren Freundinnen, von denen keine irgendwelche Zukunftspläne hatte, die ich je gutheißen würde: Aerobictrainerin, Innenarchitektin, Modefotografin. Gegen eine Modefotografin hätte ich nichts gehabt, aber das war Simone und die konnte ich ohnehin nicht ausstehen.

Ina wurde nicht konservativ erzogen und hatte sich dennoch konservativ entwickelt. Nicht besonders aufregend, wie ich fand.

Ihr Bruder Jonas war ein Jahr jünger als sie und hatte immer noch keine Freundin. Heiter fügte Ina hinzu, dass sie ab und an mit ihm Unterwäsche einkaufen ging, denn Jonas hätte angeblich keinen Sinn für so etwas. Ein Mädchen täte ihm gut. Er interessierte sich für Musikanlagen, sammelte Filme und hatte sich in der Dachwohnung seiner Eltern so eingenistet, als wolle er sie nie wieder verlassen.

Jonas war mir sympathisch. Unter anderem lag das daran, dass Ina mir erzählte, er würde immer zu ihr sagen, dass Marco nicht zu ihr passt. Jonas mochte ihn zwar, sprudelte es aus ihr heraus, er war aber auch der festen Überzeugung, dass sie einen romantischeren Freund haben sollte.

Darüber freute ich mich, denn viele dachten, ich sei ein Romantiker. Ich glaube das nach wie vor eher nicht. Ich bin handwerklich ungeschickt und in vielen pragmatischen Dingen des Lebens, sagen wir, nicht so auf Zack, wie es üblicherweise sein sollte. Zum Glück denken die meisten, man sei ein Träumer oder gar Romantiker, wenn man keinen Nagel gerade in die Wand schlagen kann.

Ich habe mal sechs Wochen in einer halbdunklen Wohnung gewohnt, weil das Rollladenband sich verheddert hatte. Aus purer Faulheit und der festen Überzeugung, dass meine Fähigkeiten zur Reparatur sowieso nicht genügen würden, hatte ich noch nicht mal nach der Ursache gesucht. Damals hatte mein Vater mit einem Schraubenzieher und einem Kopfschütteln den Schaden innerhalb von zwei Minuten behoben. Eine Geschichte, aus der man nicht als ungeschickt, sondern als eigenwillig hervorgeht, wenn man sie im richtigen Moment erzählt.

Inas Verhältnis zu Marco sprach nicht gerade für sie. Ich schätze, die beiden hatten in den ersten zwei, drei Jahren ihrer Freundschaft keinen Sex.

Marco war drei Jahre älter und weil Ina nicht über sein Aussehen sprach, stellte ich ihn mir als typischen Franzosen vor. Groß, schlank, einen dunklen Lockenkopf mit einem schönen Mund. Für mich war er einer dieser öden Austauschstudenten, die sich flammend für ihr jeweiliges Gastland interessieren und nach dem Essen immer beim Tischabräumen helfen.

Er und Ina hatten sich nur alle sechs bis acht Wochen treffen können, weil Marco zu sehr mit seinem Studium beschäftigt war. Vielleicht war es nur deshalb so langsam in ihrer Beziehung vorwärtsgegangen. Mir fiel auf, dass Ina es vermied, Näheres über ihn zu erzählen, was für mich damit zusammenhing, dass sie ihn belogen hatte, damit wir gemeinsam das Wochenende verbringen konnten. Auch über das, was sie ihm gesagt hatte, sprach sie nicht. Wenn man jemanden belügt, will man nicht noch lange darüber reden. Dafür hatte ich Verständnis und hatte deshalb nur zweimal nachgefragt. Beim ersten Mal wich sie aus und als ich das zweite Mal gefragt habe, beugte sie sich über den Tisch, gab mir einen zärtlichen Kuss auf den Mund und sagte:

„Ist das wirklich wichtig für dich?"

Ina war die Romantikerin, nicht ich.

Dann war da noch die Sache mit dem Aussehen. Alle, die Ina kannten, fanden, dass sie phantastisch aussieht. Durch die Tatsache, dass sie nebenbei ihr Geld als Fotomodel verdiente, wurde diese These offiziell bestätigt. Ich hingegen fand, dass sie etwas zu blass war. Sie hatte trockene Hände und lange, schlanke, aber auch riesige

Füße. Im Verhältnis zur Körpergröße von einmeterfünfundachtzig natürlich völlig gerechtfertigt, aber eben trotzdem groß.

Sie hatte die gleichen, auffälligen, langen und naturblonden Haare wie früher. Dazu gesellte sich ein fürchterlich auftoupierter, rund geföhnter Pony. Er hätte eher in eine amerikanische Serie als in mein Leben gepasst. Dennoch, ich wollte so viel Zeit wie nur möglich mit ihr verbringen.

Ich unterschied mich von Marco dahingehend, dass ich unbedingt mit Ina schlafen wollte und ich wollte vor allem, dass sie das auch merkte. Eine lange Freundschaft ohne Sex war nichts für mich.

Ina signalisierte das Gleiche und tat auch sonst alles, um mir zu gefallen. Zumindest sah alles, was sie tat, für mich so aus. Wie sie ging, wie sie mich ansah, was sie sagte. Sie redete unentwegt, die ganze Autofahrt über und auch an diesem ersten Abend im Restaurant.

Meine Mittel waren im Vergleich zu ihren eher beschränkt: Zimmer besorgen, Wein aussuchen, Wade streicheln.

Bei Ina hatte alles, was sie tat, eine gewisse Grazie. Sie wirkte fast scheu. Und scheu verwende ich nicht zufällig, sondern weil sie die Motorik eines jungen Rehs hatte. Sie war tapsig, oft unsicher auf den Beinen und rempelte Stühle, Tische, Bettkanten oder Mülleimer an. Natürlich war sie nicht wirklich tapsig. Sie war nicht berechnend, sie tat nicht so, um hilflos zu wirken. Nein, sie war eher so sehr damit beschäftigt, wie sie wirkte und ob alles, was sie machte, richtig war, dass sie dabei einfache Notwendigkeiten vergaß, wie zum Beispiel die, einem Tisch auszuweichen.

Dabei sah sie immer überwältigend aus. Sie ging aufrecht aber drehte den Kopf zu wenig und ihr Oberkörper war immer etwas schwerfälliger als die langen Beine, was zur Folge hatte, dass er nachfederte, wie bei jemandem, der bei einer Vollbremsung zuerst nach vorne und dann wieder nach hinten geschleudert wird, nur nicht so extrem. Sie war pur und von umwerfender Einfachheit in ihrem Auftreten. Das war es wahrscheinlich, was alle anderen auch merkten und weshalb ich das Gefühl hatte, dass der Geräuschpegel etwas abnahm, wenn sie den Raum betrat. Ich saß dann einfach da und wartete, bis sie nahe genug war, um mich anzulächeln – und sie lächelte mich immer an. Das hatte ich in der kurzen Zeit, die wir uns kannten, bereits festgestellt. In diesen Momenten war ich sehr stolz. Und weder ihr Lächeln noch das Gefühl, das es bei mir auslöste, ging über die kommenden Jahre verloren.

Das Restaurant füllte sich später mit Gästen, die nicht zum Hotel gehörten. Wir blieben sitzen, keiner von uns machte Anstalten, aufs Zimmer zu wollen. Ich bestellte den gleichen Wein noch mal, obwohl ich davon schon Sodbrennen bekam. Ina nippte in kleinen Schlucken und war gut gelaunt.

Es wäre platt gewesen, ihr zu sagen, dass ich wild auf ihre Haut war, verrückt nach ihrem Duft und schon seit zwei Stunden nichts lieber getan hätte, als ihre Haare zur Seite zu schieben, um ihren schlanken Hals zu küssen. Also fragte ich, um mich langsam in die richtige Richtung zu bewegen, ob sie schon mal unglücklich verliebt war. So unvermittelt, wie ich die Frage gestellt hatte, bekam ich eine Antwort:

„Ja, als ich Marco kennengelernt habe. Ich war, wie oft in den Sommerferien, mit meinen Eltern in Frankreich. Marco hab ich auf einer Party zum ersten Mal getroffen. Wir haben nur kurz miteinander gesprochen und dann hat mir jemand seine damalige Freundin vorgestellt. Ich war todtraurig, hab mir nächtelang die Augen aus dem Kopf geheult und bin schließlich nach Deutschland zurückgefahren, weil die Ferien vorbei waren. Er war total süß. Ich war so verliebt, dass ich ihn zu Hause nicht vergessen konnte. Es war fürchterlich."

Ina war eindeutig zu ehrlich und ich hoffte, sie würde niemals über mich sagen ‚er war total süß'.

„Und was geschah dann?", fragte ich, weil ich wollte, dass sie schnell zur Gegenwart überging.

„Irgendwann hat er seine Freundin verlassen und ist nach Deutschland gekommen, um mich zu besuchen. Seitdem waren wir ein Paar." Beim letzten Satz wurde sie einen Hauch leiser. Und sie hatte die Vergangenheit verwendet.

„Er hat also seine Freundin wegen dir verlassen", sagte ich triumphal. Sie sagte „Ja" und sah mich verwundert an.

Wenn man jemanden betrügt, dann fühlt man sich besser, wenn derjenige auch ein Betrüger ist.

Unser Gespräch wurde automatisch verbindlicher. Es ging gar nicht anders, wir mussten über Trennungen, Liebe und mehr Liebe, über Glück und Unglück sprechen. Eins ergab das andere. Handbremse gelöst, das Auto rollte den Berg runter.

Zwischendurch ging ich auf die Toilette. Als ich zurückkam, war da wieder Psycho-Otto. Andere Hunde interessierten ihn nicht, das hatte ich nachmittags bereits festgestellt, aber alles was sich bewegte, beobachtete er genau und bellte dann, völlig unberechenbar, dieses oder jenes an. Er machte keinen Unterschied zwischen Radfahrern, Kellnern, Autos, Windfähnchen und mir. Er ließ mich nicht an den Tisch zurück, er hatte vergessen, dass ich zu Ina und ihm gehörte.

Der Plan, den ich mir auf der Toilette ausgemalt hatte, Ina bei meiner Rückkehr endlich auf den Hals zu küssen, nur ganz kurz, ganz zart, ging nicht auf. Die Stimmung war durch das ohrenbetäubende Gekläffe zerstört.

Stattdessen starrten uns alle an und ich grinste verlegen. Wegen einem Schäferhund angestarrt zu werden, machte Ina nichts aus, mir aber schon.

Eine ältere Dame lehnte sich vom Nachbartisch, der auf uns aufmerksam geworden war, zu uns herüber. Otto bellte sie an.

„Entschuldigung. Sind sie Carl-Uwe Steeb, der Tennisspieler?“, fragte sie mich.

„Nein“, sagte ich. Und völlig überflüssig: „Ich bin Frank Stürmer.“

„Sie können es ruhig zugeben“, sagte der ältere Herr neben ihr. Es saßen insgesamt drei Pärchen an dem Tisch, die mich jetzt alle anlächelten und nickten.

„Nein, tut mir leid, da verwechseln sie mich.“

Es war nichts Neues für mich. Ich wurde seit einiger Zeit mit Carl-Uwe Steeb verwechselt. Er war ein aufkommender Tennisstar, von dem man noch nicht genau wusste, wie lange er sich halten würde und ob man ihn sich merken musste. Gesicht und Frisur ließen einen Vergleich zu, unsere Körper jedoch keineswegs. Er war viel kleiner und meine Oberschenkel hätten gut seine Unterarme sein können.

Ein anderer Herr von dem Tisch: „Na. Ich bin mir da aber ganz sicher."

Alle nickten. Ina grinste.

„Ja, ja. Das passiert mir oft", und um es zu beteuern, stand ich auf und zeigte meine schlaksige Figur. Ina versuchte, Otto zu beruhigen. Ich setzte mich schnell wieder.

Die älteren Herrschaften untereinander:

„Im Fernsehen sieht er nicht so schlank aus."

„Ja, ja. Der Bildschirm täuscht ganz schön."

„Ich hätte gedacht, seine Haare wären länger."

„Will wahrscheinlich mit seinem Mädchen auch mal ungestört sein."

„Ja", „Genau", „Stimmt", „Kann ich verstehen".

Sie waren sich einig und prosteten mir zu.

Ina konnte Otto nicht mehr beruhigen und meinte zu mir, laut genug, dass der andere Tisch es hören konnte:

„Lass uns gehen. Ich muss noch mal mit dem Hund raus und du musst morgen wieder früh auf den Platz."

Wir gingen. Und ich musste noch vier Autogramme geben, die dankbar angenommen wurden, obwohl ich trotzig mit meinem eigenen Namen unterschrieben hatte.

Auf dem Parkplatz vor dem Hotel versuchte Ina, Otto wieder einzufangen. Ich schaute ihr dabei zu und schmunzelte in mich hinein, denn ich freute mich über den kleinen Witz, den sie am Ende im Restaurant gemacht hatte. Spontanen Humor hatte ich ihr bislang nicht zugetraut. Ich war erleichtert, dass sie nicht so einfältig war, wie ich bisher dachte, und ich begann, mich eventuell in sie zu verlieben.

Später in unserem Zimmer lag ich schon lange im Bett, als Ina endlich aus dem Bad kam. Die Badezimmertür öffnete sich einen kleinen Spalt, Inas Hand kam heraus, knipste das Hauptlicht aus und sie huschte im Dunkeln ins Bett – in das andere Bett, neben meinem.

„Alles klar?“, fragte ich.

„Ja. Brrr, ganz schön kalt.“

„Ja, finde ich auch.“

„Ist das Fenster auf?“

„Ja gekippt.“

Wir redeten weiter in kurzen Sätzen über die Temperatur, die Landschaft und den Abend. Immer so, als würde direkt danach eine wichtige Information folgen, aber sie kam lange Zeit nicht.

Als meine Augen sich an die Dunkelheit gewöhnt hatten, sah ich, dass Ina mich anschaute und die Haare zu Zöpfen geflochten hatte. Endlich gelangten wir umständlich zu den entscheidenden Sätzen:

„Ich komm zu dir rüber.“

„Ja, das wäre schön.“

Ich legte mich neben Ina und gegen Morgen schliefen wir Arm in Arm ein, müde vom Reden und müde vom Küssen.

Vorher hatten wir es noch dazu gebracht, die Betten zusammenzuschieben und damit den Zugang zur Toilettentür zu versperren. Dieses Wochenende schien unendlich kompliziert zu sein.

An unserem zweiten Abend im Hotelrestaurant, wir hatten kein anderes gefunden, wurden wir von der Tochter der Besitzer zum Restetrinken eingeladen. Da die anderen Etagen ebenfalls renoviert werden sollten, wurde direkt nach unserem Wochenende das Hotel für zwei Monate geschlossen. Restetrinken bedeutete, dass man die angebrochenen Flaschen des Kellers leert, damit das

Zeug nicht verkommt. Dabei ging es hauptsächlich um offene Weine, aber schon nach kurzer Zeit konnte man auch auf die angebrochenen Flaschen aus der Bar zurückgreifen, die eigentlich nicht schlecht geworden wären.

Es sah ganz so aus, als würde es ein schöner Abend werden.

Mittlerweile waren alle im Hotel der festen Überzeugung, ich sei Carl-Uwe Steeb.

Als der normale Restaurant-Betrieb beendet wurde, waren wir noch etwa fünfzehn Leute. Zwei lange Tische wurden direkt vor der Bar zusammengeschoben und es wurde viel getrunken und laut gelacht.

Ina trank kaum Alkohol. Sie konzentrierte sich auf das Bitter Lemon. Das offene Ginger Ale hatte sie sich ebenfalls vorgenommen.

Ich hingegen trank nur Alkohol. Schon allein aufgrund der Tatsache, dass unsere Gastgeberin, ein aufgewecktes Mädchen in unserem Alter, neben mir saß. Sie zwang mich regelrecht dazu, mir unentwegt neue Tennis-Geschichten auszudenken. Und wenn mein Glas leer war, nahm ich freundlich das Getränk an, das gerade herumgereicht wurde. Carl-Uwe Steebs Glas war nie lange leer. Und auch für meine Freundin Ina wurde immer gut gesorgt. Vor ihr standen inzwischen diverse Säfte und Wassersorten zur Auswahl.

Die Wirtin kam später kurz an unseren Tisch und entschuldigte sich bei mir für die Sache mit dem Zimmer Nummer zwölf. Sie könne verstehen, dass ein Tennis-Spieler nicht in einem Raucherzimmer schlafen wolle. Ich bot ihr an, mich Charly zu nennen, wie all meine Freunde es machen würden. Sie wurde rot und verschwand schnell wieder, um ‚die jungen Leute nicht länger zu stören'. Dann prostete ich ihrer Tochter zu, die neben mir saß, und bot ihr ebenfalls an, mich Charly zu nennen. Auch sie wurde rot und weil sie nicht gleich in die Küche ging, gab ich ihr einen leicht verrutschten Kuss auf die Wange. Mir fiel auf, wie glatt ihre Haut war und wie gut ihr Haar roch.

Ina hatte von all dem nichts mitbekommen. Sie unterhielt sich die ganze Zeit mit zwei Brüdern, die in Grömitz lebten. Es waren Jungs mit einem, aus meiner Sicht, absurden Leben. Beide waren Engländer, die gebrochen Deutsch sprachen. Sie wohnten alleine im Haus ihrer Eltern. Die Eltern hatten es gekauft, als sie sich kennengelernt hatten, und sind später zurück nach Glasgow gezogen. Riley und Jake sind dageblieben, weil sie im Formel-Eins-Geschäft in Deutschland Fuß gefasst hatten. Jake war Mechaniker und Riley war Fahrer. Sie arbeiteten teilweise für größere Unternehmen, nahmen aber auch mit zwei eigenen Wagen an kleineren Rennen teil. Obwohl beide den gleichen Humor hatten, waren sie sehr unterschiedlich. Jake, der Mechaniker, war ruhiger und Riley, der Fahrer, war ein Draufgänger. Das bringen wahrscheinlich die Berufe mit sich, dachte ich und nickte, als Riley mir noch etwas aus einer dunkelbraunen, bauchigen Flasche nachgießen wollte. Gleichzeitig überlegte ich, wie ich als Tennis-Profi wohl so zu sein hätte. Bis auf die Tatsache, dass ich Alkohol trank, wurde ich meiner Rolle gerecht, wie ich fand. Meiner Tischnachbarin erzählte ich, welche meiner Profi-Kollegen sympathisch und welche unsympathisch waren. Dabei orientierte ich mich an den Namen, die in Gesprächen mit meinem Vater immer wieder mal gefallen waren. Im Gegensatz zu mir interessierte er sich sehr für Tennis. Ob die Tennisspieler in meinen Ausführungen gut oder schlecht abschnitten, machte ich ausschließlich von dem Klang der Namen abhängig.

Mats Wilander, Stefan Edberg und John McEnroe schnitten gut ab, weil ich mir Mats, Stefan und John gut als Freunde vorstellen konnte. Boris Becker war nicht ganz mein Fall und Ivan Lendl wurde ein karrierebesessener Emporkömmling, unter anderem auch deshalb, weil er Bälle aus der Hüfte dorthin schlug, wo man sie nicht erwartete.

Darauf angesprochen, dass John McEnroe im Fernsehen gar nicht sympathisch wirke, wegen seiner Wutausbrüche, dichtete ich ihm familiäre Probleme an, von denen die Presse nichts wisse und von denen ich, als sein Freund, natürlich auch nichts sagen wolle. Wieder sammelte ich bei meiner Tischnachbarin und bei denen, die gerade zuhörten, Punkte wegen meiner Loyalität.

Währenddessen hörte Ina sich die Geschichten der beiden Brüder an. Vor allem Riley legte sich mächtig ins Zeug. Er beschrieb ihr genau, wie man richtig in eine Haarnadel-Kurve fährt und wann dabei der passende Zeitpunkt gekommen ist, um zu beschleunigen. Zwischendurch rückte er mit seinem Stuhl zu ihr, sodass sie wie eine Beifahrerin neben ihm saß. Dann zeigte er ihr, wie man mit einem Fuß gleichzeitig bremst und Gas gibt. Ich spürte, dass Ina sich nicht für ihn interessierte, aber es machte mich wütend, dass sie ihm aufmerksam zuhörte. Ich war nicht eifersüchtig, aber durch ihre freundliche Art fühlte Riley sich immer weiter bestätigt. Er wurde lauter, rückte näher und wollte sie überreden, ein paar Runden mit ihm in seinem Wagen auf dem Parkplatz zu drehen. Ein paar Tricks wolle er ihr zeigen. Otto war das Einzige, was Ina davon abhielt, mitzugehen. „Der wacht sonst wieder auf", sagte sie zu Riley. Ich war nicht eifersüchtig, aber Ina dachte tatsächlich, dass Riley ihr nur ein paar Tricks zeigen wollte, mehr nicht. Ich hingegen konnte mir die Tricks des Engländers, der zwei Kopf kleiner war als Ina, gut vorstellen.

Zwischendurch, wenn sie sich mit mir unterhielt, erzählte sie mir, dass Riley sie zu seinem nächsten Rennen eingeladen hatte. Ich hielt es nicht aus und raunte ihr zu, was er meiner Ansicht nach wirklich von ihr wolle: Eine Runde drehen, kurzes Vorspiel, schnellen Sex. Erstaunt wich sie zurück und sagte: „Das glaube ich nicht, er hat es doch nur nett gemeint." Ina hatte die Situation keineswegs im Griff – ich schon, dessen war ich mir sicher. Sie sagte, ich sei betrunken, ich leugnete es, drehte mich beleidigt zu meiner Tischnachbarin um und lud sie zu meinem nächsten Match ein. Dann fragte ich Ina nach einem Stift, obwohl ich genau wusste, dass meine Wirtstochter einen Kugelschreiber an ihrem Dekolleté hängen hatte. Sie gab mir ihre Adresse und bekam dafür nie eine Eintrittskarte.

Kaum war sie mit dem Schreiben fertig, ließ Ina sich von ihr den Block geben, um Riley ihre Adresse aufzuschreiben.

Ich lud noch zwei weitere Mädchen ein.

Ina versprach Riley, noch in diesem Monat vorbeizukommen, um sich seine Autos anzuschauen.

Ich erklärte meiner hübschen Wirtstochter, wie man einen Topspin nicht schlägt. Zum einen war der Topspin der einzige Begriff, den ich aus dem Tennis kannte, weil mein Vater ihn am häufigsten wiederholte. Und zum anderen konnte ich nur demonstrieren, wie man ihn falsch schlägt, weil ich nicht wusste, wie man ihn richtig schlägt.

Ina rückte zu Riley und fragte ihn, was denn ein Beifahrer bei einer Geländerallye zu machen hätte.

Der Einzige, der später am Abend noch einen Überblick hatte, war Jake. Ich war inzwischen rasend eifersüchtig und so verzweifelt, dass ich meiner Wirtstochter abwechselnd die Hand aufs Knie legte oder die Speckfalte auf ihrem Rücken streichelte, die durch den Einschnitt ihres BHs entstanden war. Ina warf ihren Kopf beim Lachen weit zurück und fuhr sich viel zu häufig durch ihre zerzausten Haare.

Irgendwann kam Jake zu mir, schenkte mir Wasser ein und flüsterte in mein Ohr, dass Carl-Uwe Steeb Linkshänder sei, das sei eines seiner Markenzeichen. Er prostete mir zu und lächelte süffisant. Ich hielt mein Glas dabei in der rechten Hand. Danach zog er seinen Bruder vom Stuhl hoch und sagte, es sei Zeit zu gehen. Riley protestierte halbherzig und dann verschwanden die beiden aus unserem Leben. Kurz danach löste sich die Runde auf und wir gingen ebenfalls schlafen.

Die Betten wurden in dieser Nacht nicht zusammengeschoben und wir redeten kein Wort mehr miteinander. Ina drehte sich sofort mit dem Gesicht zur Wand und ich starrte ihren Hinterkopf an. So lagen wir mindestens eine Stunde, bis ich endlich beschloss, mich wieder zu ihr ins Bett zu legen.

Durch den Alkohol und die Müdigkeit waren die Zusammenhänge für den Ursprung des Streits undurchsichtig geworden. Im Gegensatz dazu wuchs meine Lust. Schließlich reduzierte ich das ganze Dilemma in meinen Gedanken darauf, dass Ina Schuld war und dass es meine Aufgabe sei, ihr zu vergeben. Außerdem würde ich mich herablassen, mit ihr zu schlafen, denn sie musste Sex so nötig haben, dass sie sogar diesen englischen Zwerg in Kauf genommen hätte.

Mit der linken Hand streichelte ich ihren Busen, sie stöhnte. Frank Stürmer, dachte ich, du bist das perfekte Carl-Uwe Steeb-Double. Dann schlief ich endgültig ein.

Am nächsten Morgen hatte ich schlimme Kopfschmerzen. Ina streichelte meinen Arm und sah mich mitleidig dabei an, nicht wegen der Kopfschmerzen, sondern weil wir schon die zweite Nacht nicht miteinander geschlafen hatten.

Irgendwie hatte ich versagt. Ich war daran aber nicht schuld. Trotz meiner Unschuld hatte ich das dringende Bedürfnis, etwas zu suchen, um das Gleichgewicht zwischen uns wieder herzustellen.

Ich schob ihr T-Shirt hoch und streichelte ihren Rücken, dort wo sie viele niedliche kleine Leberflecke hatte.

„Das sieht da hinten bei dir aus, als ob du danebengelegen hättest, als ein LKW durch den Matsch gefahren ist", scherzte ich leichtfertig. Sie war verletzt und ich sagte ihr, dass ich nur Spaß gemacht hatte. Sie schaute mich nicht mehr mitleidig an. Ich fühlte mich wohler.

Tennis-Star in einem kleinen Familien-Hotel zu sein, hat viele Vorteile. Wir mussten uns nicht an die Frühstückszeiten halten und bekamen Brötchen, Säfte, Eier und Kaffee bis um halb zwölf aufs Zimmer gebracht.

Dafür war es aber auch anstrengend und turbulent.

Die Wirtin stand mit einem Tablett im Türrahmen und weinte, Otto bellte und mir war schlecht.

„Was ist denn los Frau Huber?", fragte Ina besorgt.

„Gäste aus dem Hotel haben sie verraten. Es tut mir so leid."

Ich dachte sofort an Marco und sah an Inas Gesicht, dass es ihr genauso ging.

„Wieso verraten? Wo ist er? Er konnte doch gar nicht wissen ...“, sagte ich fassungslos und versuchte, lose herumschwebende Synapsen zu verbinden.

„Müllers haben sie verraten“, sagte Frau Huber.

„Wer sind die Müllers?“

„Das nette Paar von gestern Abend. Sie sind schon seit Jahren Gäste bei mir. Es tut mir so leid, Herr Steeb“, wiederholte sie.

„Wieso Herr Steeb? Ich bin Herr Stürmer!“ Langsam ging mir die Sache auf die Nerven.

„Ja, Herr Steeb. Bitte seien sie nicht böse. Was machen wir denn jetzt mit dem Herrn von der Presse. Soll mein Mann ihn vom Hof jagen?“

Endlich verstanden wir die Zusammenhänge. Gäste von gestern Abend hatten uns bei der hiesigen Presse verraten und ein Mann wartete seit zwei Stunden vor dem Hotel im Auto auf Carl-Uwe Steeb. Ina war erleichtert, ich bekam Panik. Wir wurden verfolgt und ich war noch nicht mal angezogen.

Otto bellte, nicht weil er Gefahr witterte, sondern weil ich aufs Klo musste.

Ich schlug vor, sofort abzureisen. Ina und Otto wurden still. Nach einiger Zeit sagte sie, dass sie sich auf das Wochenende mit mir sehr gefreut hatte und wir hätten schließlich nichts verbrochen. Ihrer Ansicht nach würde der kommende Tag keinen Unterschied mehr machen. Die kommende Nacht wahrscheinlich schon, dachte ich.

Als ich von der Toilette kam, lag Ina auf dem Bett und frühstückte in aller Ruhe. Ich hingegen machte mir plötzlich über alles Mögliche gleichzeitig Sorgen. Was sollten wir gegen den Reporter unternehmen? Was würden die Hotelbesitzer sagen, wenn sie erfahren würden, dass Frank Stürmer kein Deckname ist, sondern Charly eine Lüge? Ich fühlte mich zwar nicht schuldig, aber dennoch hatte ich am Abend zuvor gelogen. Die Wirtstochter und ihre Freundinnen taten mir auf einmal leid. Später am Abend hatte ich sie auf meine schwedische Insel eingeladen.

Und dann war da noch Ina. Sie belog für mich Marco und gemeinsam belogen wir andere. Sie musste mich lieben, zumindest war sie bereit, einiges zu riskieren, um mit mir zusammen zu sein. Das rührte mich und weckte in mir das Bedürfnis, schnell zu handeln.

„Ina, du solltest Marco wegen mir nicht verlassen", sagte ich aus heiterem Himmel, während ich zu laut den Kaffee umrührte, den sie mir eingegossen hatte.

„Ich verlasse ihn nicht wegen dir. Zwischen uns war schon seit Langem nicht mehr alles in Ordnung. Ich glaube, wir haben nie richtig zusammengepasst."

„Dann ist es ja gut", sagte ich.

Wenigstens das war schon mal geklärt.

Anschließend nahm ich eine Landkarte von der Gegend aus der Schublade des kleinen Schreibtisches.

„Oh. Schaust du, wo wir heute hinfahren?", fragte Ina.

„Nein, ich suche einen Fluchtplan", sagte ich.

Wenn wir unbemerkt aus dem Hotel verschwinden könnten, dann hätte es der Reporter schwer, uns im Laufe des Tages wieder aufzustöbern. Es gab viele kleine Ortschaften in der Lübecker Bucht.

Ina lachte mich aus. „Wozu die Umstände, wir können doch einfach sagen, dass du nicht Carl-Uwe Steeb bist."

„Wir machen weiter wie bisher", sagte ich. „Und morgen reisen wir ab."

„Du bist niedlich.“ Ina streichelte meinen Kopf. Und ich hätte fast vergessen, dass sie mit derselben Hand Otto vorher angefasst hatte.

Das Hotel hatte keinen Hinterausgang, aber es war dennoch kein Problem, an dem Reporter vorbeizukommen. Ich hatte mir in Gedanken bereits alle möglichen ausweichenden Interview-Antworten ausgedacht. Aber er und sein Fotograf grüßten nur freundlich, denn sie warteten auf Carl-Uwe Steeb und nicht auf Frank Stürmer.

An unserem letzten Tag war ich mal Carl-Uwe Steeb und mal nicht. Ich konnte mich nicht darauf verlassen, als der eine oder der andere erkannt zu werden. Als wir am Strand entlangliefen, war ich einfach ich. In einer Buchhandlung war ich jedoch wieder Carl-Uwe Steeb und unterschrieb meinen EC-Kartenbeleg bei der erstaunten Buchhändlerin mit Frank Stürmer. Außerhalb des Hotels war ich Frank, in dem Hotel war ich Charly. Ina nannte mich überall Frank. Wenn aber zum Beispiel unsere Wirtin danebenstand, lächelte die, weil sie der Ansicht war, es sei lediglich Tarnung. Für mich war das alles verwirrend. Ich hätte mich lieber voll und ganz auf Ina konzentriert, denn mir blieb nur noch eine einzige Nacht.

Ich hielt es für eine gute Idee, am letzten Abend nicht im Hotel zu essen. Ina war einverstanden. Schließlich fanden wir ein schönes Lokal im Nachbardorf und kamen erst nach eins wieder zurück. Diesmal hatte ich nichts getrunken, weil ich fahren musste, aber Ina hatte einen Schwips, weil sie einen Wodka Lemon getrunken hatte und keinen Alkohol vertrug. Angeblich fehlt ihr das Enzym, mit dem normalerweise Alkohol abgebaut wird. Aus diesem Grund wurde sie schneller betrunken als andere und war es vor allem länger. Ich wusste nicht, ob ihre Geschichte stimmte, aber ich hatte noch nie ein Mädchen so viel lachen gesehen nach einem einzigen Wodka Lemon. Wenn Anke Wodka oder Gin Tonic getrunken hatte, konnte man danach noch mit ihr Schach spielen.

Zwar wurde Ina dadurch lockerer und ungezwungener, aber sie rempelte noch mehr Dinge an als gewöhnlich. Bis wir auf dem Zimmer waren, wurden zweimal Türen geöffnet, weil Leute sich vergewissern wollten, was auf dem Flur los war. Ina bekam davon nichts mit, weil sie Otto die Treppen hochjagte. Der bellte, schlug mit dem Schwanz lärmend gegen die Holzvertäfelung und drehte sich immer wieder um, um zu sehen, ob Ina noch hinter ihm her war.

Es dauerte lange, bis Otto und Ina sich beruhigt hatten.

Und es verging eine weitere Ewigkeit, bis Ina ihre Haare, wie in den beiden Nächten zuvor, zu Zöpfen geflochten hatte und endlich neben mir im Bett lag.

Wir lagen beide auf der Seite und sahen uns an. Ihre Hand streichelte meine Brust.

„Hast du eigentlich keine Lust, mit mir zu schlafen?“, fragte sie mich.

„Doch“, sagte ich und zog meine Hand, die sich unter der Decke gerade auf den Weg zu ihr gemacht hatte, wieder zurück.

„Liegt es an mir?“

„Natürlich liegt es an dir.“ Natürlich lag es an ihr.

„Du findest mich nicht schön?“, druckste sie die Worte heraus.

„Doch, ich finde dich wunderschön." Nach einer Pause fuhr ich fort. „Zu schön. Du bist zu schön."

Sie verzerrte den Mund zu einem Lächeln und sagte enttäuscht: „Na klar, du findest mich zu schön."

Es fiel mir leicht, es ihr zu erklären.

„Nicht das, an was du denkst", sagte ich. „Dein Körper, dein Busen, deine Beine, deine Haare, all das ist schön. Aber das, was zu schön für mich ist, sind deine kleinen Fehler, deine immer kalten, großen Füße, deine unbeholfene Art, an einem Glas zu nippen, dass du mich immer anschaust, wenn du auf mich zukommst. Dass dein Blick dann so sehr auf mir haftet, dass du Dinge anrempelst."

„Ich remple Dinge an?", wiederholte sie.

„Ja, du rempelst Dinge an. Stühle, Mülleimer, Tische, dein Körper müsste über und über mit blauen Flecken bedeckt sein", scherzte ich und fuhr ernst fort: „Du bist so anders, als ich erwartet habe. Du bist so altmodisch in deinen Ansichten, dass du gut in das letzte Jahrhundert passen würdest."

„Das letzte Jahrhundert?"

„Ja, verstehst du denn nicht. Damals gab es keine Düsenjäger, kein Fernsehen, keine Pornovideos und keine Lieder, die ‚Pump ab das Bier' hießen. Man fuhr Pferdedroschken und sah sich am Wochenende die Parks an. So bist du, aber eben jetzt und hier. Ein Relikt von damals, das meine Welt auf den Kopf stellt. Du wirfst Fragen auf und machst mich ratlos. Wie geht man mit einem Mädchen aus dem letzten Jahrhundert um? Verstehst du? Es liegt an dir."

„Du spinnst", sagte sie und ihre Hand begann, sich wieder auf meiner Brust zu bewegen. „Aber das war die schönste Liebeserklärung, die mir jemals jemand gemacht hat."

„Das sollte es auch sein. Eine Liebeserklärung."

Endlich hatte ich gesagt, was ich dachte und nichts anderes.

In dieser Nacht las ich Ina das komplette Buch, das ich am Mittag gekauft hatte, vor. Es war ‚Den Teufel im Leib' von Raimond Radiguet – die Liebesgeschichte eines Sechzehnjährigen. Am Ende weinten wir beide, dann schliefen wir miteinander. Ich begann von hinten, weil ich ihr dabei zunächst nicht in die Augen sehen konnte. Nach einer Weile änderten wir die Position und ich lag auf ihr. Ich sah sie dabei an, wie ich bis heute niemanden mehr angesehen habe.

7. HUNDERTDREIUNDVIERZIG STUNDENKILOMETER

August 1992, Prezelle, 4 Tage

Mir ist klar, dass das keine Entschuldigung ist, aber bei der Gruppeneinteilung für eine Fahrrad-Rallye sollte man auch an die einzelnen Teilnehmer denken. Und nicht nur an die Gruppendynamik.

In Gehirnen von Gastgebern passieren merkwürdige Dinge. Zum einen wollen sie, dass man sich wohlfühlt. Und zum anderen wird man beim Essen nur neben Leute gesetzt, die man nicht kennt und denen man, wahrscheinlich nicht ohne Grund, sein Leben lang aus dem Weg gegangen ist.

Hätte Ina nicht nach genau dem gleichen Prinzip gehandelt, dann hätte sie bei der Einteilung ihrer Rallye-Teams Marco, Tanja und mich nicht in eine Gruppe stecken dürfen. Das ist alles, was ich dazu sagen kann.

Es war Spätsommer und Ina hatte zehn Leute, ein paar Freunde und mich, in das Ferienhaus ihrer Eltern im Wendland eingeladen. Die Familie besaß dort einen ehemaligen Bauernhof mit zwei großen Anbauten. Den einen Anbau konnte man nur zur Hälfte nutzen, weil das Dach auf der anderen Hälfte undicht war, und der zweite Anbau war eher eine Scheune, die man nicht betreten konnte, weil Inas Vater sie mit allerlei Zeug vollgestopft hatte. Das Haupthaus mit zwei Etagen war einfach und gemütlich eingerichtet.

Prezelle, das Dorf an dessen Rand der Hof liegt, ist so winzig, dass die Telefonnummern nur dreistellig sind.

Ina war schon eine Woche früher dort, um die Fahrrad-Rallye vorzubereiten. Sie war sehr nervös und hatte kaum Zeit, mit mir zu telefonieren. Und wenn wir miteinander sprachen, fragte sie mich Dinge, von denen ich nichts verstand.

„Glaubst du, Simone kann ich in dem kleinen Zimmer unterbringen?“, „Denkst du, wir brauchen mehr als zwei Kisten Bier am ersten Abend?“, „Soll ich nicht allen noch mal Bescheid sagen, dass sie sich lange Sachen und Mückencreme mitbringen?“

Da ich keine Ahnung hatte, wie das kleine Zimmer aussah oder wie Simone gerne schlief und mir auch dienstagabends keine Gedanken darüber machen wollte, ob jemand sonntagabends frieren könnte, sagte ich zu allem Ja und Amen. Hätte ich Lust gehabt, mich damit zu beschäftigen, dann hätte ich selbst eine Radrallye organisiert.

Ich beobachtete Inas Treiben missmutig, weil sie sich um Streckenkarten statt um mich kümmerte. Sie bereitete alles sehr fürsorglich und mit viel Liebe zum Detail vor.

Ich weiß noch genau, wie froh ich darüber war, dass ihr Bruder Jonas Zeit hatte, ihr schon vier Tage vor dem endgültigen Start zu helfen. Denn er war der perfekte Organisator, weit über meinen Fähigkeiten.

Zunächst, das hatte Ina mir am Telefon erzählt, regelte Jonas die Sache mit dem Wetter. Es gab für alles einen Plan: Regen, Gewitter, Nieselregen. Möglicher Nebel wurde in zwei Kategorien unterteilt: Nebel mit Sicht unter fünfzig Meter und stellenweise leichter Bodennebel, der im Wendland sehr häufig war. Es wurde Regenzeug für die Tour besorgt sowie Zeltplanen für die Grillabende. Jonas kannte, genau wie Ina, die Gegend seit seiner Geburt. Die beiden arbeiteten Hand in Hand und dachten sich die eigensinnigen Rallye-Fragen gemeinsam aus.

Da solche Rallyes normalerweise für Kinder unter fünfzehn Jahren gedacht sind, waren die Regeln einfach. Es gab insgesamt sechzehn Aufgaben, welche die drei Teams innerhalb von zwei Tagen zu lösen hatten. An jedem Tag bekam man morgens eine Karte mit einer eingezeichneten Route, auf der man die nötigen Hinweise zur Lösung der Aufgaben finden konnte. Wer zuerst wieder am Haus war und die meisten Fragen richtig beantwortet hatte, hatte gewonnen. Auf unseren beiden Tagesstrecken lagen Inas Lieblingssee, Inas Lieblingswiese, Inas Lieblingsdorf und ihr Lieblingsausflugslokal.

Jonas war der Ansicht, dass zweiundvierzig Fragen vorzubereiten seien, denn er hatte Ausweich-Routen für Regen, starken Nebel und Sonnenschein geplant. Am Ende erhielten wir die Karten für Sonnenschein, denn wir bekamen das schöne Wetter, das schon seit einer Woche vorausgesagt worden war. Ina und Jonas fuhren nicht mit. Sie bildeten die Streckenposten und hatten nebenher jede Menge zu tun.

Alles kann man nicht perfekt planen. Menschen wie Ina und Jonas, die sich zu intensiv mit toten Dingen beschäftigen, verstehen das nicht. Alles Lebendige stellt eine undefinierbare Variable dar, die man nicht exakt einschätzen kann.

Das Gefährlichste bei einem Bankraub sind nicht die Bewegungsmelder der Alarmanlage oder die Überwachungskameras, sondern die Pinkelpausen der Wachleute.

Tanja begegnete ich an diesem Wochenende zum ersten Mal. Ihr Gesicht sah so aus, als ob es jemand gezeichnet hätte, der sich mit Proportionen, Augenabständen und Augenwinkeln nicht gut auskennt. Sie hatte eine hohe, breite Stirn, weit auseinanderstehende, schmale, blaugraue Augen, einen breiten Mund mit vollen Lippen und leuchtend rotes Haar. Sie war eine der außergewöhnlichsten Frauen, denen ich je begegnet bin, und in keiner Weise eindeutig. Sie war vor allem einzigartig. Ihr Körper wirkte fast männlich durchtrainiert, doch ihre Figur war sehr weiblich. Sie war nicht schlank, aber aufgrund ihrer Größe wirkte sie so. Und obwohl sie nicht laut war, stand sie häufig im Mittelpunkt.

Hätte ich Ina und Tanja direkt miteinander verglichen, dann hätte ich gesagt, Ina sei blauäugig und romantisch und Tanja unberechenbar und temperamentvoll. Oder ich hätte auch sagen können, Ina sei ein junges Kaninchen und Tanja eine zehnköpfige Schlange.

„Das hat Ina aber niedlich gemacht“, sagte Tanja mit ironischem Unterton, als wir mit Marco um unsere Räder standen und die Karten an der ersten Kreuzung auspackten.

„Stimmt“, sagte Marco gedankenverloren. Im Gegensatz zu mir beschäftigten ihn ausschließlich die Aufgaben und nicht die Oberschenkel von Tanja.

Auf der gezeichneten Karte und dem Blatt mit dem ersten Teil der Aufgaben gab es kleine Elfen und Ranken zwischen den Zeilen. Auf die Rückseite der Karte hatte Ina die Abbildung einer alten Radierung kopiert, die den Hof ihrer Eltern im Winter zeigte. Das Original hing im Esszimmer des Hauses zwischen ein paar Zinntellern.

„Das Bild hab ich doch schon irgendwo gesehen“, sagte Tanja.

„Das hängt im Esszimmer“, antwortete ich grimmig und fuhr weiter, ohne zu fragen, ob die anderen einverstanden waren mit der Richtung, für die ich mich entschieden hatte.

Ich war noch schlechter gelaunt als in den Wochen davor. Wie konnte Ina mich mit Tanja in eine Gruppe stecken? Nicht, dass ich etwas gegen sie gehabt hätte, ich kannte sie ja nicht. Aber sie war so unglaublich aufregend und heiß, anders kann ich es nicht sagen, dass ich in den kommenden zwei Tagen unentwegt damit beschäftigt sein würde, ihr nachzustellen. Währenddessen waren meine beiden Freunde Jörg und Norbert mit irgendwelchen Idioten in anderen Gruppen. Ich würde an diesem Wochenende weder etwas von ihnen noch von Ina haben. Und selbst wenn ich ihnen begegnen würde, wäre ich nur auf Tanja fixiert. Wahrscheinlich nur um mir zu beweisen, dass man sich trotz allem auf die Rallye konzentrieren kann, hatte Ina mir obendrein noch Marco, ihren französischen Ex-Trottel dazugepackt.

Natürlich hatten sich die beiden damals im Guten getrennt. Was anderes konnte man von einem praktischen Mann, der Kühlschränke reparieren und tapezieren konnte, nicht erwarten. Ich weiß, keine schlechten Eigenschaften und man könnte meinen, ich sei nur eifersüchtig gewesen. Aber mal ehrlich, was hat man davon, wenn einer tapezieren kann, der keinen Geschmack hat? Marcos Gegenwart machte mich einfach nur müde. Wenn Tanja seine Freundin gewesen wäre, dann würde ich ihm an diesem Wochenende die zweite Frau ausspannen.

Tanja kam eine ganze Weile vor Marco und mir in Mühlenberg, unserer ersten Station, an.

„Buchholz", rief sie uns entgegen, noch bevor wir zum Stehen gekommen waren.

„Was?", fragte Marco atemlos.

„Die Frage, nach dem größten Hof hier. Buchholz heißt der."

„Sag mal Tanja, machst du Sport?" Es war das erste Vernünftige, das ich an dem Tag von Marco zu hören bekam. Ich selbst hatte bis dahin noch nicht viel mit Tanja gesprochen, wir verstanden uns ohnehin exzellent.

„Ich laufe und gehe ins Fitnessstudio. Aber eigentlich fahre ich Ski. Bin in Österreich groß geworden und war da Meisterin im Geschwindigkeitsrennen bei uns im Tal. Hab's letztes Jahr noch auf hundertdreiundvierzig Stundenkilometer gebracht."

„Hundertdreiundvierzig Stundenkilometer?", Marco.

„Auf Skiern?", ich.

Tanja: „Ja."

Ich versuchte, mir ihre Beinmuskulatur noch genauer vorzustellen und achtete darauf, beim Herumreichen der

Wasserflasche direkt nach ihr dranzukommen. Ina war auch sportlich, aber sie war in gewisser Weise lieblicher sportlich als Tanja. Ina betonte regelmäßig, wie wichtig ihr der Sport war. Beim Lesen lag sie manchmal seitlich neben mir, die Hand in die Hüfte gestemmt, den Hintern angespannt und schnellte ein Bein rhythmisch, scherenartig in die Luft. Nach einer Weile drehte sie sich samt ihrer Zeitschrift um und wippte mit dem anderen Bein auf und ab. „Das ist für den Po", sagte sie oft fröhlich. Es sah gut aus, ging mir aber trotzdem auf die Nerven.

Wenn Ina laufen war, kam sie zur Tür herein und sagte immer im gleichen Tonfall: „Hallooho. Da bin ich wieder. Ich habe Spo-ho-hrt gemah-hcht." Ich bin fest davon überzeugt, dass sie ihre Joggingschuhe anschließend nicht zufällig den ganzen Tag mitten im Flur liegen ließ.

Einhundertdreiundvierzig Stundenkilometer!

Gerade als wir losfahren wollten, hörten wir lautes Gezeter und blieben stehen. Hinter uns tauchte die nächste Gruppe auf. Norbert fuhr vorweg und Simone, die seit Paris immer noch nicht mit mir sprach, weil ich Gedichte auswendig konnte, fuhr direkt hinter ihm und keifte ihn an. Stefanie, eine andere Freundin von Ina, die ich nicht kannte und die selbst auf einem Bärenfell vor dem Kamin reizlos gewesen wäre, bildete das Schlusslicht von Inas zweitem ‚Team'.

„Wieso schaust du nicht endlich mal in die Karte, wenn du schon vorfährst? Oder kennst du etwa den Weg?", rief Simone Norbert hinterher.

„Woher denn – ich bin nur Gast auf dieser Welt", sagte Norbert und blieb grinsend neben mir stehen.

„Hallo", sagte Stefanie zaghaft zu uns.

Keiner antwortete, weil Simone in Rage geriet und immer noch auf Norbert fixiert war.

„Wenn man bei einer Radrallye mitmacht, dann macht man bei einer Radrallye mit und nicht bei einer Radwanderung. Da gibt es Fragen, die man beantworten muss, und man versucht, schneller als die anderen am Ziel anzukommen. Dazu gehört vor allem, dass man den Weg kennt."

„Wer sagt denn, dass ich Fragen beantworten muss? Ich kann doch einfach welche auslassen. Die, die mir nicht gefallen zum Beispiel? Und wer sagt denn, dass ein Hof in Prezelle mein Ziel ist?"

„Und warum zum Teufel bist du mitgekommen, wenn du keine Fragen beantworten willst?"

„Weil Ina mich eingeladen hat." Norbert blieb freundlich.

Er hatte zu der Zeit eine unschlagbare Form der Rhetorik für sich entdeckt: Warum soll ich stehen, wenn ich sitzen kann. Und warum soll ich sitzen, wenn ich liegen kann.

Schadenfroh beobachtete ich, wie die überflüssige Simone daran scheiterte. Als Michael, der Freund von Tanja, mit seinem Team am Ende der Straße auftauchte, schlug Tanja vor, weiter nach Lomitz zu fahren.

„Glaubst du, Simone kann es Norbert noch erklären?", fragte sie mich unterwegs.

Ich schmunzelte und stellte mir Simones besessenes Gesicht vor. „Norbert hat mir mal erklärt, dass ein Fernseher ein Stück Natur sei, weil er von Menschen gebaut worden ist. Und nichts, was Menschen bauen könnten, sei unnatürlich. Ich glaube nicht, dass Simone eine Chance hat."

Auf der Landstraße nach Lomitz mussten wir lange hintereinander fahren. Tanja ließ sich wieder zurückfallen und lächelte zum ersten Mal, seit wir uns begegnet waren.

Ich schaute mir die Landschaft an. Sie war wirklich traumhaft, Felder und Waldränder lagen in der frühen Mittagssonne vor uns. Wegen der Landschaft dachte ich kurz an Ina und wegen Ina sofort wieder an Tanja. Auf niemanden, den ich bisher kennengelernt hatte, passte der Begriff Wildfang besser als auf sie. Tanja war wie eine ungezähmte Stute, die ruhig in der Landschaft stand, aber von der man wusste, dass sie jederzeit in vollem Tempo losgaloppieren konnte. In der Physik nennt man das Impulsion, wenn sich eine schwere Körpermasse, wie die eines Pferdes zum Beispiel, schnell und kraftvoll in Bewegung setzt.

Wer den Fehler begehen würde, sich in Tanja zu verlieben, müsste aufpassen, nicht unter die Hufe zu kommen.

Nach wenigen Stunden fiel mir auf, dass ich sie ständig mit unterschiedlichen Tieren verglich.

Wir fanden heraus, dass sich an den Türgriffen der Lomitzer Kirche kleine Glöckchen befanden und der älteste Rosenbusch im Garten der Pfarrei eine Souvenir de la Malmaison aus dem Jahr 1846 war. Und nachdem Marco den Deckel einer Cola-Flasche aus dem Rinnstein einsteckte, einen roten Gegenstand, der kleiner als zwei Zentimeter war, fuhren wir endlich zum Treffpunkt für unser Mittagessen.

Ich setzte mich auf eine wacklige Bierbank zu Jonas und seinem verklemmten Freund Bernd. Langsam hatte ich es satt. Jonas sprach, seit ich ihn beim Frühstück zum letzten Mal gesehen hatte, über die Brennstäbe in Gorleben. Ein bedeutendes Thema für die Gegend.

Schon drei Tage vor dem Treffen hatte Ina mir weinend am Telefon erklärt, dass ein neuer Castor-Transport geplant sei und die heimische Natur im Landkreis Lüchow ein paar Jahre später schwer unter den Folgen zu leiden hätte. Ich kannte mich damit nicht aus und hatte nur gesagt, dass es sicherlich nicht schlimm werden würde. In manchen Dingen bin ich ignorant, das gebe ich zu.

Doch vieles von dem, was Inas Familie geblendet von ihrer Wendland-Liebe erzählte, war beispielloser Unsinn. Es gab kaum eine Straße, die ihrer Meinung nach an der richtigen Stelle gebaut wurde, und nicht ein Nachbar entsorgte seinen Müll so, wie es sich gehörte. Menschen wie die Wernings gibt es häufiger in Deutschland und wir könnten froh sein, wenn sie alle nur über das Wendland sprechen würden. Die Art und Weise, wie sie angeblich logische Schlüsse präsentierten, ließ keinen Widerspruch zu und ich fühlte mich schnell wie ein ungebildetes Bürschchen.

Ich nahm mir vor, den Sitzplatz in dieser Pause als eine Art Selbstgeißel zu ertragen, weil ich in den letzten zwei Stunden kaum den Blick von Tanjas verschwitztem T-Shirt gelöst hatte. Immerhin hätte ich mich jederzeit zu Norbert oder Jörg setzen können.

Die drei Rallye-Gruppen starteten mit je fünf Minuten Abstand voneinander. Marco, Tanja und ich waren die Letzten. Nach der ersten Kurve drehte Tanja sich auffordernd zu mir um, lachte mit weit geöffnetem Mund, schaltete hoch und fuhr uns davon. Ich versuchte, dran zu bleiben, alles andere war mir scheißegal.

Am Nachmittag, Tanja und Marco zählten auf dem Friedhof von Schletau die Gräber, war ich für zehn Minuten alleine bei den Rädern geblieben. Bei dieser

Gelegenheit zerstach ich Marco beide Reifen mit einer Glasscherbe.

Ohne im Geringsten genervt zu sein über das Missgeschick, sagte Marco, dass wir nach Simander vorfahren sollten, um die offenen Fragen zu beantworten.

Tanja stimmte Marcos Vorschlag ebenso schnell zu wie ich. Auch sie spürte, dass wir die Ebene, auf der wir lediglich miteinander Informationen austauschten, so schnell wie möglich verlassen mussten, um uns auf einer anderen, auf der wir uns noch besser verstehen würden, wiederzutreffen: Sex.

Vermutlich war auch das der Grund dafür, dass Tanja, als wir alleine weiterfuhren, als Erstes fragte, wie lange ich schon mit Ina zusammen sei. „Etwas über ein Jahr", antwortete ich. Genau genommen waren es ein Jahr und zehn Monate.

Sie selbst war schon seit vier Jahren mit Michael zusammen und unsere beiden Beziehungen liefen nach eigenen Angaben nicht gut. Ich wohnte mit Ina noch nicht zusammen, verschwieg allerdings, dass wir eine Wohnung suchten.

Michael war älter als Tanja und Vertreter für eine Firma, die Skier herstellte. Im Winter hielt er sich fast komplett in Skigebieten auf. Er hatte das Haus seiner Eltern geerbt und gegen den Willen von Tanja damit begonnen, es für eine kleine Familie umzubauen. Aus dem abfälligen Tonfall, in dem sie über ihn sprach, schloss ich, dass Michael unter die Hufe gekommen war.

Dann zog sie auch mir davon. Auf der Landstraße war es still, kein einziges Auto kam uns entgegen. Wahnsinnig, wild – wahnsinnig, wild – wild – wild – wild –

dachte ich, während wir im gleichen Rhythmus über die Asphaltnähte rasten.

Mit Ina hatte ich Sex. Tanja war Sex. Es musste etwas geschehen. Gleich. Am nächsten Feldweg, der in den Wald führte, stoppte ich und jammerte. Tanja machte kehrt und fragte, was los sei.

„Ich hab was im Auge", log ich und bat sie darum, nachzuschauen. Sie war verspielter, als ich dachte, stieg langsam vom Rad, trank erst noch etwas und wischte ihre verschwitzen Finger an der Jeans ab – an meiner Jeans. Mir fiel auf, dass ihre Taille viel breiter, aber auch fester war als die von Ina, alles war fester. Ich zog sie zu mir, wusste genau, wie es wäre, ihre stoppelig rasierten Achselhaare mit meiner Zunge abzulecken, steckte zunächst die Nase in ihr Dekolleté und nahm einen tiefen Zug von dem Schweiß-Hautgemisch, nach dem ich mich den ganzen Tag gesehnt hatte. Als mein Kopf wieder auftauchte, sah Tanja mich kühl an.

„Hast du Marcos Reifen zerstochen?"

Ich löste vorerst meine Umarmung, um zu fragen, ob das eine Rolle spielen würde. Ihr Gesicht wirkte männlicher und die Hände größer als am Vormittag.

„Ich mag Jungs, die Reifen zerstechen", sagte sie und schob ihr Rad in den Schatten des Feldweges.

Es ist doch so, alles Neue wird grundsätzlich überschätzt. Alles Neue wirft nach einer gewissen Zeit alte Probleme auf. Was hat man denn davon? Wie viel Neues gibt es wirklich? Prozentual verschwindend wenig. Die meisten Worte sind uralt und die meisten Gefühle noch viel älter. Wer möchte schon in neuen Häusern wohnen oder unter jungen Bäumen liegen? Eben.

Ich hätte zwar länger gekonnt, aber etwa ab der Hälfte ließ ich Tanja oben liegen, in der Hoffnung, dass sie schneller müde würde.

Mit Norbert in einem Team wäre das alles nicht passiert.

Abends nach dem Grillen fand ich es schäbig, dass Tanja sich nicht anstandshalber früh schlafen legte, oder noch besser, ganz verschwand. Stattdessen besaß sie sogar die Schamlosigkeit, zu essen. Sie nahm drei kleine Würste und zweimal Nachschlag vom Salat. Ich fand sie unerhört herzlos und bekam selbst keinen Bissen herunter.

Michael gab damit an, dass seine Gruppe als einzige alle Fragen richtig beantwortet hatte. Sogar, dass man bei Familie Clausen in Simander sein Altmetall abgeben kann, wusste er jetzt. Penner! Dafür wusste ich, dass Tanja schneller kommt, wenn man ihr in die Brustwarzen beißt.

Trotzdem hasste ich mich auch dafür. Viel lieber hätte ich mich am Abend guten Gewissens neben Ina gelegt, die mich wirklich liebte. Doch dafür war es offenbar zu spät.

Die Natur war grausam und verschwenderisch. Sie bot mir zwei Frauen zur gleichen Zeit an, obwohl ich nur eine brauchen konnte. Und sie stattete Tanja mit zwei fantastischen Brüsten aus, obwohl ihr Hintern schon perfekt war.

In einer Gruppe hat jeder seine Aufgabe, jeder nimmt einen bestimmten Platz ein. Bei den Griechen hieß dass Loki. Daher der Lokus, das Örtchen. Es gibt Wortführer, Meinungsbildner, Kaffeemacher, Nörgler und so weiter. Das geht sogar so weit, dass die Gruppe zwanghaft versucht, eine Position wieder zu besetzen, falls jemand ausfällt. Wenn also der Kaffeemacher aus irgendeinem Grund nicht mehr erscheint und jemand Neues in die Gruppe kommt, dann versuchen automatisch alle, den Neuen als Kaffeemacher zu positionieren, weil dieser Platz besetzt werden muss. In unserer Gruppe war ich wertlos. Wäre ich weggefallen, hätte man lediglich einen neuen Arschstarrer suchen müssen.

Grimmig beobachtete ich, dass die Stimmung generell nicht günstig war. Zu den Hintergründen von Inas Gruppeneinteilung konnte ich nach wie vor nicht viel sagen, doch bis zum Abend gab es in jedem Team Streit.

Norbert war mit dem Bus von Schletau nach Prezelle gefahren und Marco war der Ansicht, dass man die Gruppe deshalb disqualifizieren müsse. Er selbst hatte immerhin drei Stunden sein Rad geschoben. Jörg und Bernd diskutierten über die Start-Bahn-West. Zeitweise überschlugen sich ihre Stimmen und zwischendurch lud Jörg Bernd immer wieder zu den Demonstrationen am Wochenende ein, als ob es seine eigenen Geburtstagspartys wären.

Später saß ich still neben Norbert und Norbert saß Simone und Tanja gegenüber. Ich hätte auch zu Ina oder Jörg gehen können, aber ich tat es nicht.

Unter dem Tisch, ich hatte es zunächst noch nicht mal gemerkt, berührte ich Tanjas Fuß, nur ganz leicht. Sehr lange bewegte sich keiner von uns beiden. Nur wenn ich nach meinem Bier griff oder jemandem, der vorbeiging, Feuer gab, schob sich mein Fuß ganz leicht auf und ab. Selbst ihre Fesseln waren muskulös und braun, das wusste ich noch vom Nachmittag, als ich meine Hände darum gelegt hatte. Da ich Tanja nicht traute, achtete ich lange darauf, dass es zufällige Bewegungen blieben. Hätte sie etwas gesagt, womit man rechnen musste, hätte ich einfach mein Bein zurückgezogen. Aber sie sagte nichts. Über eine Stunde unterhielt sie sich ganz normal und ich sagte nur etwas, wenn ich direkt angesprochen wurde. Nach einer weiteren Stunde war das, was wir beide mit unseren Füßen unter dem Tisch taten, so offensiv, dass man unter keinen Umständen mehr von zufälligen Berührungen sprechen konnte. Sie hatte einen Schuh ausgezogen und den Fuß zwischen meine Beine gelegt, bis Ina mit Norbert die Plätze tauschte und plötzlich neben mir saß. Ich hörte sofort auf, Tanjas Fuß zu streicheln und sie hörte auf, sich zu bewegen. Unauffällig wegziehen konnte sie ihr Bein allerdings nicht, weil sie es über das Metallgestell unter dem Tisch geschoben hatte. Ina fragte uns, wie wir die Rallye finden. „Toll“, sagte Tanja und ich etwas zurückhaltender: „Schön.“

„Eigentlich fast schade, dass es nicht geregnet hat heute“, sagte Ina ihren letzten fröhlichen Satz des Abends.

Tanja wandte sich anderen Gesprächen zu, aber ihren Fuß musste sie bei mir liegen lassen.

„Warum, war doch gut mit dem Wetter heute.“ Mit den Gedanken war ich woanders.

„Ja, schon, aber Jonas hatte sich bei Regen eine Frage ausgedacht, die …“.

Welche Frage das war, erfuhr ich nie mehr. Ina schmiegte sich an mich, streichelte meinen Oberschenkel und hatte im nächsten Moment Tanjas Fuß in der Hand.

Ina war zu gut erzogen, um mir eine Szene zu machen. Sie räumte den Rest des Abends mit Tränen in den Augen auf. Immer wenn ich sie ansprechen wollte, zischte sie: „Lass mich!“, drehte mir den Rücken zu und machte irgendetwas anderes sauber. Wer Arbeit sucht, findet sie – in jeder Himmelsrichtung.

Hätte ich es rückgängig machen können, dann hätte ich es getan. Dann hätte ich mir wahllos einen Grund gesucht, wäre nicht zur Radrallye gekommen und hätte nicht mit Tanja geschlafen. Nicht mit ihr zu schlafen und dennoch an der Rallye teilzunehmen, wäre nahezu unmöglich gewesen. Ich hätte auch einfach das mit den Füßen lassen können, dann wäre vermutlich auch alles in Ordnung gewesen. Aber Tanja war wie eine Naturgewalt über mich gerollt. Und ich war dumm genug, etwas Neues anzufangen, obwohl mich das Alte nicht langweilte. Jetzt musste ich versuchen zu retten, was zu retten war.

Als alle anderen in den Betten lagen, setzte sich Ina endlich an einen ihrer sauber abgeräumten Tische und sah mich mit rot gefleckten Wangen an.

„Wie lange geht das schon zwischen euch?“, fragte sie niedergeschlagen.

„Du hast uns vorgestellt gestern. So lange geht das schon“, sagte ich aufgebracht.

Ich hatte während der Warterei auf dieses Gespräch zu viel getrunken, sonst wäre ich in den kommenden zweieinhalb Stunden diplomatischer vorgegangen. In meinem Zustand beantwortete ich frei heraus jede von Inas Fragen. Unterbewusst beantwortete ich sie vielleicht sogar absichtlich so, dass immer zwingend die nächste folgen musste.

Ich erzählte, wie einsam ich mich auf der Strecke nach Schletau gefühlt hatte und was ich erst mit Marcos Reifen und dann mit Tanja angestellt hatte.

Hätte ich gewusst, wie sehr ich Ina damit verletzte, hätte ich es ihr nicht gesagt. Sie hatte sich aber lange Zeit zusammengerissen, sodass bei mir zunächst der Eindruck entstand, ich könnte ihr alles anvertrauen, sie könnte sich in mich hineinversetzen und mich dann vielleicht sogar trösten. Ich wünschte mir, dass sie mich wortlos in den Arm nehmen würde. Ich hatte mich jedoch in die Irre führen lassen, sie wurde todunglücklich und weinte.

Darüber hinaus stellte sich plötzlich zwangsläufig die Frage, was an unserer Beziehung nicht stimmte, denn Ina und meine Eltern gingen immer davon aus, dass in einer Beziehung etwas nicht stimmt, wenn einer jemand anderen vögelt. Offen gestanden kam mir das an diesem Abend entgegen. Ich hätte Ina schlecht sagen können, dass ich mir bei ihrem Anblick darüber Gedanken machte, ob sie mir mit offenem oder hochgestecktem Haar besser gefiel, und bei Tanja, ob ich sie lieber von vorne oder von hinten nehmen sollte.

Es war die schlimmste Krise, die wir je hatten, die erste Auseinandersetzung, die unsere Beziehung beschädigte. Von dem Tag an war unsere Beziehung ein Unfallwagen, denn der Aufprall beim Zusammenstoß mit Tanja hatte die komplette Karosserie verzogen.

Es war entsetzlich. Ina saß da und weinte oder starrte mich stumm an. Und ich sprach über Dinge, die nichts mit dem Auslöser des ganzen Unglücks zu tun hatten, über getrennte Wohnungen, langweilige Kinoabende, ihre Essstörungen, häusliche Ordnung und politische Ideale. Ich konnte Ina keine Vorwürfe machen und tat es dennoch. Ich thematisierte bedeutungslose Details, nur um mich zu rechtfertigen oder sie zu provozieren. Sie sollte endlich etwas sagen, ich wollte wissen, was sie denkt. Stattdessen machte sie alles mit sich selbst aus, zog ihre eigenen Schlüsse und sprach nicht mit mir. Sie führte einen inneren Diskurs und ich kannte die Argumente nicht.

Am Ende stand sie mit einem erbärmlich elenden Gesichtsausdruck auf und sagte bedrückt: „Ich kann dich verstehen."

Ich fand es absurd, hörte jedoch sofort auf zu reden und folgte ihr schweigend nach oben, denn mehr würde ich an diesem Abend nicht erreichen.

Im Zimmer von Tanja und Michael war es still, als wir vorbeikamen. Wahrscheinlich waren sie längst sorglos eingeschlafen. Jemand hätte sofort ihre Tür aufreißen müssen, hereinplatzen und Michael sagen, dass Tanja mit meinem Sperma herumrennt. Das Gleichgewicht der Welt wäre wieder hergestellt und ich wäre gerne dabei gewesen.

Stattdessen gingen wir beide zwei Türen weiter, legten uns hin und ließen uns von Inas bleierner Traurigkeit langsam in den Schlaf drücken.

Am kommenden Morgen wurde die Rallye abgebrochen und ich fühlte mich Ina gegenüber wie ein blutiger Anfänger, denn sie hatte in der Nacht die Reifen aller Fahrräder zerstochen.

„Mistkerle aus der Nachbarschaft!", fauchte Jonas und schüttelte den Kopf.

8. ON NE FAIT PAS LES AFFAIRES EN COURANT

Juli 1995, Turenne, 14 Tage

Schon von Beginn meiner Studienzeit an gönnte ich mir eine Putzfrau. Manchmal habe ich in der gleichen Zeit das Geld mit Nebenjobs verdient, mit dem ich sie anschließend bezahlen musste. Es machte mir nichts aus, weil ich es gerne sauber hatte, doch allein das Geräusch eines Staubsaugers mich so übel gelaunt machte, dass ich ihn so wenig wie möglich anfassen wollte. Ich ging auch immer weg, wenn die Damen kamen, denn ich wollte nie genau wissen, was sie mit meiner Wohnung anstellten. Im Laufe der Zeit hatte ich einige, weil sie aus unterschiedlichsten Gründen wieder aufgehört hatten. Nie, weil sie mit mir unzufrieden waren, sondern die eine beispielsweise, weil sie eine Hausstauballergie hatte und an die Küste gezogen ist. Die Luft für ihre Bronchien war dort sauberer und gesünder. Eine andere heiratete, wieder eine andere musste weg, weil sie sich hat scheiden lassen und ihr Mann sie immer noch verfolgte. Die einen waren pünktlich, die anderen kamen manchmal gar nicht.

Putzfrauen bewegen sich, was Ausreden angeht, auf dem Niveau von Grundschülern. Meine hatten mir im Laufe der Zeit schon alles Mögliche aufgetischt. Wenn sie eine halbe Stunde zu früh kamen, dann haben sie mir erzählt, ihr Mann hätte Kaffee über ihren Kalender geschüttet und beim Wegwischen sei der Termin verschwunden.

Eine andere hat mal meinen Wohnungsschlüssel verloren. Sie hatte in der Woche alle Schlüssel, die sie je besaß, verloren. Angeblich weil ihr das Schlüsselbrett von der Wand in den Mülleimer gefallen ist und sie es mit dem ganzen anderen Müll weggeworfen hat, ohne es zu bemerken.

Das ist durchaus damit vergleichbar, wenn ein Achtjähriger behauptet, die Hausaufgaben nicht dabeizuhaben, weil seine Katze das Schulheft zerfetzt hat und er sie daran leider nicht mehr hindern konnte, weil das Ganze weit hinten unter dem Bett stattgefunden hat.

Wenn meine Putzfrauen bisher überhaupt kamen, dann machten sie in der Regel nicht das, was ich von ihnen wollte, beziehungsweise das, was meine Mutter mir sagte, dass ich es von ihnen verlangen könne.

Die letzte, die ich hatte, weigerte sich standhaft den Parkettboden mit Parkettpflege zu behandeln, weil der Boden so stark klebt nach dem Wischen. Stattdessen hat sie einfach mit lauwarmem Wasser geputzt und mir lange Vorträge gehalten, dass man im Badezimmer und in der Küche keine Scheuermittel bräuchte. „Das geht alles so weg“, hat sie gesagt, sie konnte lügen, ohne rot zu werden. Um zu unterstreichen, dass sie sich dennoch Mühe gab, hatte sie den Balkon mit dem Staubsauger abgesaugt, denn die nassen Blätter hätten ihrer Meinung nach dem Handfeger geschadet. Dabei hatte sie die Aschenbecher gleich mit ausgesaugt und den stinkenden Staubsauger, mit sich zufrieden, wieder in den Schrank gestellt. Um mir gänzlich zu beweisen, dass ich keinen Einfluss auf sie habe und meine Wohnung den Gesetzen der freien Demokratie unterliegt, hat sie beschlossen, dass man mit der Parkettpflege, die den Boden verkleben würde, wunderbar die Küchenarbeitsplatten aus Holz abwischen kann. „Den Arbeitsflächen tut das gut“, sagte sie.

Mit siebenundzwanzig hatte ich über einen Großteil meines Lebens die Kontrolle verloren.

Ina tat so, als sei bei mir alles in Ordnung. Sobald sie ihr Leben mit meinem verglich, ging es mir gut und ihr schlecht. Ich hatte keine Sorgen, Ängste oder Nöte. Reibungslos ging alles vonstatten, weil ich alles und jeden im Griff hatte – ganz im Gegensatz zu ihr. Hartnäckig versuchte ich, ihre Ignoranz zu ignorieren und klarzustellen, dass auch ich litt oder Ärger hatte. Aber meine Probleme zählten nicht, weil sie in ihren Augen schlichtweg nicht existierten. Das hatte dazu geführt, dass sie überhaupt nicht mehr wahrnahm, wenn es mir nicht gut ging, und ich mir auch nicht mehr die Mühe machte, es ihr zu erklären, denn das Ergebnis stand sowieso schon vor dem Gespräch fest: Bei mir war alles gut, bei ihr nicht. Irrsinnigerweise war es zu dieser Zeit genau umgekehrt, glaube ich.

Es war Ende Juli und wir wollten zu zweit einen romantischen Urlaub in der Auvergne verbringen. Ina hatte zu Hause in einem Prospekt eine kleine Ferienwohnung bei Turenne ausgesucht.

Als wir dort ankamen und uns auf dem Hof umsahen, kam uns eine freundliche, ältere Dame entgegen. Sie sagte etwas auf Französisch und Ina erklärte mir, dass die Besitzer selbst im Urlaub sind und die alte Dame die Nachbarin sei und uns in unser Appartement lassen sollte. Ich nickte ihr höflich zu, nahm das Gepäck aus dem Kofferraum und wir folgten ihr. Instinktiv hatte ich nicht allzu viel mitgenommen, sondern den größeren Teil im Kofferraum gelassen, weil ich davon ausging, dass es noch ein weiter Weg zum Appartement wäre. Stattdessen stellte sich heraus, dass wir direkt neben dem Kiesparkplatz wohnen sollten. Die alte Hexe gab uns lächelnd den Schlüssel und ging. Während Ina weitere Gepäckstücke aus dem Auto holte, versuchte ich mit den Umständen klarzukommen. Es war ein kleiner Raum, in dem sich alles befand: Bett, Kochnische und Esstisch. Die Toilette war draußen. Zunächst öffnete ich die Fenster und Fliegengitter, um drei dicke Wespen und eine Hornisse rauszulassen. Vielleicht, dachte ich, ist es nur das ohrenbetäubende Summen, das mich in schlechte Stimmung bringt. Ina war begeistert von der Landschaft, die man vom Parkplatz aus schon sah. ‚Le Buisson', wie unser Domizil hieß, hatte wie im Prospekt angekündigt eine große Terrasse hinterm Haus. Das war der Parkplatz.

Ina schien all das nicht zu bemerken. Sie räumte den Rest des Reiseproviants in den Kühlschrank und sah nach, welche Kochutensilien wir hatten und was uns eventuell fehlen könnte. Still ging ich kurz nach draußen, stellte mich auf den Kiesparkplatz, schaute auf die wunderschöne Ebene und dann wieder auf den Parkplatz. Hier konnten wir nicht bleiben. Mir wurde schlecht bei dem Gedanken, mit Ina abends auf dem Parkplatz sitzen zu müssen und uns später in unser zwar sauberes, aber dunkles Loch zu verkriechen.

Während Ina begann auszupacken, besuchte ich die Nachbarin. Lächelnd begrüßte die Alte mich und sagte irgendwas auf Französisch. Ich verstand kein Wort und mir wurde klar, dass ich immer noch kein Französisch konnte. Erwartungsvoll, mit leicht schräg gelegtem Kopf betrachtete sie mich. Ich zuckte mit den Schultern und verzerrte das Gesicht.

„Puis-je vous aider, Monsieur?" (Kann ich Ihnen helfen?), fragte sie und sah mich an wie ein Kind ein Aquarium.

Ich machte mehr Grimassen und deutete in die Richtung unserer Bruchbude.

„Est-ce que vôtre petite amie a mal au coeur?" (Ihrer Freundin ist schlecht?)

Ich schüttelte den Kopf, denn sie konnte mich unmöglich verstanden haben, fasste an mein Herz, um zu beteuern, dass die Situation mir leid tue und sagte: „No amore appartement."

Sie verstand endlich. „Oh mon dieu, vous vous engueulez avec Madame." (Ach herrje, Sie streiten sich mit ihrer Freundin.)

Ich nickte bedauernd und machte mit den Armen Flatterbewegungen, um unsere bevorstehende Abreise anzukündigen.

„Elle veux vous quitter!" (Sie will Sie verlassen!)

Ich nickte wieder mitleiderregend und wiederholte: „No amore appartement." Schließlich wollte ich die zehn Tage, die wir gebucht hatten, nicht bezahlen.

Die Alte sah durch das Fenster, wie Ina sich am Koffer zu schaffen machte, und blickte wehmütig zurück zu mir. Ich nahm an, dass ihr klar wurde, dass sie den Besitzern mitteilen musste, dass wir auf ihr drittklassiges Zimmer nicht reingefallen waren. Wir wollten unsere Ferien genießen. Ich nutzte den Augenblick ihrer Schwäche und drückte ihr unseren Schlüssel in die Hand und sagte: „No money." Dazu rieb ich Daumen und Zeigefinger aneinander und schüttelte wieder den Kopf.

„Elle a tout votre argent?" (Sie hat ihr ganzes Geld?)

Ich nickte begeistert. Auch das hatte sie verstanden. Keinen Heller würden die sehen.

„Pardon, pardon", entschuldigte ich mich dafür, denn es war nicht die Schuld der alten Dame und außerdem schien sie ganz einsichtig zu sein.

„Je suis désolée, nous allons vous envoyer la facture." (Das tut mir Leid, wir schicken ihnen die Rechnung.)

Ich sagte wieder „Pardon, pardon", denn sie würden sicher das Zimmer nicht mehr loswerden in dieser Saison, und verließ rückwärts ihren Vorgarten. Sie wünschte uns noch schöne Ferien und eine gute Reise: „Ca va passer,

Monsieur. On ne fait pas les affaires en courant.“ (Das wird vorübergehen. Gut Ding will Weile haben.) Und dann verschwand sie im Haus.

Danach ging ich zu Ina und sagte ihr, dass wir aus unserem Appartement geflogen seien. Sie fiel aus allen Wolken. Ich sagte ihr, dass der alten Dame ein Buchungsfehler unterlaufen ist und ab morgen käme eine dreiköpfige Familie, die schon seit Jahren kommt und einen ganzen Monat bleiben möchte. Ich konnte Ina unmöglich die Wahrheit sagen, ohne mich lächerlich zu machen. In ihren Augen war ich in einigen Dingen kompliziert und umständlich, was nicht stimmte. Im Gegensatz zu ihr begnügte ich mich nicht mit der erstbesten Lösung, nur weil man mir mit einem Sonnenuntergang vor der Nase herumwedelte. Wir fuhren weiter und verbrachten die erste Nacht unserer Ferien auf einem Feldweg im Auto.

Sofort nachdem wir ein Bett in unserem neuen Hotel bekommen hatten, schliefen wir miteinander.

Wenn ich Ina dabei ansah, ich weiß, es erscheint profan, stellte ich mir vor, wie viele andere Männer in dem Augenblick gerne bei ihr gelegen hätten. Es war ein kleiner Trick, mit dem sich mein Glück noch weiter ins Unermessliche steigern ließ. Ich war stolz darauf, sie bewundern zu dürfen, und darauf, dass auch sie mich bewunderte. Ich liebte den Geruch ihrer Haut und auch alle anderen menschlichen Gerüche, die von ihr ausgingen, konnten mich von ihr nicht fernhalten.

Die Beine, die Waden und die schlanken Fesseln berührte ich am liebsten. Wie gerne streichelte ich sie, wenn ihre Beine auf meinen Schultern lagen und meine Hände immer wieder ungehindert von den Fesseln zu den Waden, die Oberschenkel hinauf und wieder zu den Waden zurück wandern konnten. Tanja hingegen war leider kitzlig und vor allem an den Beinen konnte man sie kaum anfassen, ohne dass sie draufloslachen musste und jede Form der Erotik verschwand.

Als ich Ina ausreichend betrachtet und berührt hatte, versank ich irgendwann in ihr. Mit offenen Augen starrte ich nicht auf den Hintern, der sich vor mir aufbäumte, oder den Busen, der sich gleichmäßig bewegte. Ich schaute in ihr Gesicht, sie hatte immer die Augen geschlossen und dabei war ihr Gesichtsausdruck so sanft wie ihr Wesen. Als sie zum Höhepunkt kam, öffnete sie die Augen, sah mich an, stöhnte nicht, kniff die Augen zusammen, öffnete den Mund und schloss die Augen wieder. Dieser Anblick erregte mich so sehr, dass ich ihren Mund mit meinem verschloss und kurz darauf auch kam. Danach schliefen wir müde vom Sex und der langen Fahrt ein.

Als ich wieder wach wurde, hörte ich gerade noch, wie die Zimmertür ins Schloss fiel. Ina war weg, sie holte ihre Schuhe aus dem Wagen. Immer noch etwas schläfrig, aber gut gelaunt stand ich auf, um mein Handy zu suchen. Zwischendurch sah ich zum Fenster raus und sah Ina dabei zu, wie sie in Jogginghose und ärmellosem T-Shirt den Kofferraum durcheinanderbrachte und dabei Selbstgespräche führte. Normalerweise war ich derjenige von uns beiden, der mit sich selbst redete oder im Badezimmer pfiff und sang, aber offensichtlich war Ina gut gelaunt. Schließlich fand sie ihre Riemenschuhe und kam wieder nach oben aufs Zimmer. In dem Moment, als sie in der Tür stand, fand ich mein Handy. Ich hatte eine Nachricht von Tanja auf der Mailbox und keinen Netzempfang, um sie abzuhören. Ina sah sofort an meinem verzerrten Gesicht, dass etwas nicht stimmte.

Nach der Radrallye hatte ich eine Affäre mit Tanja angefangen. Mich verband nach wie vor hemmungsloser Sex mit ihr. Ich hatte mich abhängig gemacht, obwohl ich sie im Gegensatz zu Ina kein bisschen liebte. Etwa einmal im Monat sagte sie ihrem Freund, sie sei im Fitnessstudio, kam bei mir vorbei, wir fielen übereinander her und dann verschwand sie mit einem schwungvollen Abschiedskuss für den nächsten Monat wieder aus meinem Leben.

„Was ist los?", fragte Ina mich besorgt mit dem Blick auf das Handy.

„Ach nichts. Meine Eltern haben angerufen und ich hab keinen Netzempfang, um die Nachricht abzuhören", antwortete ich mit nebensächlichem Unterton.

„Du machst dir schon wieder Sorgen."

„Ich mach mir keine Sorgen, schließlich sind es erwachsene Leute, die alleine klarkommen müssen", antwortete ich ärgerlich.

„Du bist so ein niedliches Einzelkind", sagte Ina und zerzauste mir mit einem Wisch die Haare auf dem Weg zum Bad.

„Ich mach mir keine Sorgen. Und das hat nichts damit zu tun, dass ich Einzelkind bin. Nur weil ich mich mit meinen Eltern gut verstehe", rief ich ihr hinterher, aber sie reagierte nicht mehr, weil die Dusche schon an war.

Ina verstand mich manchmal überhaupt nicht. Und ich hatte nicht den Eindruck, dass es schwer sei, mich zu verstehen. Norbert zum Beispiel hat mich immer verstanden. Vielleicht hat es aber auch nur daran gelegen, dass ich ihm immer die Wahrheit gesagt habe und Ina nicht.

Turenne ist übrigens ein wunderschönes, romantisches Städtchen. Es liegt an einem sehr steilen Berg, weiter oben stehen ein Schloss, eine Kapelle und eine Kirche. Unser Hotel lag in der einzigen Gasse, die direkt zu der Kirche führte, und wurde von einem ehemaligen Sternekoch und seiner Frau bewirtschaftet. Ich hatte den Eindruck, dass dem Hausherrn das Wasser im Mund zusammenlief, als ich mit ihm über die Zimmerpreise sprach. Doch beide waren so eifrig und devot, dass wir annahmen, dass sie das winzige Hotel mit nur vier Zimmern und dem Gewölberestaurant noch nicht lange besaßen.

An diesem Abend waren wir froh, dass es warm genug war, um mit einem weiteren Pärchen in dem kleinen Garten mit Weinranken, Lampions und Stechmücken zu sitzen.

Unsere Gastgeber hatten sich für die Montage etwas ganz Besonderes ausgedacht, einen speziellen Trüffel-Abend. Die Gegend war bekannt für Trüffel und Gänsestopfleber. Wir hatten noch nie gesehen, dass jemand so sorglos mit der Herstellung von Gänsestopfleber umging wie die Landwirte der Auvergne. Auf Emaille-Schildern und Speisekarten waren Zeichnungen von Bauern auf Holzschemeln, die eine Gans zwischen den Knien hatten und ihr mit einem Trichter das Futter einflößten.

Wir bestellten eine Vorspeise mit Trüffeln, Bandnudeln mit Trüffeln und als Nachtisch Sorbet mit Trüffeln. Obwohl wir neben dem älteren Pärchen die einzigen Gäste waren, schienen der Maître und seine Frau das Spezialevent nicht infrage zu stellen.

Noch bevor der erste Gang kam, begann Ina sich darüber zu ärgern, dass sie ihr blaues Sommerkleid vergessen hatte. Zunächst fand sie es nur schade, dass sie nur ein einziges leichtes Kleid dabeihatte. Dann fand sie es schade, dass sie ein paar Schuhe mitgenommen hatte, zu denen eigentlich nur das blaue Kleid, das sie nicht dabeihatte, perfekt passen würde. Bei der Hauptspeise angelangt, beklagte sie, dass wir immer noch keine gemeinsame Wohnung hatten. Wenn wir zusammenwohnen würden, das war der Zusammenhang, dann müsste sie nicht andauernd ihre Sachen packen und hin und her pendeln. Und dann wäre das mit dem blauen Kleid selbstverständlich nicht passiert. Ich verstand sie gut, und wollte dennoch nicht mit ihr zusammenziehen. Das lag nicht an meinem Verhältnis mit Tanja. Wir hätten uns auch öfter bei ihr treffen können, wie wir es gelegentlich taten, wenn Michael geschäftlich unterwegs war.

An jeder Wohnung, die Ina und ich uns ansahen, hatte ich etwas auszusetzen, denn es war der einfachste Weg, mir ohne Diskussionen Zeit zu verschaffen. Anfang 1994, zu Beginn unserer Suche, hatte ich mir die zweite Wohnung, die überhaupt infrage kam, alleine angeschaut. Sie war perfekt. Wir hatten am Abend vorher mal unsere Traumwohnung aufgemalt. Das Ergebnis war ein Altbau, hatte 105 Quadratmeter, ein Tageslichtbad, Wanne und Dusche, einen Balkon, eine große Wohnküche und mindestens eine Flügeltür. Die Wohnung, in der ich damals stand, hatte fünf Quadratmeter weniger, ansonsten hatte alles gepasst, bis auf den Zeitpunkt. Genau genommen war ich bei der Besichtigung nicht allein, sondern hatte mir die Wohnung mit Tanja angeschaut. Ich konnte unmöglich mit Ina in eine Wohnung ziehen, die ich mir aus Spaß mit Tanja angeschaut hatte. Dazu war ich viel zu sensibel.

Ina sagte ich, dass die Wohnung allerlei Macken hatte und von zwei anderen Paaren vor uns optiert worden war. Enttäuscht hatten wir uns zwei Monate nach dieser

Niederlage langsam wieder an die Suche gemacht, aber nichts mehr gefunden, was so perfekt gepasst hätte.

„Du hast es gut. Du bist immer so zufrieden mit dir“, wechselte Ina die Spur, blieb aber auf dem gleichen Weg in unserem Gespräch. „Du bist immer ausgeglichen, dir gelingt alles, du hast einen tollen besten Freund, Norbert. Du hast deine Eltern, die miteinander glücklich sind.“

„Und ich habe dich“, versuchte ich den selbstzerstörerischen Monolog zu stoppen. Mir war allerdings klar, dass es nicht gelingen würde, nicht so einfach, nicht so halbherzig. Bei solchen Gesprächen erforderte Ina meine volle Aufmerksamkeit, da kam ich nicht einfach durch, wie an einer seichten Stelle im Fluss.

„Ich mache dir nur Ärger. Ohne mich wäre dein Leben bestimmt ein ganzes Stück leichter ...“

„... nur ein ganzes Stück ärmer“, ergänzte ich.

Nach einer kurzen Pause, in der sie auf die flackernde Kerze starrte, fragte ich, wie sie darauf käme, etwas so Idiotisches zu denken.

Ina streifte mit dem Finger durch die Flamme und wurde dabei immer langsamer. „Wir reden so viel über mich und meine Probleme, das hast du nicht verdient. Jedes Mal, wenn es mir besser oder in irgendeiner Hinsicht gut geht, habe ich gleich ein neues Problem. Ich weiß das. Erst mein Diplom, dann die Sache mit Gorleben. Da ging es mir wirklich schlecht.“

Als damals, einige Wochen nach der unsäglichen Radrallye in Prezelle, tatsächlich Brennstäbe ins Wendland gebracht wurden, war Ina in eine Art Trauerzustand verfallen. Das Wendland sollte sterben. Ina weigerte sich zu essen oder gar mit mir zu schlafen. Sie hatte sich da so stark hineingesteigert, dass es für mich etwas Absurdes bekam. Einmal wollte ich mit ihr tanzen gehen. Sie brach entsetzt zusammen, fing an zu weinen, weil ich sie nicht verstand, und fuhr zu ihren Eltern. Die Brennstäbe im Wendland – ich konnte es nie nachvollziehen.

„Bist du eigentlich richtig glücklich?“, fragte Ina und fuhr fort, ohne eine Antwort abzuwarten. „Ich bin fast nie richtig glücklich.“ Sie nahm sich noch das Stück Trüffel-Schokolade vom Unterteller meiner Kaffeetasse. Ich war froh, dass sie danach die Finger von der Kerzenflamme ließ und anfing, am Wachs herumzupulen.

„Ich bin auch nie glücklich“, sagte ich und versuchte, ein wenig krank dabei zu klingen.

„Ja, aber bei dir merkt man das nie. Du musst es mir auch sagen, wenn du unglücklich bist, dann können wir darüber reden. Probieren würde ich es wenigstens gerne.“

„Ich denke, es hat keinen Sinn, über alles zu reden. Man fängt dann nämlich an, über Dinge zu reden, über die man noch nicht mal nachdenken sollte. Und ich finde auch, dass man meistens weiß, weshalb man unglücklich ist, wenn man ehrlich ist zu sich selbst. Entweder man ändert es oder man lässt es eben sein. Da muss man eigentlich nicht lange drüber reden“, sagte ich mit weicher Stimme.

Ina fing trotzdem an zu weinen. Norbert sagte immer, weinen sei nicht traurig, weinen sei befreiend. Ich glaube eher, er denkt, wenn er so etwas sagt, an eines seiner Kinder, das vom Dreirad gefallen ist – aber nicht an Ina.

Ich nahm ihre Hand und sagte zusammenhanglos: „Ach komm, das ist doch nicht so schlimm.“

Sie schluchzte: „Du weißt immer, wann du was zu machen hast. Du bist immer so sicher.“

Verdammt noch mal, ich war nicht sicher. Ich wusste noch nicht mal, wie ich aus dem Gespräch rauskommen sollte.

„Das stimmt nicht, ich kann nur nicht so offen darüber sprechen wie du. Vielleicht bin ich deshalb sogar noch schlimmer dran als du. Irgendwann rächt sich das." Ich wusste schon damals, dass das keine meiner Phrasen war.

„Du darfst auch nicht alles in dich reinfressen."

Jetzt nahm Ina meine Hand.

„Ich weiß, du hast Recht." Es war so weit, ich war in einer Stimmung, in der es mir nicht schwergefallen wäre, ein Magengeschwür vorzutäuschen.

Auf dem Rückweg zum Zimmer ging ich mit dem Handy noch mal kurz ans Auto. Kein Netz, verdammtes Tal mit alten Steinen.

Am nächsten Morgen standen wir zeitig auf, weil wir eine lange Tagestour nach Rocamadour, ein Pilgerort, den Ina unbedingt sehen wollte, vor uns hatten. Ich ging noch ein paar Schritte bis zu der Kirche, die über unserem Hotel stand, während Ina auf dem Zimmer Proviant einpackte. Es war neblig und die Luft war kühl, aber man konnte schon ahnen, dass es in ein oder zwei Stunden ein klarer, frischer Tag werden würde. Oben bei der Kirche angekommen, ging ich zweimal um sie herum, setzte mich anschließend auf eine kleine Steinmauer und schaute mir das Tal an, das in sattem Grün mit vereinzelten Baumgruppen und dicken Nebelschwaden vor mir lag. Ich atmete tief durch und dachte, eigentlich ein schöner Morgen. Ina suchte ein Ziel nach dem anderen aus, dass wir in diesen zehn Tagen abreisen könnten. Mir lag an all dem nicht viel, obwohl ich gleichzeitig wusste, dass es schön war und mir eigentlich viel bedeuten sollte. Es war Glück, mein Glück, ich konnte es nur nicht fühlen. Stattdessen nahm ich alles wie durch eine Glasscheibe wahr, als ob ich mit einer Gondel über mein Leben hinwegschweben würde. Ich konnte alles sehen, aber nichts berühren, und nichts berührte mich.

Im Grunde genommen hatte Ina mir viel voraus, auch wenn sie selbst es nicht sah. Sie hatte diese merkwürdig liebevolle Art, die Welt zu betrachten. Ihr Großvater beispielsweise hatte ein Jahr zuvor nach einem Schlaganfall einen Teil seines Kurzzeitgedächtnisses verloren. Als sie von ihrem ersten Besuch in der Kurklinik zurückkam, hatte ich mich, was ihren Gemütszustand anging, auf das Schlimmste gefasst gemacht. Ina jedoch war froh gewesen. Sie habe an dem Wochenende selbst gesehen, dass ihr Großvater den Garten der Klink täglich neu entdecken könne und manchmal würde er sogar vergessen, warum er in einem Rollstuhl sitzt. Er bot sogar zwischendurch anderen Patienten an zu tauschen, um sie auch mal zu schieben.

Das war Ina. Der tapferste, zauberhafteste Mensch, den ich je kennen würde.

Sie hatte immer so viel Liebe in sich, dass sie mir den Ausrutscher bei der Radtour verzieh. Ohne zu wissen, dass ich mich weiterhin mit Tanja traf, fasste sie wieder Vertrauen.

Ina genoss es, mich scheinbar völlig im Griff zu haben. Ganz gleich, ob sie hierhin oder dorthin wollte, ich leistete keinen Widerstand. Bestimmt dachte sie, als wir die lange Tagesfahrt nach Rocamadour machten, ich würde all das ihr zuliebe tun.

In Wirklichkeit fand ich die Ortswechsel in meinem Gemütszustand nicht schlecht, weil ich so das Gefühl hatte, vorwärtszukommen und an meiner Situation etwas zu verändern. Leider waren es Scheinbewegungen. Man nimmt sich immer selbst mit.

Wir liefen durch Rocamadour. Mit uns schoben sich Unmengen Touristen durch schmale, staubige Gassen. Es gab einen langen Treppenaufgang, den Ina unbedingt zu Fuß gehen wollte. Unter normalen Umständen hätte ich mich so lange gewehrt, bis wir den alten, großen Fahrstuhl genommen hätten, auch wenn die Fahrt Geld kostete. In Frankreich nimmt die Kirche sogar Geld fürs Fahrstuhlfahren, nur gehbehinderte Pilger müssen nichts zahlen. Der Weg erinnerte an Straßen aus dem Mittelalter. Dann begriff ich, dass die Gasse, die wir entlanggingen, wirklich aus dem Mittelalter war und dass es sich unter anderem deshalb um einen so beliebten Pilgerort handelte. Links und rechts gab es Stände und Läden mit Postkarten, Ketten, Taschen und allerlei Souvenirs. Ina verschwand ab und an in einem der Läden oder in der Menge vor mir. Ich trottete hinterher, versuchte sie nicht aus den Augen zu verlieren und dachte an meine letzte Begegnung mit Tanja eine Woche vor unserer Abfahrt.

Das war an einem Samstag, die Sonne schien, es war ein schöner Sommertag. Ich war auf dem Weg durch den Park in die Stadt, als ich Tanja zufällig begegnete. Ina hatte ihre Eltern und ihren Bruder zu Besuch und am Abend, nach einem Tagesausflug, waren wir zum gemeinsamen Essen verabredet. Den Nachmittag hatte ich für mich und wollte mir neue Schuhe kaufen. Tanja hatte sich seit ein paar Tagen nicht gemeldet und wenn ich sie anrief, hatte sie ständig was vor, viel zu tun, wenig Zeit. Als ich sie im Park sah, holte ich sie von hinten ein und sagte mit zynischem Unterton: „Na, auch viel zu erledigen in der Stadt."

Sie drehte sich erschrocken um und als sie mich sah, antwortete sie erleichtert: „Huch, du bist es. Ähm, ja bin später mit einer Freundin verabredet und wollte vorher ein bisschen bummeln. Zu Hause ist mir die Decke auf den Kopf gefallen."

Ich machte eine Anspielung nach der anderen auf unser längst fälliges Treffen. In jeden meiner Sätze mischte ich giftige Vorwürfe. Zu Hause hast du dich gelangweilt? Sie hätte mich anrufen können. Bummeln wolltest du gehen, weil so ein schöner Tag ist? Sie hätte mich anrufen können. Michael war geschäftlich unterwegs. Sie hätte mich anrufen müssen! Ihre Begrüßung war eine komplette Frechheit. Huch, du bist es. Das sagt man zu Katzen, die sich plötzlich unterm Tisch an den Beinen reiben. Ich legte jedes unserer Worte auf die Waage. Tanja hingegen antwortete unbekümmert und tat so, als hätte sie sich nichts vorzuwerfen. Nach einer Weile gab ich auf und wir unterhielten uns normal. Meine Stimmung wechselte und ich legte unverfänglich meine Hand auf ihre Schulter, streifte das Knie oder holte ihr Blätter aus dem Haar, die gar nicht da waren. Weitere unauffällige Berührungen ließ eine Kleinstadt am Samstagnachmittag im Café nicht zu.

Nach zwei Tassen Cappuccino gingen wir los. Ich kaufte Wildlederschuhe, die sie ausgesucht hat. Nicht, weil mir die Schuhe gefielen, sondern ihre braunen Beine unter dem Sommerkleid. Die Schuhe brachte ich in der kommenden Woche zurück. Danach führte unser Weg wie von selbst zu einer abgelegenen Holzbank am

Entenweiher des Stadtparks. Wir küssten uns heftig und ich fuhr auf der Stelle gierig mit der Hand Tanjas Oberschenkel hinauf. Sie kicherte und schob meine Hand weg. Seit unserer Versöhnung hatte ich den ganzen Vormittag auf diesen Moment gewartet. Dafür hatte ich Cappuccino getrunken, obwohl ich zu Hause schon drei Tassen Kaffee hatte. Ich hatte an Schaufenstern gestanden, über lustige Kleider anderer Frauen gelacht, meinen alten Schulfreund Jörg absichtlich übersehen und einiges mehr.

Sie öffnete meinen Gürtel und fuhr mit der Hand in meine Unterhose. Ich stöhnte und sagte, dass ich das nicht aushalte. Das klingt zwar banal, aber es ging um Sex und nicht um Lyrik.

Sie sagte: „Komm“ und zog mich heran. Recht ungelenk lag ich auf ihr und konnte mich auf der harten Parkbank kaum halten. Sie wolle mich spüren, sagte sie.

„Was, hier?“

„Klar, warum nicht?“

„Weil hier Leute vorbeikommen könnten.“

„Ziemlich unwahrscheinlich. Und wenn schon.“

„Wir können zu mir gehen. Sind nur zehn Minuten von hier.“

„Wenn ich jetzt mit zu dir komme, dauert es zu lange – ich bin mit Vera verabredet.“

Ich wusste nicht, wer diese Vera war, aber sie war mir auch ziemlich egal.

„Dann lass uns morgen treffen, in aller Ruhe.“

Im Park konnte ich nicht, unmöglich.

Tanjas Gesicht veränderte sich. Ich wusste, dass sie wieder so weit weg war, wie am Morgen, so als hätte es die Zeit dazwischen mit uns nicht gegeben. Sie lächelte, strich mir über die Wange und sagte: „Ja, schauen wir mal.“

Mir war klar, dass sie sich jetzt wieder länger nicht melden würde und ich dann erst mal in der Auvergne wäre. Von dem Urlaub erzählte ich ihr nichts, weil ich die geringen Chancen eines Anrufes nicht noch weiter schmälern wollte.

Während wir uns anzogen, hob sie den Zeigefinger und sagte: „Hörst du das?"

Und nach einer Pause: „Die Enten."

„Ja, die höre ich, klar."

Sie kicherte: „Klingt, als würden sie lachen. Ich glaube, die Enten lachen uns aus."

So war alles, was ich mit Tanja erlebte, unbeschwert für sie und unkalkulierbar für mich. Genau wie ihre Nachricht auf meiner Mailbox, die ich nicht abhören konnte. Jetzt stand ich in Rocamadour auf der Toilette eines Cafés und hatte endlich Empfang. Aber um die Mailbox im Ausland abzuhören, brauchte ich meinen PIN-Code, den ich nicht kannte, weil ich das Handy neu gekauft hatte und noch nie damit außerhalb Deutschlands unterwegs war. Ina hatte ich erzählt, es wäre gut, wenn man besser erreichbar sei – für sie, für meine Eltern, für Norbert, aber eigentlich meinte ich nur für Tanja. Ich wollte eine Nummer, auf der sie jederzeit anrufen konnte, ohne sich Sorgen machen zu müssen, ob Ina rangeht. Aber diese Sorgen machte sowieso nicht sie sich, sondern ich.

Norbert kannte als Einziger den wahren Grund für mein neues Handy. Als ich ihm zum ersten Mal davon erzählte, sagte er nur nachdenklich, dass es durchaus vorkommen könne, dass sich ein Mann in zwei Frauen gleichzeitig verliebt. „Aber ich liebe Tanja nicht", hatte ich ihm geantwortet, „ich hab nur ein Handy wegen ihr gekauft."

„Ist alles OK? Du siehst nicht gut aus“, sagte Ina, als ich von der Toilette des Cafés zurückkam.

„Mir ist nur etwas übel, aber nicht so schlimm.“ Warum muss ich ihr andauernd sagen, dass mit mir etwas nicht stimmt. Mit mir war alles in Ordnung, es ging mir nur nicht gut.

Schlecht gelaunt folgte ich ihr zu einer noch höher gelegenen Kapelle mit einem der höchsten Türme, die man hier weit und breit finden konnte. Ina hatte Spaß daran, zog mich an der Hand nach oben und ermunterte mich mit Sätzen wie „Los komm schon Frank, es wird dir gefallen“ oder „Das muss herrlich sein da oben!“. Es war genauso, wie ich es erwartet hatte, so wie auf allen Türmen von alten Gemäuern. Man geht zweimal im Kreis, schaut in jede Richtung, wenn man Glück hat, gibt es Tafeln, auf denen steht, was man unten in der Ebene sieht, oder man steht neben jemandem, der es aus dem Reiseführer vorliest. Wir hatten zum Glück kein Glück.

Stattdessen entdeckten wir, dass unter uns auf einem Plateau, das aussah wie ein kleiner Innenhof, ein großes Feuerwerk vorbereitet wurde. Pyrotechniker verbanden Raketen, die an mehrstufigen Metallgestellen befestigt waren, mit Draht und leiteten die Kabel anschließend zu einem großen Mischpult, das in einer der staubigen Ecken stand. Die Mischung aus altem Gemäuer und moderner Technik erinnerte mich an den Reichstag, der in Deutschland kurz vor unserer Abreise von Christo verhüllt wurde. Ich empfand beides als billigen Trick, der mich langweilte, und war noch nicht mal von der aufwendigen Logistik beeindruckt.

In den kleinen, staubigen Gassen sollte an jenem Abend ein Straßenfest stattfinden und Ina wollte unbedingt bleiben. Sie bettelte mich liebevoll an und beteuerte mehrmals, wie sehr sie Feuerwerke und große Feste, insbesondere Straßenfeste in Rocamadour, liebte. Es war früher Nachmittag, der Trubel fing bereits langsam an.

Auf dem Rückweg vom Berg stellten wir fest, dass die Stände und Buden, an denen wir auf dem Weg nach oben so oft gehalten hatten, ein Teil der Festivitäten waren.

Ich hätte ihr gerne den Gefallen getan und einen Abend wie diesen, den sie sich so sehr wünschte, dort verbracht, aber es ging nicht. Warum wusste ich nicht genau, mir wurde elend bei dem Gedanken an fremde Menschen, an die Ungewissheit, wo wir übernachten würden. Langsam wechselte das Publikum und die älteren Leute aus den Reisebussen verschwanden und wurden gegen jüngere Komparsen und Jugendliche von den Campingplätzen aus der Umgebung eingetauscht. Ich versuchte mir einzureden, dass es nett werden könnte, und wollte mich nicht so anstellen. Ina freute sich wie ein sechsjähriges Mädchen und ich war noch nicht alt genug, um zu lernen, nein zu sagen und ihr etwas abzuschlagen. Ich dachte an unser kleines Zimmer in Turenne und die beiden netten Besitzer – an diesem Abend war Gänsestopf-Leber-Abend in unserem Restaurant.

Ja, ich war mit den Gedanken bei Tanja, aber ich wollte dennoch, dass Ina einen schönen Urlaub hat. So gerne sah ich es, wenn sie lachte, und vergaß, dass sie es sich eigentlich zur Aufgabe gemacht hatte, permanent an sich und der Welt zu zweifeln. Ausgerechnet an dem Tag, an dem ihre negativen Gedanken einen Tag frei hatten, wurde bei mir eine Doppelschicht eingelegt. Ich dachte an Ina und unsere Zukunft, und ich dachte an Tanja. Daran, dass sie sich nicht meldete und dass ich nicht herausfinden konnte, was sie mir auf die Mailbox gesprochen hatte. Es musste einen Weg geben, die

Mailbox von Frankreich aus abzuhören. Es waren viele Probleme, die man unmöglich nebenbei auf einem Straßenfest würde lösen können. Ich würde Ina, zur Not auch unter Tränen, mit nach Hause zerren.

„Frank schau, hier kann man die Trüffelsalzstreuer kaufen, wie wir sie im Hotel haben", sagte Ina und hielt einen der gelblich-braunen Streuer in der Hand, die an einem kleinen Stand von einem hageren Jungen angeboten wurden.

Unser Hotel. Unsere Wirtsleute, ein Gespräch, das ich morgens alleine am Empfang mit dem Besitzer hatte. Die Salzstreuer erinnerten mich daran, ich war gerettet, wir würden sofort zurückfahren müssen.

„Ach herrje, unser Wirt hat uns heute Abend auf eine private Party eingeladen und ich habe zugesagt. Das fällt mir gerade ein."

„Was für eine Party?", fragte Ina.

„Keine Ahnung, du kennst doch mein Französisch. Aber dass es eine private Feier ist und wir herzlich eingeladen sind, habe ich genau verstanden. Heute um acht."

Es war nicht mal gelogen. Ich hatte zwar die freundliche Einladung des Mannes abgelehnt, weil ich davon ausging, dass wir unterwegs sein würden. Aber wenn mich die Party unserer Gastgeber vor einer Nacht in Rocamadour retten würde, dann sollte mir das mehr als Recht sein. Ich würde ein oder zwei Stunden stumm neben Ina auf der kleinen Feier mit den Dorfbewohnern stehen, dann Kopfschmerzen vortäuschen und ins Bett gehen. Ina war zwar enttäuscht, aber sah natürlich ein, dass wir zu der Einladung erscheinen mussten, wenn ich schon zugesagt hatte. In diesem Fall kam mir ihre konservative Einstellung gesellschaftlichen Verpflichtungen gegenüber sehr entgegen.

Wir drehten in der staubigen Gasse um, besorgten noch eine gute Flasche Cognac als Geschenk für die Gastgeber und fuhren zurück nach Turenne. Als wir im Wagen saßen, ging es mir blendend. Inas Stimmung war etwas gedrückt, aber ich versuchte, sie mit dem Gedanken an einen schönen Abend unter Einheimischen aufzuheitern, bis sie friedlich auf dem Beifahrersitz neben mir einschlief. Ich hoffte wirklich, dass es schön würde, weil ich ihr gegenüber ein schlechtes Gewissen hatte. Vielleicht, dachte ich, würde ich auf dem Fest in Turenne ihr zuliebe keine Kopfschmerzen simulieren.

Nach anderthalb Stunden Fahrt kamen wir an. Ina war verschlafen und ich müde. Während sie sich das geblümte Kleid rauslegte, das Blaue hatte sie ja leider nicht dabei, sonst hätte sie das angezogen, duschte ich und zog mich an. Zehn Minuten später stand ich mit Jeans, T-Shirt, einer Zigarette und dem Handy auf dem Parkplatz. Ich rief Ina noch zu, dass sie später meine Windjacke mitbringen solle, denn es wurde langsam kühl, dann ging auch sie duschen.

Nachdem ich mir die Zigarette angezündet hatte, rief ich Norbert an.

„Hallo", sagte er verschlafen.

„Hey, ich bin es, Frank", ich versuchte harmlos zu wirken.

„Du, was ist los? Ihr seid doch in der Auvergne?"

„Ja, aber ich hab ein Problem. Vielleicht kannst du mir helfen."

„Kommt darauf an." Norbert ahnte schon, dass es was mit Tanja zu tun hatte und stellte sich sperrig. Er hatte nichts gegen sie, aber er mochte Ina und er mochte besonders die Vorstellung, dass ich sie heiraten würde und Kinder bekäme. Bis dahin zählte alles, was ich tat, nicht, so wie vor einem Tennismatch die Punkte beim Warmspielen nicht zählen. Wir gerieten deshalb oft aneinander. Ich warf ihm dann vor, dass nicht jeder mit einundzwanzig seinen ersten Sohn zeugen wolle, und er warf mir vor, dass ich mich auf Ina nicht ernsthaft einlassen würde. Am Ende, meistens wurde bei diesen Gesprächen viel getrunken, hatte jeder für die Situation des anderen Verständnis, aber keiner änderte seine Meinung.

Ich hätte gerne jemanden angerufen, der mir keine Vorwürfe machen würde, aber Norbert war mein bester Freund. Selbst unter Protest würde er mir helfen.

„Ich brauche den PIN-Code vom Lieferschein meines Handys, um die Mailbox im Ausland abhören zu können."

„Warum um Himmels Willen willst du in deinem Urlaub dein Handy abhören?"

„Das weißt du genau."

„Tanja! Mensch Frank, jetzt vergiss doch mal diese Frau."

„Ich kann nicht. Muss dauernd an sie denken", ich fieberte ins Telefon, „morgens beim Aufwachen ist es am schlimmsten. Die meisten denken, glaube ich, abends an diejenigen, in die sie verliebt sind. Bei mir ist das anders. Ich denke abends nicht lange nach, ich schlafe lieber gleich ein und träume von ihr. Mit dem Kennenlernen ist das übrigens genauso antizyklisch bei mir. Die meisten verlieben sich bestimmt im Sommer oder man spricht ja auch von Frühlingsgefühlen. Ich verliebe mich immer im Herbst oder im Winter, wenn die Röcke verschwunden sind und man nur noch selten nackte Haut zu sehen bekommt. Ich verliebe mich immer, wenn es kalt ist. Ist doch komisch, oder?"

„Ich dachte, du liebst sie nicht“, sagte er müde.

„Tu ich auch nicht. Ich liebe Ina, ich wollte dir nur meinen Zustand erklären – war sozusagen nur ein Beispiel. Ich meine, je mehr mich Tanja missachtet, desto mehr will ich sie haben. Das ist eigentlich alles, was ich damit sagen will.“

„Du solltest dich um Ina kümmern. Tanja ist nicht gut für dich. Glaub mir.“

„Du musst in meine Wohnung gehen. Wo der Schlüssel dafür liegt, weißt du. Und neben dem Schreibtisch steht ein Ordner, in dem der Lieferschein fürs Handy abgeheftet ist. Irgendwo da muss der internationale PIN-Code draufstehen. Machst du das für mich?“

Nach einer kurzen Pause sagte er ja. Und dann legte er einfach auf.

Nervös rauchte ich meine Zigarette zu Ende und war froh, als Ina endlich nach unten kam.

Die Dusche hatte ihr gut getan. Sie sah bezaubernd aus in ihrem Kleid und kam strahlend auf mich zu. „Die hätten wir fast vergessen“, sagte sie, schlang ihren Arm mit der Cognac-Flasche um meinen Hals und küsste mich. Ihre Küsse und die Tatsache, Rocamadour entkommen zu sein, machten auch mir gute Laune. Arm in Arm steuerten wir beschwingt den hinteren Flügel unseres Hotels an, in dem die Besitzer lebten.

Schon am Eingang, als uns jemand mit finsterer Miene die Tür öffnete, war klar, dass etwas nicht stimmte oder zumindest der Abend nicht so verlaufen würde, wie wir es erwartet hatten. Hände wurden geschüttelt, man sah uns misstrauisch an und wir grüßten zögerlich. Wie von selbst bildete sich ein Spalier, dem wir folgten und waren froh, als wir im zweiten Zimmer endlich die Gastgeberin trafen. Auch sie sah uns mit traurigem Lächeln an und bedankte sich für die Flasche Cognac, die Ina ihr überreichte. Etwa im gleichen Moment sah ich im hinteren Teil des Zimmers eine kleine Gruppe weinender Menschen, neben der ein Sarg aufgebahrt war. Offenbar hatte man mich morgens zu einer Beerdigung eingeladen.

Ina entschuldigte verlegen unsere bunte Kleidung, aber in den Sommerferien seien wir nicht auf eine Beerdigung vorbereitet gewesen. Die Flasche Cognac, erläutertet sie, sei ein Brauch aus Deutschland. Ich war stolz darauf, wie gut sie sich hielt und immer wieder mit anderen Leuten plauderte, denen man ansah, wie angenehm Ina sie überraschte. Nur ich merkte, dass all das sie anstrengte und sie selbst sich nicht wohl in ihrer Haut fühlte. Es war die Beerdigung der Großmutter unserer Hotelbesitzerin. Ich brachte es mit wenigen Gesten dazu, mit einem jungen Franzosen zwei oder drei Cognac zu trinken und überhörte den Anruf von Norbert, weil ich das Telefon ausgeschaltet hatte. Er sprach mir auf die Mailbox.

In diesem Urlaub versuchte ich noch einmal, Tanja direkt anzurufen. Es war spät abends und ich hatte mich, angeheitert von einer Flasche Rotwein, rausgeschlichen während Ina schlief. Nachdem ich lange durch die Gegend gestolpert war, bekam ich Empfang auf einem Feld mit Apfelbäumen. Es war kühl und feuchter Tau lag auf den Blättern und dem Gras.

Ein Ein-Minuten Telefonat.

„Ich bin es, Frank."

„Bist du bescheuert?"

„Ist Michael da?"

„Nein, aber es geht ums Prinzip."

„Mir auch“, lallte ich.

„Was willst du wissen? Du bist bei deiner Ina und ich bei meinem Leberwürstchen. Wolltest du das wissen?“ Tanja nannte Michael Leberwürstchen, weil er String-Tangas trug, die nach ihren Beschreibungen deutlich den Bauch vom Unterkörper trennten. Aus männlicher Solidarität ging ich darauf nicht ein, noch nicht mal, als ich betrunken aus der Auvergne anrief. Ich legte einfach auf, oder sie – ich weiß es nicht mehr genau.

Als ich zum Hotel zurückkam, war Ina wach. Schon vom Fenster aus rief sie zu mir runter: „Was machst du denn da unten so spät noch?“

Sie trug dieses kleine, hell-grüne Spagetti-Shirt, das so schön leicht auf ihren Busen fiel und ihre Haut noch ein bisschen blasser und zarter erscheinen ließ.

„Norbert hat angerufen.“ Ich hielt das ausgeschaltete Handy wieder ans Ohr. „Bin gleich wieder bei dir“, rief ich und verfluchte die Tatsache, mir das Ding jemals gekauft zu haben.

„Sag Norbert einen schönen Gruß.“

Als das Hoflicht ausging, wurde mir schlecht vom Alkohol.

Am Tag darauf, wir fuhren gerade an dem Schild vorbei, auf dem stand, dass es noch 8 Kilometer bis Beaulieu-Sur-Dordogne sind, fragte Ina mich, was Norbert denn so dringend von mir wollte. Ich erzählte ihr, dass es zwischen Norbert und seiner Frau Probleme wegen einer Auseinandersetzung auf einer Familienfeier gäbe. Dazu erzählte ich ihr eine komplette, drei Wochen alte Geschichte von der Geburtstagsfeier von Norberts Schwiegermutter und einem Streit mit seiner Frau, der längst der Vergangenheit angehörte.

Wenn man lügen muss, sollte man sich so wenig wie möglich von der Realität entfernen. Nicht um der Wahrheit und Aufrichtigkeit willen, sondern weil man sich dann viel weniger verheddert. Eine Geschichte, die genauso passiert ist, nur um ein paar Tage oder Wochen versetzt, fliegt kaum auf, weil kein Mensch Kalenderwochen überprüft. Alles behält etwas Natürliches.

„Sag mal, die Familienfeier, hat Norbert von der nicht schon vor unserer Abfahrt erzählt?“, fragte Ina, als wir im schönen Beaulieu-Sur-Dordogne ankamen.

Manchmal macht es mich wahnsinnig, dass man aus nichts im Leben eine Regel machen kann.

Auf der Heimreise, kurz hinter der deutschen Grenze, konnte ich endlich meine Mailbox abhören. Tanja hatte Montag, an dem Tag, als Ina und ich losgefahren waren, zwei Stunden Zeit gehabt und wollte sich mit mir treffen. Der zweite Anruf kam wie erwartet von Norbert. Der Code, um meine Mailbox im Ausland abzuhören, war 2610 #.

9. LINKS HERUM, RECHTS HERUM

Mai 1996, Acquarossa, 7 Tage

Das Blenio-Tal im Tessin wird vom Fluss Brenno durchflossen, ist ungewöhnlich breit und durch seine ausgesprochene Nord-Süd-Ausrichtung so häufig mit Sonne durchflutet, dass es auch Valle del Sole oder Sonnental genannt wird. Als Norbert, Olaf und mir unser Haus vom Verwalter gezeigt wurde, war es kalt und leichter Nieselregen fiel, aber ich war dennoch sicher, dass wir den Urlaub nicht früher abbrechen würden, wie ich es damals mit Ina in der Auvergne getan hatte. In der Auvergne war es zwar wunderschön gewesen und ich werde die Zeit dort nie vergessen, aber ich wollte damals zurück nach Hause. Ina kam nie hinter meine Affäre mit Tanja, obwohl ich mich einige Male so ungeschickt angestellt hatte, dass es nur gerecht gewesen wäre. Oft gab ich mir überhaupt keine Mühe mehr, es zu verbergen. Es war ähnlich wie beim Schwarzfahren mit der U-Bahn. Wenn man unzählige Male nicht bezahlt hat, denkt man irgendwann, wenn sie mich jetzt erwischen, dann macht es nichts, weil es sich trotzdem noch gelohnt hat.

Ich hatte die Geschichte dann ein oder zwei Monate vor der Reise ins Tessin sang- und klanglos beendet. Beziehungsweise hatte erst Tanja sie beendet und dann ich. Aber das spielte keine Rolle, denn ich hatte mich bereits so oft lächerlich gemacht, dass sich mein Trennungsschmerz in Grenzen hielt.

In der Auvergne hatte ich mit meinem Desinteresse jede Unternehmung blockiert, bis Ina endlich einsah, dass ich wirklich den Urlaub abbrechen wollte. Sie hatte verstanden, dass wir es uns genauso gut noch eine Woche daheim auf dem Balkon gemütlich machen konnten, und wollte die gewonnene Zeit nutzen, um eine gemeinsame Wohnung zu suchen. In dem Augenblick, als wir beschlossen hatten, die Rechnung zu begleichen und abzureisen, wurde ich traurig darüber, dass wir diese schöne Zeit frühzeitig beendeten und uns mit Sicherheit auf dem Balkon langweilen würden.

Ina wollte etwas Neues planen, weil sie im Frühjahr auf jeden Fall in die Sonne fahren wollte. Ich hatte keine Zeit, weil ich arbeiten musste. Daraufhin hatte sie für sich alleine eine Reise nach Indien bei einem Veranstalter für Rucksack-Reisen gebucht. Ärger gab es erst, als ich ihr sagte, dass ich eventuell, wenn es meine Arbeit zulassen würde, genau in der Zeit mit meinen beiden Freunden ins Tessin zum Wandern fahren wollte.

Ich war mir zu der Zeit sicher, dass sich mein Widerstand lohnen würde.

Die Steinhäuser in dieser Alpengegend heißen Rustici und der Verwalter hieß Urs. Das Häuschen lag ganz alleine an einem kleinen Hang an einem Bach. Der Eingang war an der Längsseite und führte direkt ins Esszimmer. Von dort aus schaute man auf eine einfache Küche hinter einem Tresen mit zwei Hockern. Zur Rechten führte eine Holztreppe nach oben, wo man in einer Art Wohnzimmer mit Kamin landete. Von dort gingen zwei Schlafzimmer ab, von denen Olaf und ich je eins bekamen. Unter der Treppe im Erdgeschoss gab es noch ein Badezimmer mit Dusche und eine kleine Vorratskammer, die wir erst inspizierten, nachdem wir oben waren und die Zimmer unter uns aufgeteilt hatten. Norbert nahm das Kaminzimmer, in dem es abends ordentlich nach Zigarettenqualm stinken würde, freiwillig. Zum einen, weil er am lautesten schnarchte, und zum anderen, weil er immer und überall schlafen konnte, ganz gleich unter welchen Umständen. Urs zeigte uns, wo draußen unser Kaminholz lag, dann verabschiedete er sich. In ein paar Tagen, kündigte er an, würde er mal vorbeischauen, um zu sehen, ob wir mit allem zurechtkämen oder ob wir noch etwas bräuchten.

Gleich in der ersten Nacht musste ich auf die Toilette, wachte nicht richtig auf, verlor die Orientierung und pinkelte in Olafs Kleiderschrank. Ich merkte es erst, als es bereits zu spät war. Und weil ich mitten in der Nacht nicht zu Rechtfertigungen aufgelegt war, ging ich einfach wieder ins Bett. Am nächsten Morgen war Olaf so entsetzt, als er feststellte, was geschehen war, dass ich mir ernsthaft überlegte, ob ich ihm überhaupt die Wahrheit sage.

„Tut mir leid“, sagte ich.

„Es tut dir leid? Sag mal spinnst du, mir in den Schrank zu pinkeln, während ich schlafe?“

„Es war ja keine Absicht.“

„Was war es denn? Bist du gestolpert und hast aus Versehen einen halben Liter Urin in meinem Kleiderschrank verschüttet?“

Wir standen zu dritt vor dem Schrank und es war in der Tat ein jämmerlicher Anblick, weil Olaf eigentlich nur seinen Koffer aufgeklappt reingestellt hatte, und genau den hatte ich getroffen. Das Einzige, was verschont geblieben war, war eine blaue Regenjacke, die an einem Bügel darüber hing. Was seine Kleidung anging, war er der Sorgfältigste von uns dreien.

„Nein, ich bin schlafgewandelt“, sagte ich kleinlaut.

„Du bist nicht geschlafwandelt, du warst besoffen! Die Toilette ist sogar in einer anderen Etage.“

„Frank hat eben keine Zeit, sich mit der Realität aufzuhalten“, schmunzelte Norbert, ging in die Küche, holte sich eine Tasse Kaffee und stellte sich wieder neben uns vor den Schrank. Wir würden wohl noch eine Weile darüber reden, dachte ich.

Nach dem Frühstück gingen wir gemeinsam in Acquarossa, dem nächstgrößeren Ort, einkaufen. Norbert wollte fast nichts, ein paar Äpfel, ein bisschen Saft und zwei Fläschchen Hefeweizen legte er in den Wagen. Auf die Frage, ob das alles sein soll, legte er noch zwei

Joghurts ohne Geschmack und ein Glas Pflaumenmarmelade dazu.

„Man merkt, dass deine Frau für euch einkauft. Für einen Familienvater nicht sehr professionell", sagte Olaf, während er eine Kiste Wasser in einen zweiten Einkaufswagen hob, den er vorsorglich schon mal mitgebracht hatte.

„Hat! Meine Frau hat für mich eingekauft."

Norbert lebte seit einiger Zeit alleine, wir mussten uns noch daran gewöhnen. Mir fiel es leichter, weil ich noch nie so richtig überzeugt von Norberts Ehe war und weil er schon seit einem halben Jahr vorübergehend bei mir eingezogen war.

„Mit deinen neununddreißig Jahren bist du elf Jahre älter als wir und kochst immer noch nicht halb so gut. Ist doch auch erschreckend." Ich versuchte Norbert ein wenig abzulenken, weil ich ihm ansah, dass er die ganze Zeit an seine Frau dachte, es aber nie zugeben würde.

„Schaut euch doch an. Ich mache vielleicht nicht viel, aber was soll das denn alles?" Er hob wahllos Sachen aus dem Einkaufswagen, von denen er nichts für politisch korrekt hielt. Markenseife, Chips, Tütensuppen, Geschmacksverstärker, zwei Kisten Wein, Gin, Tonic, Zigaretten, vierlagiges Toilettenpapier und so weiter. Am Ende hielt er eine Tüte Kartoffelpüree hoch.

„Kartoffelpüree macht man selbst – das mach ich euch", sagte er.

„Ich mag keine Klümpchen ", sagte Olaf und warf ein Päckchen Einwegrasierer zu den übrigen Einkäufen.

„Mein Kartoffelbrei hat keine Klümpchen."

„Du meinst der Kartoffelbrei deiner Frau hat keine Klümpchen."

Ich wollte gerne noch Fruchtgummis mitnehmen, ließ es aber. Norbert kochte so gut wie nie bei uns zu Hause. Das lag nicht daran, dass er nicht kochen konnte, sondern daran, dass er lethargisch war, was das Essen anging. Wenn er aber etwas machte, legte er unerwartete Professionalität an den Tag. Mir erklärte er oft, er sei nicht faul, sondern er würde lediglich nichts Unnötiges machen wollen. Er sagte zwar nicht, dass ich in meinem Tun und Lassen bescheuert sei, aber ich fühlte mich dann immer so, weil mein Leben voll von überflüssigen Dingen zu sein schien.

„Gut, dann machst du Kartoffelbrei heute Abend und ich mache uns Leber!“, sagte ich bestimmt.

„Mit Zwiebeln und Apfelscheiben?“, fragte Olaf.

„Ja. Kalbsleber, keine Rinderleber. Mit glasigen Zwiebeln und Apfelscheiben“, ergänzte ich.

„Das klingt gut“, willigte Norbert ein.

„Sieht man, dass du so was gut findest“, scherzte Olaf und tätschelte mit dem Handrücken seinen Bauch.

„Du solltest mal Sport machen“, schlug ich vor. Diesen Rat hätte ich genauso gut einer Türklinke geben können. Norbert bevorzugte schon immer natürliche körperliche Betätigungen, wie Holzhacken, Staubsaugen oder Radfahren. Die einzige natürliche Sportart, bei der ich ihn bisher allerdings erlebt hatte, war Geschirrabtrocknen.

„Pilates“, sagte Olaf, „ich mache Pilates. Das ist so eine Art Yoga, bei der man alle Muskeln stärkt und mit Hilfe des Powerhauses Körper und Geist in Einklang bringt.“

Norbert und ich: „Aha.“, „Äh-hm.“

Verschwörerisch fuhr Olaf fort: „Ich habe da meine dreiundzwanzigjährige persönliche Pilates-Trainerin, die eine fantastische Figur hat und mit der ich immer eine dreiviertel Stunde alleine in einem Raum meine Übungen mache. Ganz alleine, sie und ich. Und in der Mitte jeder Stunde zieht sie ihr Oberteil aus, weil ihr warm wird, und darunter trägt sie dieses eng anliegende, knappe, türkise Sport-Top. Ich sage euch, ich hab mich noch nie so gerne bewegt wie bei diesem Pilates-Training mit dieser dreiundzwanzigjährigen Trainerin." Er verzog das Gesicht, als ob er sich verbrannt hätte, und sagte trocken: „Norbert, das wäre doch sogar was für dich, oder? Du musst Pilates machen!"

„Mach schon Sport", grinste er.

„Was denn?", fragte ich.

Er nahm einen der Einkaufswagen, ging Richtung Kasse und sagte: „Kamasutra. Ich mache Kamasutra. Ich hab da meine bombig aussehende Dreiundzwanzigjährige, mit der ich regelmäßig eine dreiviertel Stunde Kamasutra mache. Das türkise Sport-Top zieht sie immer als Erstes aus, damit mir warm wird. Kamasutra – kann ich nur empfehlen." Dann verschwand er zwischen den Regalen.

Das Schöne an einer guten Freundschaft ist, man kann sich Vorwürfe machen lassen, den anderen in die Enge treiben, überrumpeln oder beleidigen. Wenn der beste Freund besser ist als man selbst, freut man sich für den besten Freund. Man kann sich streiten ohne Verlustängste und beschimpfen, ohne kritisieren zu wollen. Was immer man sagt, man bewegt sich in einem angstfreien Raum. Auf einen guten Freund kann man sich verlassen.

Als ich noch ein Kind war, mussten mir meine Eltern am Anfang eines Filmes immer verraten, wer der Hauptdarsteller war, damit ich wusste, auf wen ich mich zu konzentrieren hatte. Ich war nämlich fürchterlich enttäuscht, wenn ich auf einen Nebendarsteller reingefallen war, der dann plötzlich viel zu früh starb. Aber wenn man den Hauptdarsteller kennt, dann weiß man, wer einen den ganzen Film über begleiten wird. Man kann ihm vertrauen, denn man weiß, dass er einen nicht bei der ersten Schießerei sitzenlassen wird. Mit Freunden ist das wie mit Hauptdarstellern – mit Freundinnen übrigens nicht.

Wir fuhren zurück, verstauten die Einkäufe und liefen dann über ein paar Felder einen sehr steilen Hang hinauf zum nächsten kleinen Ort, den wir beim Einkaufen entdeckt hatten. Beim Durchfahren hatten wir zweimal Schilder gesehen und wir hofften, dass eines zu einem Café oder noch besser zu einer Cafébar gehörte. Nach einer Weile gingen wir nicht mehr über die Felder, weil sie zu steil waren und wir außer Atem gerieten. Wir benutzten von da an nur noch die serpentinenartigen Straßen, um unsere Ziele zu erreichen. Das dauerte zwar viel länger, aber wir hatten ja Zeit.

Wälder aus Kastanienbäumen säumten den Weg. Urs, unser Verwalter, hatte uns erzählt, dass die Tessiner seit jeher mehr Kontakt zu den Italienern haben, weil sie von ihrem eigentlichen Heimatland, der Schweiz, durch den Alpenkamm getrennt sind. Das komplette Tessin liegt südlich des Alpenkamms und grenzt zum Großteil an Italien. Im Winter, wenn die Pässe zugeschneit waren und bevor es den Sankt-Gotthard-Tunnel gab, war man oft monatelang von der Schweiz abgeschnitten. Deshalb sprechen die meisten Tessiner Italienisch als Muttersprache und man ist auch kulturell stark miteinander verbunden. „Und die meisten Touristen“, sagte Urs stolz, „kommen hierher, weil sie unser mediterranes Wetter in Kombination mit der Schweizer Sauberkeit genießen können.“

In unserer Hütte konnte ich keine Schweizer Sauberkeit entdecken. Sie war zwar nicht dreckig, aber sie war auch nicht anders sauber als jede andere saubere Hütte. Deshalb, dachte ich, als wir durch den Kastanienwald liefen, ist mit der Schweizer Sauberkeit eher die Sauberkeit der Schweiz, als die von einzelnen Hütten gemeint. Manchmal verstand ich Sätze erst dann, wenn ich da stand, wo sie hingehörten.

Wir hatten wenig Glück. Die beiden Schilder in dem Ort gehörten zu einer Autowerkstatt und einem Kiosk. Schließlich kehrten wir um und auf dem Rückweg erzählte Norbert uns, dass er in einem ähnlichen Ort aufgewachsen ist. Sein Geburtsort sei so klein, dass einmal die Woche ein als fahrende Bank umgebautes Wohnmobil vorbeigekommen ist, weil die nächste Sparkasse acht Ortschaften weiter weg war.

Ich wiederum erzählte von Jörg, der sich einmal nachts, als wir nach Hause liefen, mitten auf die große Kreuzung im Ortszentrum gelegt hatte und nicht mehr weitergehen wollte. Nach einer halben Stunde stand er endlich wieder auf. Noch nicht mal umbringen könne man sich hier, sagte er, weil sowieso kein Auto käme.

Olaf, Norbert und ich, wir waren alle drei in solchen Dörfern groß geworden und erzählten uns abwechselnd das, was man sich so erzählt, wenn man in einem Dorf groß geworden ist. Von Wochenenddiscos in den Nachbardörfern, wie man da hinkam oder eben nicht hinkam, von Kirmes, Kerwe oder dem Rummel, von Mopeds, Freibädern, von langweiligen Sonntagen und langweiligen Wochentagen. Von der Sehnsucht nach Großstädten, in die man sich nicht getraut hat, und von Dorfschönheiten und ersten Küssen.

Norbert fiel seine Frau ein. Sie war seine große Jugendliebe. Er beschrieb uns sein erstes Treffen mit ihr in einer Silvesternacht so genau, als sei es gestern gewesen, und er war dabei so euphorisch, dass wir ihn nicht unterbrechen wollten, nur weil wir die Geschichte dieser Silvesternacht schon zigmal gehört hatten.

Norbert war auf eine Party, die unter dem Motto ‚Film' stand, eingeladen worden. Er war stark erkältet und hatte leichtes Fieber. Trotzdem wollte er an dem Abend nicht alleine zu Hause bleiben. Schließlich fand er die Idee gut, sich als Dustin Hoffman in ‚Der Marathon-Mann' zu verkleiden. Seine Verkleidung bestand aus einem gemütlichen Jogging-Anzug und um den Hals hatte er sich ein Frotteehandtuch gehängt. Obwohl er kein bisschen wie Silvester Stallone aussah, hielten ihn alle für Rocky, weil der Film sich gerade größter Beliebtheit erfreute. Elli ging als Marius Müller Westernhagen in ‚Theo gegen den Rest der Welt.' Das Außergewöhnliche an ihrer Verkleidung war ein Paar Handschellen, das an ihrer rechten Hand baumelte, so wie es bei Marius teilweise im Film der Fall war. Ansonsten trug sie ein normales Herrensakko und Jeans.

Mit einem Mal, Norbert meinte, es sei wirklich Zufall gewesen, stand er direkt neben ihr. Ein Freund von ihm sagte, er solle ihm mal seinen Arm geben. Norbert hielt willig seinen Arm hin, weil er mit Handlesen oder irgendetwas in der Art gerechnet hatte. Stattdessen nahm sein Freund Ellis Arm und schloss das lose Ende ihrer Handschellen um Norberts Handgelenk. Sie fluchte sofort drauflos, ohne Norbert zu beachten. Der Abend sei gelaufen, sie hätte die Schlüssel zu Hause, was der Mist solle und so weiter. Zu der Zeit war es etwa halb zwölf. Bis zwölf hatten sich Norbert und Elli miteinander arrangiert. Um halb eins waren sie froh über die Umstände und gegen drei dachte Norbert, ich werde diese Frau einmal heiraten. Am nächsten Tag gegen zehn legten sie die Handschellen bei ihr zu Hause ab.

Olaf erzählte von Constanze, einem fülligen Mädchen mit einer dicken Brille aus seiner Schule, mit der er sich jeden Nachmittag im Wald getroffen hat. Constanze und er hatten dann stundenlang rumgeknutscht, so lange, bis ihm jedes Mal die Beine wehtaten, weil sie schwer war und immer auf einer harten Holzbank auf seinem Schoß saß. Später hat er sie mal mit nach Hause genommen, als seine Eltern und seine Schwester nicht da waren, und sie haben begonnen, sich auf dem Teppich auszuziehen. „Ihre Küsse waren leidenschaftlich und wild, aber ihre Hände waren langsam und zärtlich“, sagte er schmunzelnd. Als Constanze mit ihren Fingern über seine Brust, am Oberkörper entlang und in Richtung Schritt fuhr, hatte Olaf bemerkt, wie seine Erregung nachließ. Er erzählte uns: „Ich hab gedacht, komm Constanze, schneller, schneller, du kriegst ihn noch, du kriegst ihn noch.“ Aber je weiter sie mit ihrer Hand nach unten gekommen war, desto kleiner wurde er.

Ich erzählte, wie ich das erste Mal mit Anke auf meinem Bett lag und wie wild über sie hergefallen bin. Ich hatte schon ihren Pullover ausgezogen und konnte kaum mehr an mich halten. Irgendwann, als es plötzlich still wurde, hob ich den Kopf von ihrem Busen und schaute in ihr Gesicht. Sie lag auf dem Rücken, die Hände im Nacken gekreuzt und sah mir dabei zu, wie ich über ihren Busen herfiel, wie ein Hund, der auf einer nassen Wiese mit der Schnauze Gras ausrupft. Mir war das sehr peinlich und ich war irritiert. Gefallen hat es ihr wohl nicht, denn sie sagte: „Ganz schön lange her bei dir, was?“ Bei mir war es nicht lange her gewesen, ich hatte zuvor einfach noch nie Sex gehabt, es war mein erstes Mal, oder vielmehr der Versuch. Gegenüber einem Mädchen, das scheinbar mehr Erfahrung hatte als ich, konnte ich das aber unmöglich zugeben. Und deshalb hatte ich damals, so entspannt wie es mir in dem Moment nur möglich war, gesagt: „Joa, drei Monate. Findste das viel?“

„Geht so“, sagte sie darauf. Und: „Ich muss jetzt los.“ Sie hatte den Pullover und ihre ausgewaschen Jeansjacke wieder angezogen, sich kurz verabschiedet und war gegangen.

In dieser Zeit hatte ich mich schon unter einige Pullover gekrabbelt, aber ich konnte mir damals absolut nicht vorstellen, wie man jemals weiter kommen sollte.

Nach einem langen Umweg kamen wir wieder bei unserer Hütte an. Bis nach dem Essen schafften wir es nicht, das Thema zu wechseln. Erst als unsere Geschichten aktueller wurden, fiel mir ein, dass ich mit Ina ausgemacht hatte, nach unserer Ankunft anzurufen.

„Hey“, sagte sie, „seid ihr gestern gut angekommen? Hat es länger gedauert, als du dachtest?“

„Ja, wir haben für den Pass lange gebraucht, weil es einen Stau gab.“ Stau, Grenzübergänge, Verwalter suchen, ich ließ die letzten vierundzwanzig Stunden turbulenter wirken als den Prager Fenstersturz und erklärte ihr, dass wir dann erst mal Essen einkaufen mussten.

„Du bist so weit weg. Es ist ungewohnt, alleine wegzufahren, während du woanders bist“, sagte sie nach einer Pause. Ihr Flug nach Delhi ging am folgenden Tag.

„Bei dir wird es doch bestimmt richtig schön. Die Sonne wird dir gut tun. Du wolltest doch in die Sonne."

„Ja, aber ich will auch bei dir sein. Ich mache lieber Urlaub mit dir."

„Ich auch, aber hier regnet es."

Ich erzählte ihr, dass es kalt und neblig war und dass es im nächsten Ort nur den Kiosk und die Autowerkstatt gab. Ich redete ihr ein, bei uns würde es bestimmt langweilig werden und bei ihr aufregend oder bei uns ganz gut und bei ihr fantastisch. So oder so – besser als bei uns.

Wir vereinbarten, dass wir nur noch einmal telefonieren würden, wenn sie gut in Indien angekommen sei, da es sonst zu teuer werden würde. Das war für uns damals ungewöhnlich, weil wir sonst jeden Tag ein- bis zweimal telefonierten, wenn wir uns nicht sahen. Und seit Norbert vorübergehend bei mir eingezogen war, sahen wir uns noch weniger. Ich hätte zwar abends zu ihr gehen können, weil sie nur zehn Minuten zu Fuß von mir entfernt wohnte, aber meistens blieb ich mit Norbert in der Küche sitzen und sprach mit ihm über seine Frau. Manchmal kam Olaf noch dazu, dann sprachen wir erst über Norbert und Elli und dann redeten wir über Religion, Frauen, dumme Männer, Politik oder Kunst. Ich kam fast nie los, weil wir meistens so viel getrunken hatten, dass ich es gerade noch ins Bett schaffte. Ina war oft dabei. Wir hatten nichts dagegen und ich freute mich, dass ich selbst in ihrer Gegenwart über alles offen sprechen konnte, außer über unsere Beziehung. Das war schon ein ganz schöner Fortschritt, wie ich fand.

Mit Norbert und Elli hatten wir noch nie etwas gemeinsam unternommen und Olaf brachte seine wechselnden Freundinnen nicht mit. Er war nur ein Jahr älter als ich. Wir kannten uns seit dem Zivildienst und hatten uns in den letzten Jahren immer öfter getroffen, bis eine solide Freundschaft daraus geworden war.

Olaf war mittelgroß, drahtig, dunkelblond, hatte zerzaustes Haar, eine Hasenscharte und kam bei Frauen wegen seiner offenen Art gut an. Er hatte Humor, war sich für keinen Witz zu schade und konnte gut Gitarre spielen, was Norbert bis heute von sich behauptet, aber noch nie bewiesen hat. Olaf selbst beschrieb sein Leben oft als das eines Piloten. Er würde starten und irgendwann landen, aber die meiste Zeit, sagte er, wolle er mit den Stewardessen in der Luft verbringen.

In einem anderen Gespräch erzählte er mir einmal, dass er eigentlich immer dachte, dass die meisten Paare was das Aussehen betrifft zusammenpassen würden. Das heißt, Frauen sehen in etwa genauso gut oder schlecht aus wie ihre Partner. Als ich ihm zustimmte, schüttelte er den Kopf.

„Früher", sagte er, „habe ich das echt gedacht, aber neulich habe ich mir mal meine Freundinnen auf Fotos angeschaut. Sie sahen alle schlechter aus als ich."

Ich mochte ihn. Nicht zuletzt, weil er anders war als Norbert und ich. Wir unternahmen viel zu dritt.

Als ich von dem Telefonat mit Ina ins Esszimmer zurückkam, sprachen Norbert und Olaf über den klumpigen Kartoffelbrei. Norbert verteidigte sich damit, dass er wenigstens natürlich sei. Er besaß im Vergleich zu Olaf ein ungewöhnlich kleines Repertoire an Verteidigungs- und Angriffsstrategien in Gesprächen, dafür waren sie sehr effektiv. Dinge hatten natürlich zu sein, Menschen leidenschaftlich und ihre Handlungen authentisch oder von Idealen geprägt, dann waren sie gut.

Schlecht war in seinen Augen das Gegenteil, alles Unnatürliche, Menschen, die zum Beispiel nicht aktiv aus ihren Bedürfnissen heraus handelten, sondern reaktiv, weil sie von der Umwelt beeinflusst waren.

Klang zwar irgendwie logisch, aber seine Argumentation wirkte auf mich manchmal trotzdem unmenschlich.

Bücher zum Beispiel, waren für ihn geliehene Gefühle. Wenn man in einem Gespräch mit Norbert etwas aus einem Buch zitierte, dann wurde es gestrichen. Damit konnte man ihm nicht kommen. Man durfte sich auf vieles nicht berufen, denn er fragte sein Gegenüber sofort, ob er oder sie es selbst erlebt habe, oder ob es nur angelesen sei. Man musste seiner Ansicht nach alles selbst erleben. Und wenn man ihn darauf hinwies, dass es ohne Bücher die klassische Bildung und Weitergabe von Erfahrungen nicht gäbe, dann war man mitten in einer Diskussion über das Bildungssystem. Dabei wollte ich manchmal nur erzählen, dass ich gerade eine lustige Geschichte gelesen hatte – oder, wie an diesem Abend, dass ich lieber Kartoffelbrei ohne Klümpchen mochte.

Olaf war erleichtert, mich im Esszimmer zu sehen, und nutzte die Gelegenheit, um das Thema zu wechseln. Dagegen hatte Norbert nichts, weil er sich selbst in seinen eigenen Gesprächen schnell langweilte.

„Und was sagt Ina?“, fragten beide gleichzeitig.

„Sie vermisst mich“, sagte ich geknickt.

Olaf meinte, ich hätte mit ihr in den Urlaub fahren sollen, als ob seine eigenen Pläne nicht davon berührt worden wären.

„Na, ich wollte lieber mit euch fahren. Mit Ina fühle ich mich für alles verantwortlich. Ich schlage vor, wo wir hinfahren, besorge die Reiseunterlagen oder fahre selbst und ich bestimme, ob es gut wird oder nicht. Je nachdem, ob ich gut gelaunt bin oder nicht. Ihr dagegen seid unkontrollierbar."

„So war es bei Elli und mir auch. Wie sehr hätte ich mir manchmal gewünscht, dass sie etwas tut, was ich selbst nie tun würde. Wie soll man sich ganz alleine weiterentwickeln?", fragte Norbert nachdenklich.

Olaf murmelte in sein Weißweinglas: „Frauen bringen meistens zu wenig Inspiration in eine Beziehung."

„Kann schon sein", sagte ich und dachte an Ina.

„Olaf", Norbert war aufgebracht, „man kann nicht von Frauen im Allgemeinen sprechen. Frauen haben zu wenig Inspiration, damit meinst du alle Frauen. Frank und ich meinen erst mal nur Ina und Elli. Es gibt bestimmt auch andere."

Norbert hatte natürlich Recht, aber ich mochte den Gedanken trotzdem nicht, dass irgendwelche Frauen Fähigkeiten haben sollten, die meine Ina nicht hatte.

Sie war durchaus inspirierend dachte ich. Sie legte mir fast jeden Morgen kleine Zettel in den Flur, wenn sie vor mir aufstand, oder sie schenkte mir selbstbedruckte T-Shirts. Sie ging so zärtlich mit mir um, wie keine andere Frau.

Außerdem, wenn Frauen etwas Inspirierendes taten, etwas, auf das ich selbst nicht gekommen wäre, lehnte ich es meistens ab.

Als ich Tanja das letzte Mal gesehen hatte, waren wir gemeinsam mit Olaf auf einer Party gewesen. Zuvor hatte sie mir erklärt, dass unser Verhältnis zu nichts führen würde, und Schluss gemacht. Wir tanzten und knutschten den ganzen Abend ungeniert, weil uns dort außer Olaf niemand kannte und weil es in unserer

Beziehung keine Vereinbarungen gab, an die man sich halten musste. Am frühen Morgen liefen wir drei ziemlich angetrunken und aufgeheizt zum Taxistand. Ich weiß nicht mehr, wie es begann, ich weiß nur noch, dass wir auf einmal in einem Hauseingang standen und Olaf immer noch dabei war. Tanja war zwischen uns und wir fummelten beide an ihr herum. Ich stand vor ihr, öffnete ihre Hose und fasste in ihren Slip, während Olaf ihr von hinten den Busen streichelte. Er schob ihren BH hoch, küsste ihren Hals, die Wangen, den Nacken, eben alles, was er zu fassen bekam. Ich tat das Gleiche von vorn. Meine Finger drangen immer weiter vor, während ich sie mit geschlossenen Augen küsste. Sie begann zu drücken, zu schieben und zu stöhnen. Ich öffnete die Augen und sah Tanja, wie sie ihren Kopf zur Seite gelegt hatte, damit Olaf ihren Hals unter den langen Haaren besser küssen konnte. Mit einem Mal, ohne zu zögern, zog ich meine Hand zurück, roch an meinen Fingern und ließ von ihr ab. Tanja fragte, ob wir noch gemeinsam wohin gehen wollen. Ich roch noch einmal demonstrativ an den Fingern, die ich gerade noch zwischen ihren Beinen gehabt hatte, verzog herablassend das Gesicht und sagte, dass das hier nichts für mich sei. Ich ließ beide stehen und ging. Mit Tanja habe ich danach nie wieder gesprochen.

Ich will eigentlich überhaupt nicht inspiriert werden, warum sollte ich Dinge erleben, die ich nicht erleben wollte. Mir hätte es genügt, wenn Ina nach Hause gekommen wäre und mir hin und wieder begeistert von einem Film erzählt hätte, den ich noch nicht kannte.

Später, als wir Geschirr abtrockneten und noch eine Flasche Wein aufgemacht hatten, fragte Norbert mich unvermittelt, ob ich Ina liebe. Ich kannte solche Fragen von ihm, sie waren ein fester Bestandteil seines Programms. Er benutzte sie ausschließlich abends und ausschließlich in Verbindung mit Alkohol. Wie oft hatte Norbert schon Leuten, die wir trafen oder Olaf und mir diese Fragen gestellt?

„Was sind deine Ideale?“, „Wie willst du sie erreichen?“, „Wen liebst du?“ Und schließlich: „Warum liebst du ...?“

Man kann sich leicht vorstellen wie es ist, wenn jemand sich über den Weg zur Arbeit, seinen letzten Urlaub oder die Qualität des Essens in einem Restaurant unterhalten will und stattdessen die ganze Zeit mit seinen Idealen gekitzelt wird. Kaum jemand ging sofort auf Norberts Fragen ein, die meisten stellten Gegenfragen oder versuchten zunächst herauszufinden, warum Norbert so intime Dinge von ihnen wissen wollte. Norbert jedoch gab keine Antworten, niemals. Er schaffte es, dass spätestens nach einer halben Stunde das komplette Leben des Gegenübers vor ihm ausgebreitet auf dem Tisch lag. Das Verhältnis zu den Eltern, der ersten Liebe, dem Job und wenn jemand vorhatte, aus der Kirche auszutreten, dann wusste er jetzt auch, warum.

Ich sagte: „Ach Norbert, lass das.“

„Warum, was ist?“

„Du weißt genau was ist. Warum sollte ich mich jetzt mit euch über Ina unterhalten? Warum sprechen wir immer über mich und nicht über Elli und dich oder über Olaf?“

„Weil ich gerade eben nicht mit Elli telefoniert habe“, sagte Norbert gelassen.

„Wir können auch über mich sprechen“, fügte Olaf hinzu und ging nach oben, um seine gereinigten Kleider in seinen Schrank einzuräumen.

„Warum willst du nicht über Ina sprechen?"

„Weil wir schon den ganzen Abend über sie gesprochen haben."

Ich nahm es Norbert übel, wenn er mich oder andere in Gesprächen provozierte, weil er sich meistens an das, worüber gesprochen wurde, am nächsten Morgen nicht mal mehr erinnerte. Ich hingegen schleppte noch tagelang den ganzen Seelenmüll mit mir herum und wusste nicht, wo ich ihn entsorgen sollte. Oft fühlte ich mich nach Gesprächen, die Norbert ausgelöst hatte, wie eine Mutter, die permanent hinter ihrem Kind herrennen muss, um das aufzuräumen, was das Balg gedankenlos in Unordnung gebracht hat. Daher hatte ich berechtigte Zweifel an der Aufrichtigkeit seiner Motive.

„Ich verstehe nicht, dass du mir nicht sagen willst, ob du Ina liebst. Man kann das doch mal sagen, nur so, um das Thema abzuschließen."

„Was für eine dumme Frage, natürlich liebe ich Ina. Und sie liebt mich auch", antwortete ich, um meine Ruhe zu haben.

„Woher weißt du das?", fragte er.

„Weil ich schnarche und kein reines Hochdeutsch spreche. Menschen, die mich lieben wie Ina, sehen darüber hinweg und sagen, ich wäre etwas Besonderes."

„Und Menschen, die dich nicht lieben?"

„Die sagen, dass ich schnarche und kein reines Hochdeutsch spreche."

„Und was liebst du an ihr?"

Ich hasste Norbert in dem Moment.

„Den Busen und die Haare", schrie ich ihn an.

Er hörte auf zu spülen und ich hörte auf, abzutrocknen. Das war nicht die Antwort, die wir von mir erwartet hatten.

„Äh, und ihr Wesen, wie sie so ist, als Mensch, meine ich."

Ich hatte Urlaub und wollte nicht über Ina und mich nachdenken. Die Teller standen in den Schränken unserer Hütte hinter den Salatschüsseln, das war unpraktisch, ich sollte sie umräumen. In den Schweizer Schränken herrschte Unordnung.

„Seltsam", sagte Norbert.

„Ja", sagte ich und riss die Oberschränke auf. Erst warf ich alle Salatschüsseln auf den Boden, dann sämtliche Teller und dann begann ich zu weinen.

Ich sackte auf dem nächsten Stuhl zusammen, mein Mund wurde schmal, begann zu zittern und mein Gesicht verzerrte sich, bis ich leise anfing zu wimmern.

Norbert setzte sich neben mich und sagte mir, dass das kein Grund zum Heulen sei. Olaf kam die Treppe herunter und wunderte sich über uns. Beide saßen danach stumm am Tisch und starrten mich an. Die nächste Welle brach los. Die Tränen trocknete ich mit dem Küchenhandtuch ab.

„Es sieht immer so seltsam aus, wenn du weinst, finde ich", sagte Norbert und fing wieder an zu spülen. Olaf nahm mir das Küchenhandtuch ab und trocknete die übrig gebliebenen Teller.

„Ja, das stimmt. Es sieht so unterdrückt aus, wenn du weinst. So als ob du dich schämen würdest zu weinen", sagte er.

Scheiß Psycho-Freunde mit Interpretationszwang, dachte ich, man konnte noch nicht mal heulen, ohne analysiert zu werden.

Ich hätte doch mit Ina wegfahren sollen, dann hätte wenigstens sie geweint und nicht ich. Dann hätten wir über ihre Probleme gesprochen, nicht über meine. Bei dieser Erkenntnis angelangt, begann ich wieder zu heulen.

Zwischendurch setzten sich meine beiden Freunde erst abwechselnd und später gemeinsam zu mir an den Tisch und versuchten, meine wirren Gedanken zu verstehen. Um die Scherben, die ich am Küchenboden hinterlassen hatte, kümmerte sich keiner mehr.

Ina und ich, wir waren seit fünf Jahren zusammen. Ich wollte immer eine eigenständige Frau, die nicht heiraten will, mit der ich uneheliche Kinder haben, abends in einer Sozialpädagogen-Wohnung mit Rotwein auf dem Teppich liegen und rauchend und diskutierend über Gott und die Welt reden kann. Und nicht eine, mit der ich immer nur über das nächste Problem rede, den nächsten Job und darüber, ob man gut genug dafür ist oder was man machen müsste, damit die anderen denken, man sei gut genug dafür. Ich wollte eine Frau, die besser ist als ich, die anders denkt als ich. Ich wollte eine Frau, für die ich ein Versager bin, aber liebenswert.

Ina dachte zwar anders als ich, aber ich wollte keine Frau, die mich heiraten will, weil sie mich liebt. Ich wollte vielmehr eine Frau, die mich gerade nicht heiraten will, weil sie mich liebt. Weil sie zum Beispiel sagt: „Heiraten, das gab es schon, das ist nicht so einzigartig wie unsere Liebe, für uns gibt es bestimmt etwas Besseres."

Olaf und Norbert sahen mich sprachlos an. Und vor allem, als ich direkt nach diesem Plädoyer sagte:

„Ich werde Ina heiraten."

„Wie bitte?"

„Was?"

„Ich werde Ina heiraten. In zwei oder drei Monaten werde ich sie fragen, ob sie meine Frau werden will. Ich werde sie heiraten, weil sie ein liebenswerter Versager ist. Mit mir kann man vor Bücherregalen liegen, Rotwein trinken und reden. Warum soll sie nicht das Glück erwarten dürfen, dass auch ich mir wünsche. Ich heirate sie nicht nur, weil ich sie liebe. Ich heirate sie, obwohl ich gar nicht will. Und erst das macht es zur Liebe und so wertvoll. Es ist sozusagen die nächste Eskalationsstufe des gewöhnlichen Heiratens. Und vielleicht kann man wenigstens die Hochzeit ungewöhnlich gestalten."

Olaf fragte, warum erst in zwei oder drei Monaten, warum ich sie nicht gleich fragen wolle, wenn ich Ina wiedersehe, jetzt wo mein Entschluss feststehe. Dabei lächelte er abwertend, als sei es eine fixe Idee. Mir war alles egal. Ich würde Ina heiraten. Endlich war es raus. Ich fühlte mich wie ein Verbrecher, der über viele Jahre seine Tat für sich behalten musste und nach seinem Geständnis erleichtert darüber sprechen durfte. Ganz gleich, wie hoch seine Strafe ausfallen würde, er war frei. Ich war frei. Ich würde Ina einfach heiraten.

„Ich frage sie erst in einiger Zeit", sagte ich mit dem Ton eines Mannes, der einen Plan hat, „weil ich es nicht einfach abhaken will. Ich möchte ihr in diesem Augenblick näher sein, als in jedem anderen. Ich will nicht einfach einen Tisch in einem Restaurant reservieren und sie dort fragen. Ina hätte sicherlich nichts dagegen, aber nur, weil sie das andere nicht kennt und ich auch nicht. Ich werde uns beide überraschen und darauf warten, dass es spontan wird." Norbert fand es gut, endlich würde ich heiraten. Aber ich solle es gefälligst sofort machen. Ich erklärte ihm das Gleiche noch mal. Aber er schüttelte den Kopf.

„Frank, erinnerst du dich daran, wie lange es dauerte, bis du das erste Mal mit Ina geschlafen hast?", fragte er.

„Ja natürlich, es war es wunderbar." Warten lohnt sich, dachte ich noch mal. Ich war Romantiker und kein Deckhengst.

„Darauf warten, dass etwas spontan wird! Frag sie, ob sie dich heiraten will und lass den ganzen anderen Scheiß. Und bitte, hör auf nachzudenken."

An diesem Abend legte ich mich aufgeregt und angetrunken ins Bett und schlief erst nach langer Grübelei darüber, wie wir die Hochzeit gestalten würden, ein. Nachts wachte ich auf und stand wieder vor Olafs Schrank. Und obwohl ich sofort spürte, dass noch nichts passiert sein konnte, weil ich noch immer dringend auf die Toilette musste, tastete ich im Dunkeln sicherheitshalber vorsichtig den unteren Teil des Schrankes ab. Da war aber nichts, es war weder feucht, noch waren da Kleider, alles war leer. Erst als ich mich wieder aufrichtete, war ich vollkommen wach und sah, dass Olaf alle Kleider im Schrank ganz nach oben geräumt hatte. Unten war gar nichts mehr, sogar die dreckigen Wanderschuhe hatte er nach oben gestellt. Erschrocken zuckte ich zusammen, als ich ihn aus seinem Bett in der Ecke raunen hörte: „Das lohnt sich heute nicht, zieh Leine."

Am nächsten Morgen gingen wir wandern. Wir starteten direkt von unserer Hütte aus und hatten den kürzesten Rundwanderweg ausgesucht, den wir finden konnten. Es ging zunächst immer steil bergauf. Erst über ein paar Felder, dann durch einen kleinen Wald und dann über einen Serpentinen-Weg, der links und rechts mit nassen, saftigen Wiesen gesäumt war. Es war zwar sehr schön, aber wir hatten kaum Luft zum Atmen. Deshalb gingen wir die meiste Zeit, die dieser Abschnitt in Anspruch nahm, still und zufrieden nebeneinander her.

Mittags erreichten wir ein Hochplateau, auf dem wir anfingen, uns zu unterhalten. Es ging vor allem darum, ob es mir mit der Hochzeit immer noch ernst wäre. Ich verkündete feierlich, dass Norbert mein Trauzeuge und Olaf der Pate meines ersten Kindes werden sollte. Eigentlich hätte ich Norbert lieber auch noch als Paten gehabt, aber ich brachte es nicht fertig, Olaf überhaupt nicht in mein Familienleben einzubeziehen.

Als wir die Hochebene verließen, kamen wir in einen dunklen Tannenwald. Von hier aus ging es langsam weiter bergauf. Wir gingen ein ganzes Stück rückwärts, weil Olaf gelesen hatte, dass das gut für den Rücken sei. Und nebenbei erzählte ich, wie ich mir meine Hochzeit vorstellte.

Ich saß mal mit Tanja im Auto. Wir standen auf einem Feld mit Apfelbäumen und nachdem wir Sex gehabt hatten, erzählte sie mir, wie sie sich ihre Hochzeit vorstellte. Sie wollte an langen Tischen mit einfachen, weißen Tischdecken, die tief bis zum Boden hängen, feiern. Es sollten nicht mehr als vier oder fünf Tische sein. Eine kleine Feier im hohen Gras unter Apfelbäumen. Es müsste Sommer sein und eine Band würde Klezmer-Musik spielen. Auf meine Frage, ob sie religiös sei, antwortete sie nein. Die Musik würde ihr lediglich gute Laune machen, das sei alles. Während sie das erzählte, hockte sie im Gras am Wegrand und pinkelte. Es war August und der Duft von Bäumen und trockenem Gras drang durch die geöffnete Beifahrertür zu mir in den Wagen. Ich konnte mir so eine Hochzeit gut vorstellen, auch für Ina und mich.

Ina hatte mir einmal beschrieben, dass sie gerne in der Heimatstadt ihrer Mutter heiraten wolle. Die Feier sollte dann im örtlichen Bürgerhaus stattfinden, wo auch ihre Eltern und Großeltern geheiratet hatten. Und wo auch ihr Bruder heiraten würde, obwohl er noch nicht mal eine Freundin hatte. Ein Bürgerhaus kam für mich auf keinen Fall in Frage.

An dem Abend in der Hütte war es mir dann egal, was Ina und ich ausgemacht hatten und was es kosten würde. Ich rief sie an, wollte die Stimme meiner künftigen Frau hören. Es dauerte sehr lange, bis man sie endlich in der Hotelanlage fand, aber ich wartete. Sie klang unglücklich und fragte mich, wie es Norbert wegen der Trennung von Elli gehe und ob wir viel darüber sprechen würden. Ich sagte ja und verriet ihr nicht, worüber wir in Wirklichkeit redeten. Ich genoss es, dass sie depressiv wirkte. Wahrscheinlich fühlte sie sich in Indien einsam. Wir telefonierten bestimmt zwanzig Minuten und als sie sich weinend verabschiedete, dachte ich, Ina, du weißt es noch nicht, aber ich werde dich glücklich machen.

In den kommenden Tagen hatten wir viel Spaß. Ina rief ich nicht mehr an, weil ich den Rest des Urlaubs als eine Art Junggesellenabschied betrachtete, obwohl wir seit Tagen keine Frau mehr gesehen hatten.

Am späten Nachmittag des fünften Tages kam Urs mit seinem Subaru Pick-up vorbei, um uns frisches Kaminholz zu bringen. Ich kann nicht behaupten, dass ich mich für Autos interessierte, aber dieser Wagen gefiel mir. Er war weinrot, hatte die besten Jahre hinter sich und war genau das Richtige, um in der rauen Berglandschaft herumzufahren. Er hatte einen Allrad-Antrieb, war wahrscheinlich noch nie gewaschen worden und auf der Ladefläche lag ein Haufen Holz, der genauso ungehobelt war wie Urs und sein Subaru. Wenn ich hier leben würde, hätte ich auch so einen, dachte ich. Vielleicht gefiel mir der Wagen aber auch nur, weil auf dem Beifahrersitz ein wahnsinnig bezauberndes Mädchen mit dunklen Haaren und mindestens genauso dunklen Augen saß. Sie war Anfang zwanzig und die Tochter von Urs, das erkannte ich sofort an den Augen. Er war ein einfacher Kerl, der in seinem Leben bestimmt schon viel gearbeitet hatte, seine dunklen Augen funkelten aus dem gegerbten Gesicht. Sein Lachen hatte etwas Ansteckendes und man fühlte sich bei ihm gut aufgehoben. Er ist sicher ein herzlicher Vater, dachte ich, während er um den Wagen lief, die Heckklappe öffnete und uns zurief, dass wir ihm beim Ausladen helfen sollten. Wir gingen schüchtern an dem Mädchen vorbei und nickten freundlich. Sie lächelte nicht, aber Urs grinste, als er sah, wie unbeholfen wir waren. Nur Olaf lachte sie breit an und machte einen überschwänglichen Diener. Mir fiel ein, dass meine Mutter mir mal erzählt hatte, dass sie sich als Frau von uns dreien jederzeit für Olaf entscheiden würde, weil er so ein ‚offenes Gesicht' habe. Ich hatte mich damals schon darüber geärgert. Und an dem Tag ärgerte ich mich abermals, weil es mir wieder eingefallen war. Olaf nahm eine Stiege mit Holz von der Pritsche und tat dabei so, als würde sie nichts wiegen. Weil ich mit dem Gewicht nicht rechnete, als er sie mir in die Hände drückte, sackte ich unter der Last ein Stück zusammen. Norbert half mir und wir trugen die erste Ladung zu zweit.

„Das ist meine Tochter Melissa", sagte Urs stolz.

Wir drehten uns noch einmal um und stellten uns vor. Sie nickte stumm mit dem Kopf, ohne zu lächeln.

„Ist ein wenig schüchtern, meine Kleine", sagte Urs.

„Papa", fauchte Melissa ihn ermahnend an.

Aber sie zeigte uns dabei dann doch ein breites, betörendes Lächeln.

Auch wenn Urs herzlich war, hätten wir gewiss seine Einladung zum Abendessen abgelehnt, wenn er nicht Melissa dabeigehabt hätte. Und so kam es, dass wir an unserem vorletzten Abend doch noch etwas Außergewöhnliches erleben sollten. Mit zwei Flaschen Rotwein standen wir pünktlich um halb acht auf der Veranda seiner Hütte.

Die Frau von Urs hieß Elena und war eine füllige, freundliche Frau mit einem rosigen Gesicht. Urs und sie hatten sich nach dem Krieg kennengelernt und haben kurze Zeit später ihr Häuschen gekauft. Seitdem verwaltete er mehrere Hütten aus der Region, manche für Feriengäste wie uns, aber auch einige für italienische und schweizer Familien, die sie selbst als Ferienhäuser nutzten. Elena arbeitete in einem kleinen Café in Acquarossa. Neben Melissa hatten sie noch zwei weitere Kinder, den sechzehnjährigen Manuel und die vierjährige Rosita.

In der kleinen Hütte war es gemütlich und es roch nach Essen. Melissa trug zwar eine lässige Jeans und einen einfachen Pullover, aber man sah dennoch, dass sie sich zurechtgemacht hatte. Sie sah ein bisschen geheimnisvoll aus, weil nicht klar war, was in ihrem Kopf unter den dunkelbraunen, dichten Augenbrauen vor sich ging. Ich versuchte, mich nicht zu intensiv mit ihr zu befassen. Zum einen, weil Olaf schon seit zwei Tagen nur noch von ihr sprach, und zum anderen, weil ich nicht wusste, was Urs davon hielt, wenn ein paar dahergelaufene Jungs in ihren Ferien seiner Tochter den Kopf verdrehten. Urs goss uns Wein ein und bot uns Plätze an dem großen Holzesstisch an. Ich setzte mich absichtlich nicht neben Melissa, um aus Höflichkeit Desinteresse zu bekunden. Es gab kleine, scharfe Lammbratwürstchen mit Tomaten-Risotto. Ich nahm mir zwei Portionen, obwohl ich eigentlich wenig Hunger hatte und den Geschmack von Lamm nicht ausstehen konnte.

„Ja, kochen kann sie, meine Elena“, sagte Urs und tätschelt ihren Hintern, während sie abräumte.

„Und schlachten kann er, mein Urs“, sagte Elena, während sie ihn an dem wuscheligen Schnauzbart zog. „Nur zum Tischabräumen taugt er nicht.“

Er stand auf, lachte und sagte, dass er uns lieber noch eine Flasche Wein aufmachen würde. Norbert und ich gingen mit Elena in die Küche und halfen ihr beim Spülen. Urs brachte Rosita ins Bett und ich war froh, als Manuel sich auch verabschiedete, weil er die ganze Zeit am Tisch missmutig auf seinen Teller gestarrt und im Essen herumgestochert hatte.

„Ihr müsst Manuel entschuldigen, er ist sauer, weil wir ihm verboten haben nach Acquarossa zu einer Party zu fahren“, erklärte uns Elena in der Küche.

„Kein Problem. Ich kenne das“, sagte Norbert, der damit seine drei Kinder meinte.

„Oh, du hast auch Kinder? Das hätte ich gar nicht gedacht, du siehst noch so jung aus“, antwortete Elena erstaunt.

„Er hat drei Kinder, Olaf und ich haben keine“, sagte ich schnell, bevor Norbert antworten konnte. Wenn es um ihn selbst ging, gab er manchmal die außergewöhnlichsten Antworten. Das wollte ich Elena und mir ersparen.

Ich war schon dabei gewesen, als er anderen seinen Namen nicht verraten wollte, weil die Gespräche an diesem Abend seiner Ansicht nach viel wichtiger waren als schnöde Namen. Das Ergebnis: Es wurde zwei Stunden darüber diskutiert, warum Norbert seinen Namen nicht sagen wollte.

Deshalb verriet ich Elena noch, wie Norberts Kinder hießen, wie alt sie waren und dass sie alle von derselben Hebamme zur Welt gebracht wurden. Jedes Mal, wenn Norbert etwas sagen wollte, unterbrach ich ihn und antwortete an seiner Stelle. Das war ich Elena und Urs schuldig.

Als wir wieder ins Esszimmer kamen, sprachen die anderen über die kleine Schaf- und Ziegenzucht von Urs. Er hatte sechs Schafe und achtzehn Ziegen, die er auf einer Hochwiese frei laufen ließ.

„In Schottland sollen demnächst Schafe geklont werden", sagte Melissa nachdenklich.

„Und was ist das – Klonen?", fragte Elena.

„So nennt man es, wenn in der Gentechnik künstlich eine Art Zwilling hergestellt wird." Melissa erzählte uns, dass sie ein altes Buch gelesen hatte, das ‚Die biologische Zeitbombe' hieß und irgendwann in den Sechzigern geschrieben worden war. Darin wurde vor den Folgen des Klonens gewarnt. „Und alles, was in dem Buch beschrieben wurde, ist eingetreten, bisher", sagte Melissa. Ich musste an Ina und die Brennstäbe im Wendland denken. Vielleicht empfinden Frauen eine so starke gesellschaftliche Verantwortung, weil sie sich darum sorgen, in welche Welt sie ihre Kinder setzen. Frauen sind einfach die besseren Menschen, dachte ich, als ich Melissa im Kerzenlicht so dasitzen sah.

„Ach komm, meine Kleine, wir machen uns an einem schönen Abend mit so netten Jungs keine Sorgen um die Zukunft. Wir könnten lieber mal ein bisschen in der Vergangenheit stöbern", sagte Urs.

Melissa hatte mich angelächelt, als Urs das mit den netten Jungs gesagt hatte. Anscheinend teilte sie nicht die Ansichten meiner Mutter, was die Sympathie-Verteilung unter uns dreien betraf. Elena sagte skeptisch, dass es vielleicht jetzt dafür nicht der richtige Zeitpunkt sei. Wir waren ihrer Ansicht, weil wir annahmen, dass Urs uns alte Bilder zeigen wollte, aber keiner wollte wirklich unhöflich sein.

„Wieso, die Jungs machen doch einen ganz aufgeschlossenen Eindruck." Melissa und Urs waren sich einig, denn er stand auf und holte etwas, während sie den Tisch freiräumte.

Wie viele Fotos sind das bloß, dachte ich, als sie sogar die Gläser zur Seite stellte.

Aber als Urs zurückkam, hatte er weder eine Kiste mit Fotos noch einen Stapel Alben im Arm. Stattdessen brachte er etwas mit, das aussah wie ein kleiner, unbehandelter Biedermeier-Tisch in der ersten Bauphase. Melissa legte eine Papierschreibtischunterlage von einem Schweizer Baustoffhersteller in die Mitte des Esstisches und stellte das Biedermeiertischlein darauf. Norbert, Olaf und ich warfen uns fragende Blicke zu, weil wir keine Ahnung hatten, was auf uns zukam. Es könnte ein regionales Spiel sein, das einfache Regeln hat und zu dem man das Spielmaterial nicht kaufen muss, so etwas wie Flaschendrehen, dachte ich. Aber es kam alles ganz anders.

Elena brachte eine Karaffe Wasser und Gläser, den Wein hatte sie weggestellt.

„Habt ihr schon mal bei einer Séance mitgemacht?", fragte Melissa verschwörerisch.

Urs saß friedlich da und tätschelte Elenas Knie. Es sah so aus, als hätten das Essen und der Wein ihn ein bisschen müde gemacht. Elenas rosige Wangen waren noch rosiger geworden und sie lächelte ebenfalls zufrieden.

Die Einzige am Tisch, die aufgeregt war, war Melissa. Olaf, Norbert und ich wurden allerdings auch wieder hellwach.

Natürlich hatten wir noch nie an einer Séance teilgenommen. Ich hatte mal mit fünfzehn eine Gruselgeschichte gelesen, die mir meine Cousine geschenkt hatte. Darin wurde eine Séance gehalten, um den bösen Gatten einer getöteten Frau des Mordes an ihr zu überführen. Dazu wurde eine Schauspielerin bestellt, welche den Geist der Toten spielen sollte. Der Inspektor hatte alles gut vorbereitet. Alle Gäste nahmen an einem Tisch Platz und hielten sich an den Händen. Nach einer Weile tauchte die Schauspielerin auf. Ihr Auftritt als Geist der toten Dame war so schaurig, dass der Ehemann die Tat auf der Stelle gestand. Danach wollte sich der Inspektor bei der Schauspielerin bedanken, aber sie war noch gar nicht da gewesen. Und als sie auftauchte, entschuldigte sie sich dafür, dass sie es nicht zur Séance geschafft hatte, weil sie im Schneegestöber auf dem Weg steckengeblieben war. Der Geist, den alle gesehen hatten, war echt. Das war alles, was ich über Séancen wusste.

Nur Olaf kannte sich besser aus, denn in der Welt des Metaphysischen fühlte er sich zu Hause. Schutzengel, Enneagramme, Tarotkarten, Orakel, Traumdeutung, Schamanen, heilende Steine, über das meiste hatte er schon etwas gelesen oder es selbst ausprobiert.

„Nein, bei einer Séance noch nie, aber ich würde sehr gerne mal“, sagte er begeistert.

„Dann bekommst du heute deine Chance“, antwortete Melissa euphorisch, zog aus einem der kleinen Tischbeine einen Bleistift und begann, ihn zu spitzen.

Ich interessierte mich zwar eigentlich nicht für den Esoterikkram von Olaf, aber wenn er damit ankam, hatte er meistens so eine ansteckende Art, darüber zu sprechen, dass ich zumindest aufmerksam zuhörte.

Welcher Stein zu der eigenen Persönlichkeit passt, findet man heraus, indem man nacheinander unterschiedliche Steine in die Hand nimmt und den Arm damit ausstreckt. Jemand muss dann versuchen, den Arm leicht nach unten zu drücken. Wenn man den Stein in der Hand hält, der am besten zu einem passt beziehungsweise der einem gut tut, dann fällt es dem anderen viel schwerer, den Arm nach unten zu drücken. Olaf hatte herausgefunden, dass der Amethyst mein Stein ist. Und ich bin Sternzeichen Ziege im Chinesischen Horoskop, Enneagramm-Typ Eins und die Tarotkarte, die irgendeines meiner letzten Jahre bestimmt haben soll, war die Prinzessin der Stäbe.

Manchmal begann ich, an das zu glauben, was er erzählte, manchmal auch nicht. Für gewöhnlich dachte ich nicht lange darüber nach, aber spannend oder kurzweilig war es immer und man erfuhr so einiges über sich selbst.

Urs sagte der aufgekratzten Melissa, sie solle sich beruhigen, und erklärte uns, was vor sich gehen sollte. Das Ding, das er mitgebracht hatte und das jetzt auf der Mitte des Esstisches stand, war tatsächlich ein kleiner Holztisch. Er hatte drei einfache Beine und eine schmucklose, unbehandelte, runde Platte, die etwa dreißig bis vierzig Zentimeter im Durchmesser besaß. In einem der drei Tischbeine war ein kleines Loch, in dem der Bleistift steckte, den Melissa gerade angespitzt hatte. Der kleine Tisch wurde so auf die Schreibtischunterlage gestellt, dass der Bleistift seine Bewegungen aufzeichnete. Gleich sollte jeder von uns eine Hand auf die kleine Platte legen, nur die Fingerspitzen, ganz leicht, mehr nicht. „Wichtig ist, dass ihr euch nicht verschließt“, fügte Elena hinzu, „wenn nur einer am Tisch etwas gegen die Séance hat oder nicht daran glaubt, dann funktioniert es nicht.“ Da ist sie wieder, die Hintertür, die Esoteriker immer haben, falls das, was sie vorhaben, nicht klappt, dachte ich enttäuscht. Ich wäre zu gerne mal bei etwas dabei gewesen, das funktionieren würde, denn ich werde gerne überrascht, wie wahrscheinlich jeder von uns. Allein deshalb beschloss ich, daran zu glauben, dass es klappen könnte. An mir sollte es also nicht liegen.

„Ihr dürft dem Tisch nur Fragen aus der Vergangenheit und aus der Gegenwart stellen“, mischte sich Melissa wieder ein.

„Und was passiert, wenn ich was aus der Zukunft wissen will?“ fragte Norbert.

„Nichts, er gibt keine Antwort“, sagte Urs seelenruhig.

„Habt ihr das schon öfter gemacht?“, fragte Olaf, der genauso wenig wie Norbert und ich fassen konnte, wo wir zufällig hineingeraten waren.

Es war ein alter Brauch aus der Schweiz, solche Sitzungen zu halten, und sowohl Elena als auch Urs kannten sie schon seit ihrer frühen Kindheit. Urs hatte den Tisch gebaut. Derjenige, der ihn gebaut hatte, musste bei der Séance anwesend sein und die Tischbeine durften nur in die Löcher der Platte gesteckt werden, ohne Leim, sonst funktioniert es nicht. Das alles klang ziemlich aufregend, denn Elena und ihre Familie würden wohl nicht seit

Jahren an einem selbstgebauten Tisch sitzen, ohne dass je etwas geschehen wäre, dachte ich.

Es gab aber auch noch die Möglichkeit, dass es sich hier um einen Scherz für Touristen handelte, aber das würden wir herausfinden, denn wir nahmen uns vor, nur Fragen zu stellen, auf die keiner außer uns selbst die Antwort kannte.

„Und der Tisch schreibt uns die Antworten praktisch auf?“, fragte ich noch mal.

„Genau. Ihr werdet es sehen. Aber behaltet das, was ihr hier erlebt, für euch, denn obwohl die halbe Schweiz es macht, ist es verboten, weil es zur Schwarzen Magie gehört“, sagte Urs. Dann ging es los. Wir saßen alle kerzengerade auf unseren Stühlen und jeder legte die Fingerspitzen der rechten Hand auf das Tischlein.

Urs sagte ernst: „Tisch, bewege dich.“

Den weiteren Verlauf des Abends wird mir niemals jemand abkaufen. Schon allein deshalb habe ich auch nie darüber gesprochen. Aber dennoch, ich war dabei.

Der Tisch begann zu ruckeln und hinterließ auf der Schreibtischunterlage einen zittrigen Strich.

Elena: „Tischlein kreise links herum.“

Der Tisch fing an, links herum zu kreisen. So schnell, dass auf keinen Fall einer von uns oder wir alle zusammen dafür verantwortlich sein konnten. Er bewegte sich sehr schnell über die Schreibtischunterlage und hinterließ auf dem Papier einen dicken Spiralkreis, wie Kinder ihn oft malen, wenn sie das erste Mal Stifte in die Finger bekommen.

Elena: „Und jetzt, Tischlein, kreise rechts herum.“

Der Tisch blieb so abrupt stehen, dass meine Finger ihn kurz verloren, und dann begann er, sich langsam rechts herum zu bewegen. Norbert saß mir gegenüber und starrte mich an.

Melissa hatte sich nach dem Essen auf den Platz von Manuel gesetzt und saß jetzt über Eck neben mir. Wenn sie sich nach vorne lehnte, berührten ihre Haarspitzen meinen Oberarm, aber ich konnte ihr keine Aufmerksamkeit schenken.

Schließlich blieb das Tischlein stehen und Elena sagte zu Norbert, er solle ihm eine Frage stellen. Olafs Augen funkelten neugierig.

„Wann habe ich das erste Mal mit Elli geschlafen?“, fragte Norbert selbstbewusst.

Das war typisch, er hätte auch etwas Unverfänglicheres fragen können, zum Beispiel wie die Klassenlehrerin von seinem Ältesten heißt. Mir war es peinlich, aber er saß mit sich und seiner Frage zufrieden da und wartete, was geschehen würde.

Am Rand der Schreibtischunterlage war ein Kalendarium. Der kleine Tisch rutschte mit dem Bleistift noch nicht mal sonderlich langsam rüber und zog kleine Kreise um den ersten Januar. Das stimmt, bestätigte Norbert. Ich musste grinsen, denn ich wusste, dass Norbert Elli an Silvester kennengelernt hatte, aber dass er schon einen Tag später mit ihr geschlafen hat, war mir neu.

Urs fragte den Tisch, mit wem Elena das erste Mal geschlafen hat, und der Tisch schrieb krakelig, aber sehr deutlich den Namen von Urs.

„Das weißt du doch, du alter Trottel“, sagte Elena liebevoll zu ihm und kniff ihn in den Bauch. Hier konnte man sich wirklich wohlfühlen.

Jetzt war Olaf dran. Für ihn gab es keinen Grund, den Tisch zu überprüfen, also fragte er ihn gleich etwas

Wichtiges, nämlich wo der Vater seiner aktuellen Freundin Esther lebe. Koblenz, schrieb der Tisch.

„Das ist da, wo ihre Mutter studiert hat“, sagte Olaf nachdenklich. Esther hatte ihren leiblichen Vater noch nie gesehen und oft versucht, mit ihrer Mutter darüber zu sprechen.

Mir kam das alles sehr surreal vor, unsere Fragen, die freundlichen Gastgeber und die Antworten des Tisches.

Melissa fragte nach dem Namen der großen Liebe ihres Bruders.

Elena tadelte sie und der Tisch schrieb den Namen Sara.

„Oh“, sagte sie überrascht. Sara war eine Schulfreundin von ihr und sie war viel älter als Manuel. Urs, der offensichtlich nicht weiter über das Liebesleben seines Sohnes reden wollte, sagte, ich solle meine Frage stellen. Ich war immer noch misstrauisch und fragte nach dem Namen des Schäferhundes, den ich damals in Grömitz dabeihatte. Inas Namen erwähnte ich wegen Melissa nicht.

Otto, schrieb der Tisch. Ich war sprachlos, den Namen hatte ich meinen Freunden nie erzählt, Manipulation war also ausgeschlossen.

In der zweiten Runde fragte ich nach dem Vornamen meiner ersten Klassenlehrerin. Auch hier bekam ich die richtige Antwort.

Olaf platzte der Kragen: „Frank, jetzt wird hier mal was Vernünftiges gefragt. Wen liebt Ina?“

Melissa wiederholte die Frage und ich hatte das Gefühl, dass sie die Stirn runzelte, als sie Inas Namen aussprach. „Wen liebt Ina?“

Der Tisch schrieb den Namen – Jan. Wir waren alle still, ich hatte das Gefühl aufzuwachen, meine beiden Freunde glotzten mich an, Olaf tat seine Frage leid,

Melissa merkte, dass etwas nicht stimmte. Urs fragte, von den ganzen Frauennamen leicht genervt, wer denn Ina sei. Tonlos antwortete ich: „Meine Freundin."

Elena lächelte freundlich und sagte, dass der Tisch sich auch manchmal irre, aber ich spürte, dass es nicht stimmte, stand auf und ging hinaus auf die kleine Terrasse des Hauses, um frische Luft zu schnappen.

Melissa folgte mir mit zwei Gläsern Wein und fragte mich, ob alles in Ordnung sei. Ich log und sagte ja, aber es war nicht schwer zu erkennen, dass ich das Gegenteil meinte.

„Manchmal sind es auch nur Momentaufnahmen, die der Tisch uns zeigt", erklärte sie mir.

„Wenn also Ina gerade umgekehrt den Tisch in Indien befragen würde, könnte es sein, dass er den Namen Melissa schreibt", grinste sie und nahm meine Hand. Ich legte den anderen Arm um ihre Hüfte. Sie stellte sich auf die Zehenspitzen und küsste mich. Ich hoffte, dass Olaf und Norbert sich mit Urs und Elena unterhielten und keiner herauskäme. Melissa küsste fantastisch und ich spürte förmlich die Energie ihres Wesens. Nach dem zweiten Kuss fuhr sie mir mit dem Fingernagel vom Kehlkopf so weit in Richtung Brust, wie es das geöffnete Hemd zuließ. Es gibt kaum eine so kurze Berührung, an die ich mich so nachhaltig erinnere. Sie roch herrlich, sah mich mit ihren dunklen Augen an und fragte mich, ob sie heute Nacht zu mir kommen solle. Ich sagte, besser nicht, und dachte dabei an Ina. Hier zu stehen und Melissa zu küssen war eine Sache, aber mit ihr zu schlafen eine andere.

Ich hatte natürlich immer noch vor, Ina zu heiraten. Aber auf einmal wurde mir klar, dass ich davon ausging, sie sei einverstanden, wie sie über all die Jahre mit vielen Dingen einverstanden war, die ich entschieden hatte. Zum ersten Mal hatte ich das Gefühl, sie könnte eine andere Meinung haben, jetzt, wo es für uns beide so wichtig war.

Auf der Heimreise haben Norbert, Olaf und ich noch viel über den Abend der Séance gesprochen, aber je weiter er sich entfernte, desto unwirklicher wurde er – nur der Name Jan wollte nicht mehr verschwinden.

10. DAS ZWEITE GEDICHT

Dezember 1998, Filzmoos, 6 Tage

Nachmittags wachte ich aus einem traumlosen Schlaf auf, weil sich die Tür zu meinem Zimmer langsam öffnete. Meine Mutter sah mit freundlichem Gesicht herein und fragte, ob ich ein paar Rostbratwürstchen haben möchte. Obwohl ich nein sagte, brachte sie mir einen kleinen Teller mit zwei Würsten und etwas Senf ans Bett. „Du kannst sie ja stehenlassen, wenn du keine Lust darauf hast“, sagte sie und ging wieder. Natürlich aß ich die Würstchen. Ich esse immer das, was man mir hinstellt, auch wenn ich es nicht will oder keinen Hunger habe. Das ärgerte mich, denn meine Eltern fühlten sich dann bestätigt in ihrer Theorie, dass ich zu wenig essen würde und generell sowieso nicht wisse, was gut für mich sei.

Ich war in der Nacht zuvor über eintausend Kilometer am Stück zu ihnen gefahren, weil ich es alleine zu Hause nicht mehr aushielt. Meine Mutter hatte vor Freude geweint, als sie mich sah, und mein Vater sagte, ich solle erst mal ins Warme kommen und wie ich so leichtsinnig die ganze Strecke mit Sommerreifen hätte fahren können. Mutter ermahnte ihn, er solle doch froh sein, dass ich da sei, und mein Vater sagte, dass er froh sei, dass ich gut angekommen bin – aber dass das auch gut hätte schiefgehen können, weil viele Autos in diesem Jahr schon auf dem Pass liegengeblieben wären. Dann hatte er mich noch mal in den Arm genommen und gesagt, dass ich schließlich gut Auto fahren könne und mich jetzt erst mal hinlegen solle.

In drei Tagen ist Weihnachten, da ist man bei den Eltern am besten aufgehoben und denkt nicht so viel nach – das war mein Plan.

In den Tagen davor war alles schlimmer geworden. Ich war mittlerweile seit einem halben Jahr von Ina getrennt, aber es verging kein Tag, an dem ich nicht an sie dachte. Genau genommen waren wir sogar schon seit anderthalb Jahren getrennt, aber im ersten Jahr hatte ich es einfach nicht einsehen wollen, dass es ihr mit der Trennung ernst war. Ich dachte anfangs – Trennung, na gut, wenn sie es so haben will, dann toben wir uns eben ein bisschen aus, fauchen uns ein bisschen an, aber am Ende bleiben wir doch zusammen. Ich hatte mich getäuscht, überhaupt nicht in Erwägung gezogen, dass Ina etwas Bedeutendes zu dieser Beziehung beitragen könnte. Bisher hatte immer ich entschieden, wie es weitergehen sollte. Ich wollte es zwar nie, aber es war so. Wer konnte damit rechnen, dass Ina, wenn man sie einmal ranlässt, den Karren gleich dermaßen in den Dreck fahren würde.

Plötzlich ging alles sehr schnell, denn sie wusste, wohin sie wollte. Und dann war sie weg. Anfangs hatte ich meinen Stolz und war damit beschäftigt, peinlich genau darauf zu achten, dass mir keine ungerechtfertigten Vorwürfe gemacht wurden. Seltsamerweise machte mir Ina überhaupt keine Vorwürfe. Offenbar hatte sie bereits alles besprochen, aber nicht mit mir. Ich sollte lediglich noch informiert werden, wie es weitergehen würde.

„Frank, wir passen nicht zusammen“, hatte sie gesagt. Und: „Du hast keine Fehler gemacht. Es war mein Fehler. Ich hätte dir sagen sollen, was ich mir wünsche. Ich habe dir zu sehr vertraut und bin davon ausgegangen, dass du immer das Beste für uns beide wolltest. Aber du hast immer nur das Beste für dich gewollt. An mich, an uns, hast du nicht gedacht. Ich wollte etwas für uns beide aufbauen, etwas Gemeinsames. Du wolltest das offensichtlich nie. Nicht mit mir zusammenziehen, nicht mit mir über Kinder sprechen. Immer wenn es um uns ging, hast du dich für dich selbst entschieden. Deshalb passen wir nicht zusammen.“

Ich hatte vorgehabt, mit ihr zusammenzuziehen und ich hatte ihr selbstverständlich auch von meinen Heiratsplänen erzählt. Zu spät.

Meine Eltern meinten, als ich ihnen davon bei unserem ersten gemeinsamen Frühstück erzählte, dass ich verbittert klingen würde. Natürlich war ich verbittert. Dennoch sagte ich aufgebracht: „Nein, ich bin nicht verbittert, ich bin klar, so ist es. Ich habe begriffen, worum es ihr geht. Die Show ist aus und Ina hat das Kino in Brand gesteckt, so klar bin ich.“

Meine Mutter sah meinen Vater fragend an. Und der sagte, er würde gleich mal die Weihnachtskerzen draußen an den Baum stecken und ob wir uns vorher das Haus noch mal gemeinsam ansehen wollten. Eine Stunde hätten wir noch, aber spätestens dann müssten die Kerzen am Baum sein, weil es bald zu schneien anfinge und in den kommenden Tagen nicht mehr aufhören solle. Mein Vater wollte auf keinen Fall am Weihnachtsabend nach draußen in den Garten schauen und seine eigenen Fußspuren im Schnee sehen. Zwei Jahre nach der Pensionierung meines Vaters waren meine Eltern nach Österreich gezogen. Früher waren sie dort regelmäßig zum Wandern gewesen und auf einer ihrer Touren hatten sie dieses alte Haus im nordöstlichen Pongau gefunden. „Es hat lange gedauert, bis es so hübsch geworden ist, wie es jetzt da steht", sagte meine Mutter seufzend. Ich konnte es mir denken. Mein Vater machte alles, was handwerkliche Dinge anging, sehr gewissenhaft, bei ihm gab es keinen Pfusch. Und deshalb dauerte vieles auch länger, als es eigentlich müsste, oft wurde gewissenhafter geplant, als es nötig gewesen wäre. Ob es um einen Tisch, ein Bild, eine Sauna oder um ein Haus ging, am Ende stand, was auch immer, unzweifelhaft da wie eine Eins. So wie ihr kleines Häuschen mit dem großen Garten direkt neben dem Bachlauf.

Meine Mutter zeigte mir noch mal alle Zimmer ganz genau und mein Vater erklärte mir die Baumängel, die noch zu beheben waren. Es war ein schönes Haus, in dem ich mich sofort wohlfühlte und ich stellte mir insgeheim die Frage, warum ich nicht schon viel früher auf die Idee gekommen war, sie zu besuchen. Gleichzeitig wusste ich allerdings auch warum: Ich war in den letzten Monaten zu beschäftigt gewesen mit Ina.

Schon in den ersten Wochen nach ihrem Auszug gab es ein Missgeschick. Mittlerweile war klar, dass Ina es ernst meinte mit der Trennung. Das hatte ich begriffen und später redete ich mir ein, wenn man sich trennt, dann kann man auch wieder zusammenkommen. Viele Paare trennen sich, um dann wieder zusammenzukommen. In dieser Phase befand ich mich, als ich ihr ein Gedicht von Lord Byron schickte:

Als wir zwei schieden
Still weinend und bang,
Zerstört Herzens Frieden,
Zu meiden uns so lang,
War bleich Deine Wange,
Dein Kuss o so kalt –
Ich ahnte die Schlange,
Die gestochen so bald.

Auf die Stirn mir so eisig
Des Morgens Tau sank
Fast wie Ahnung; nun weiß ich,
Warum ich so krank.
Deine Schwüre gebrochen,
Trüb, was einst so rein;
Wird dein Name gesprochen,
Fast schäm ich mich dein.

Und hör ich ihn, klingt er
Wie Totengeläut;
Mit Qual mich durchdringt er,
So teuer noch heut.
Wer ahnt, dass zu gut ich
Gekannt dich vielleicht?
Im Herzen drum blut ich,
Doch die Lippe, sie schweigt.

Geheim wir uns fanden,
Nun wein ich allein,
Dass dein Herz jenen Banden
So untreu kann sein.
Wollt ich je wieder schließen
Ans Herz dich darum,
Wie sollt ich dich grüßen?
In Tränen und stumm!

Dieses Ende, ich liebe dieses Ende. „Wie sollt ich dich grüßen? In Tränen und stumm!“ Ich bin zwar nicht Byron, aber ich habe es so verstanden: Sie hat einen anderen kennengelernt, betrügt ihn, er wird verlassen, er leidet, er leidet, er leidet, sie kommt zurück, er kann sie nicht beschimpfen, er weint und sie kommen auf jeden Fall wieder zusammen, weil er ihr verzeiht, gar keine Energie für eine Anklage hat. Anders kann man es eigentlich nicht verstehen.

Ina verstand nichts. Sie rief mich entsetzt an und fragte, ob ich jetzt komplett durchgedreht wäre, sie als stechende Schlange zu beschimpfen. Sie als diejenige hinzustellen, die ihre Versprechen brechen würde. Und wie ich behaupten könne, ich müsse mich für sie schämen. Während des Gesprächs las ich das Gedicht schnell noch mal. Ja das stand zwar da, aber so musste man es nicht verstehen.

„Ina, so ist das doch nicht gemeint.“ Wieder ein Fehler, denn ich lachte, als ich das sagte. So dämlich kann man doch nicht sein, dass man das Wunderbare, die Hoffnung in diesem Gedicht nicht erkennt, dachte ich.

„Und wie kommst du dann darauf, so einen Mist zu verfassen und ihn mir dann auch noch zu schicken.“

Sie machte Fortschritte, so aggressiv war sie mir gegenüber früher nie. Schien gut zu laufen für sie mit ihrer Abnabelung.

„Das ist doch gar nicht von mir, das ist von Lord Byron, hab ich dir auch dazu geschrieben."

„Egal, das ist ja noch erbärmlicher, mir Beleidigungen von einem anderen zu schicken. Du hättest dir wenigstens was Eigenes einfallen lassen können."

„Erst bist du empört, dass ich es geschrieben habe, dann bist du empört, dass ich es nicht geschrieben habe. Du suchst einen Grund, mich fertigzumachen, dir einzureden, ich sei schlecht für dich, das ist alles."

„Du bist schlecht für mich! Es hat lange genug gedauert, bis ich das begriffen habe."

„Deine Seele ist auch keine Blumenwiese."

„Jetzt werd nicht polemisch."

„Das ist nicht polemisch, das ist Poesie, aber davon scheinst du nichts zu verstehen."

Sie wurde still und ich hätte gerne die Energie gehabt, den Hörer aufzuknallen, konnte es aber nicht, weil ich ihren Atem hörte. Am Ende des Gespräches brachte sie mich dazu zuzugeben, dass es ein Fehler war, ihr dieses Gedicht zu schicken.

Es war aber kein Fehler, darin bestätigte mich Norbert. Er hätte es richtig gedeutet, wenn ich es ihm geschickt hätte.

Irgendwie wäre es wahrscheinlich einfacher, wenn Männer mit Männern zusammenwären und Frauen mit Frauen. Dann wäre man immer unter sich.

Bei der Hausführung meiner Eltern bekam ich am ausgiebigsten die Speisekammer, den Keller und die Garage gezeigt. Mein Vater hatte dort jeweils Regale eingebaut und liebevoll für fast jeden Gegenstand einen eigenen Platz gezimmert. Wenn die Säge an der Stelle fehlte, wo die Säge hingehörte, bekam man körperliche Schmerzen, weil die Lücke einen anklagend anstarrte. Mich konnten sie mit so etwas tatsächlich beeindrucken. Ich bin mit dieser Aufgeräumtheit, diesem Komfort, nicht in rumpelige Keller oder Speisekammern gehen zu müssen, groß geworden und es hat mir gut gefallen. Im Vergleich zu meinen Eltern bin ich jedoch ein Anfänger, was Ordnungs-Systeme und Verstauungstechniken angeht.

Mit Glück wurde ich von meinen Eltern gelobt, wenn ich etwas besonders ordentlich gemacht hatte. Als meine Mutter mir beim Umzug geholfen hat, die Kleider aus dem Schrank zu räumen, hat sie mich dafür gelobt, dass ich so blütenweiße Wäsche habe. Und mein Vater war stolz darauf, dass ich alle Kisten durchnummeriert und deren Inhalt dazu logistisch erfasst hatte. Besonders clever war es, jeder Kiste nicht einfach nur eine Nummer zu geben, sondern diese Nummer auch auf jede Seite zu schreiben. Seit Ina mich verlassen hatte, versuchte ich noch mehr Ordnung in mein Leben zu bringen als bisher. Wenigstens mein Krempel sollte aufgeräumt sein. „Mein Sohn“, sagte mein Vater damals, „das ist mein Sohn“, und er sah sich stolz in der ausgeräumten Wohnung um.

Nach ihrem Indienurlaub hatten Ina und ich kurzfristig eine passende Wohnung bekommen. Drei Monate später, ich hatte sie immer noch nicht gefragt, ob sie mich heiraten will, wollte sie plötzlich mit einer Freundin nach Norwegen fahren. Ohne mich. Ich blieb zu Hause und machte es mir fast jeden Abend mit Norbert in unserer neuen Wohnung gemütlich. Als Ina zurückkam, sagte sie mir, dass es mit uns nicht klappen würde und dass sie sich trennen will. Bis zu ihrem Auszug dauerte es nicht lange. Die große Wohnung konnte ich mir alleine nicht leisten. Deshalb zog ich in eine kleine Stadtwohnung im zweiten Stock und alles sah aus wie vorher, denn sie hatte nicht allzu viel mitgenommen. Das meiste, was wir zusammen angeschafft oder bei der Einweihungsfeier geschenkt bekommen hatten, hatte sie dagelassen.

Ina wohnte zunächst bei ihren Eltern, was es für mich nicht leichter machte, denn die waren parteiisch. Wenn ich abends dort anrief, war sie nicht zu sprechen. Und wenn ich vorbeifuhr, wurde ich an der Tür abgewimmelt.

Meine größten Erfolge erzielte ich mitten in der Nacht. Ina kam immer recht schnell ans Telefon und flüsterte, was ich mir dabei denken würde, um diese Zeit anzurufen, ihr Vater und ihre Mutter müssten morgen schließlich arbeiten. Ich konnte jede Menge unsachliche Argumente für mein Verhalten aufzählen. An die meisten erinnere ich mich allerdings nicht mehr. Nach jedem Telefonat hatte ich mir vorgenommen, nie wieder anzurufen. Manchmal rief ich in der gleichen Nacht noch mal an, weil mir wieder etwas eingefallen war, und manchmal schaffte ich es, mich einige Tage nicht zu melden. Mit der Zeit wurden meine nächtlichen Anrufe immer seltener. Nicht zuletzt, weil ich auch wieder anfing am Tag anzurufen, wenn Ina nicht mit mir rechnete. Diese Gespräche verliefen entspannter, fast liebevoll.

„Ach, du bist es Frank."

„Ja, hast du jemand anderen erwartet?"

„Nein, ich bin nur überrascht", sagte sie nach einer kleinen Pause.

„Warum bist du überrascht? Du kannst mir ruhig sagen, wenn du jemand anderen erwartet hast. Wir sind schließlich nicht mehr zusammen. Du hast mir gegenüber keine Verpflichtungen mehr. Du kannst dich ruhig frei fühlen."

„Danke. Ich fühle mich frei."

„Und wen hast du erwartet?"

„Nicht dich." Wieder entstand eine Pause, in der Ina nichts sagte. Offensichtlich war sie entschlossen, das Gespräch auslaufen zu lassen, noch bevor es begonnen hatte.

Demonstrativ fragte sie mich nicht, wie es mir geht, so als ob es sie nicht interessierte. Fünf Jahre lang wollte sie täglich wissen, was mit mir los ist, was mich beschäftigt. Das konnte nicht aufgehört haben und deshalb sagte ich es ihr einfach:

„Mir geht es nicht gut."

„Frank, warum rufst du an?"

„Um dich zurückzugewinnen, Ina. Wenn man liebt, dann tut man die verrücktesten Sachen." Das sagte ich so schwungvoll, wie es mir nur möglich war.

„Ich war verrückt", sagte sie. „Ich hätte dich schon zwei Jahre früher verlassen sollen."

„Warum?", fragte ich entsetzt. „Wir waren doch glücklich."

„Du warst glücklich Frank, nicht ich. Du hast immer bekommen, was du wolltest. "

Mittlerweile wusste ich, dass sie Recht hatte, aber ich fand keinen Weg, es zuzugeben.

„Und wie war es in Prezelle?", fragte ich, um unmissverständlich klarzumachen, dass sie gerade auch tat, was sie wollte. Statt im gleichen Tonfall wie zuvor weiterzureden, stockte sie und überlegte. Schließlich sagte sie mir, für diese Phase ungewohnt sanft, dass sie in der letzten Woche nicht in Prezelle war.

„Wieso? Deine Mutter hat mir doch gesagt, dass du für eine Woche rausgefahren wärst, um ein wenig auf andere Gedanken zu kommen. “

Ihre Mutter hatte es mir in der Woche davor am Telefon erzählt. Und ganz nebenbei hatte sie mich bei der Gelegenheit noch an ein paar andere meiner Vergehen aus den letzten fünf Jahren erinnert. Ich hätte Inas Familie in ‚unserer' Zeit nur zweimal besucht, wir hätten uns zweimal getrennt und jedes Mal, wenn wir wieder zusammenkamen, hätte ich erst ein oder zwei Monate später zugegeben, dass wir wieder ein Paar waren. Leider hatte Inas Mutter Recht. Ich fand aber, das mit den Trennungen hätte Ina ihr nicht erzählen sollen.

„Ich war wieder in Norwegen", sagte Ina vorsichtig. Ich wusste sofort, was kommen würde. Ina ging so ungeschickt auf die Wahrheit zu, wie Kinder auf Tauben zurennen, die sie streicheln wollen.

„Und, wie war es so?"

Endlich, seit Wochen zum ersten Mal, stand ich auf der Seite der Wahrheit. Aber sofort war auch der Preis dafür sehr hoch.

„Ich war nicht alleine da."

Zögernd begann sie, mir von Jan zu erzählen. Einige Informationen ließ sie dabei jedoch weg und behauptete, sie würden für unsere Auseinandersetzung keine Rolle spielen. Ich blieb hartnäckig und fragte weiter nach Details. Einige verriet sie mir, viele auch nicht.

Sie hatte Jan in Indien kennengelernt, während ich mit meinen Freunden im Tessin war. Seitdem hatten sie sich nur dreimal gesehen. Das erste Mal, kurz bevor sich

Ina von mir getrennt hatte, und das zweite Mal eine Woche vor diesem Telefonat. Das dritte Mal blieb jedoch offen, ich nahm an, dass er sie auch einmal besucht hatte, aber Ina wollte mir nichts darüber erzählen. Das spiele für uns wieder keine Rolle. Jan war Goldschmied und lebte in Nord-Norwegen, wo er die Schmiede seiner Eltern führte. Wie er aussah, spielte keine Rolle. Er sprach fließend Deutsch, weshalb er es konnte – keine Ahnung, sie sagte es mir nicht.

Ina log nie, sie sprach über Dinge oder nicht. Das, was sie nicht sagte, waren für mich ihre Lügen. Das waren die Augenblicke, in denen sie mich betrogen hatte, für die sie sich schämte. Eigentlich hätte ich darüber traurig sein müssen, dass sie einen anderen hatte, dass sie mich betrogen hat. Ich hätte darüber nachdenken müssen, dass ich schon vor einem halben Jahr, bei einer Séance, davon erfahren hatte. Stattdessen weidete ich mich an ihrer weichen Stimme und daran, dass auch sie endlich mal etwas falsch gemacht hatte.

Ich habe Jan ignoriert. Ina hatte Recht, er spielte für unsere Beziehung keine Rolle. Mir war zwar klar, wie jedem in solch einer Situation klar sein sollte, dass er der Auslöser für die Trennung war. Wäre er nicht gewesen, dann wäre Ina vielleicht noch die entscheidenden zwei, drei Monate bei mir geblieben.

Nach der Reise ins Tessin hatte ich einen Ring gekauft, den wollte ich ihr in einem besonderen Moment überreichen. Drei Monate hatte ich den Ring mit mir herumgetragen. Es gab keine passende Gelegenheit.

Er, Jan, hat uns auseinandergebracht. Und dennoch, in all meinem Wahn und bei allen verrückten Anstrengungen, die ich damals unternahm, habe ich nie vergessen, dass es meine Schuld war und die von Ina. Jan war nur einer von Inas Fehlern. Ich hatte nichts gegen ihn, aber ich war bereit jede seiner Schwächen ausnutzen, um meine Stärken hervorzuheben.

Fast war ich froh, dass Ina Jan hatte, denn dann würde sie mich noch schneller vermissen. Seine Unerträglichkeit würde mein Vorteil werden, sie würde mir bald davon erzählen, wie es ist, mit einem Norweger länger als eine Woche am Stück zusammen zu sein.

Ich werde nie verstehen, weshalb andere eifersüchtig sind. Liebe findet zwischen zwei Menschen statt. Welchen Grund sollte es jemals geben, auf einen Dritten zu achten? Stolz und verletzte Eitelkeiten sind etwas sehr Kleinliches. Ich wollte mein Ziel nicht aus den Augen verlieren.

Was ich über Jan in diesem Telefonat erfahren habe und der Umstand, dass ich es schaffte, dass Ina weinend auflegte, genügten mir. Ich setzte mich auf der Stelle ins Auto und fuhr über vierhundert Kilometer zu ihr. Ich wollte ihr verzeihen, sie sollte mir verzeihen. Wir würden weinen, ich weinte schon auf der Fahrt.

Tatsächlich schaffte ich es noch an diesem Nachmittag, in Unterwäsche neben ihr im Bett zu liegen. Wir hatten uns angeschrien, gejammert, uns in den Armen gelegen, geküsst und ausgezogen. Am Ende lagen wir im Bügelzimmer auf der Matratze, die ihre Mutter für sie vom Speicher geholt hatte. Zwischen frisch gewaschenen Wäschestapeln und dem Geruch von Weichspüler rieben wir uns aneinander, doch als ich Ina den Slip ausziehen wollte, sagte sie mit roten Wangen sanft: „Nein Frank. Das geht nicht."

„Warum nicht?"

„Ich schlafe mit Jan."

Es versetzte mir einen Stich, aber ich biss die Zähne zusammen und sagte: „Dann lass es. Schlaf nicht mehr mit ihm, so einfach ist das."

Sie rollte sich zur Seite und sagte mit dem Gesicht zur Wand: „Es ist besser, wenn du jetzt gehst."

Ich versuchte sie noch zweimal zu mir umzudrehen, dann zog ich mich an und ging. Ich hatte seit Wochen zum ersten Mal wieder neben ihr gelegen. Hätte ich damals gewusst, für wie lange Zeit es das letzte Mal sein sollte, wäre ich nicht so schnell gegangen.

Ein halbes Jahr später ist sie nach Norwegen gezogen, das hat mir ihr Bruder erzählt, als ich ihn mit seiner neuen Freundin zufällig auf dem Weihnachtsmarkt traf. Nicht zuletzt war das ein Grund dafür, dass ich Hals über Kopf nach Österreich gefahren war. Alleine hielt ich es zu Hause nicht mehr aus.

Bei meinen Eltern wurde gekocht, gebacken und abends spielten wir Karten. Von Tag zu Tag schneite es stärker, bis wir am Ende nur noch zu Fuß den weiten Weg zum Einkaufen zurücklegen konnten. Ich bot mich meist an, das zu übernehmen, in der Hoffnung, in Ruhe nachdenken zu können, um irgendwo auf der drei Kilometer langen Strecke eine Lösung zu finden. Ich fand aber keine und dachte stattdessen planlos an Inas Lachen, an ihr Auto, das man vor meinem Haus mal aufgebrochen hatte, an ihren Bruder, ihre Schuhe, ihre Freundinnen, an manche von ihren Geschichten. Alles, was mir einfiel, regte mich unerträglich auf. Und schließlich kam ich vom Einkaufen genauso geknickt zurück wie ich losgelaufen war. Ob ich bei meinen Eltern war oder zu Hause, bei Freunden oder allein, die Welt erschien mir mit einem Mal fürchterlich klein. Wenn es irgendwo regnet, dann wird man überall nass.

Trotz aller Bemühungen konnten meine Eltern gegen meinen Liebeskummer nichts ausrichten. Die beiden taten wirklich ihr Bestes und hatten grundsätzlich unterschiedliche Arten, damit umzugehen.

Mein Vater versuchte es mit Ablenkung. Er ging mit mir Holz hacken, Bretter sägen, Schnee schaufeln und Regale ins Gästezimmer einbauen. Aber nichts drang wirklich zu mir durch, alles war weit weg. Mein armer Vater, in diesen Tagen hörte ich ihm überhaupt nicht zu und das meiste musste er zweimal sagen. Seine Sätze fingen immer gleich an: Halt doch mal, nimm doch mal, bring doch mal.

Mit meiner Mutter war das anders. Sie versuchte, dem Problem auf den Grund zu gehen und eine Lösung zu finden. Ich saß bereitwillig am Küchentisch, ließ alle Fragen zu und versuchte, sie so offen wie nur möglich zu beantworten. So stand sie zum Beispiel einmal an der Spüle und wusch Salat, als ich vom Schneeschaufeln hereinkam. In langer Unterhose hockte ich mich an den Tisch und wartete.

„Na Frank. Kommt dein Vater auch? In einer viertel Stunde essen wir."

„Ja. Er ist schon im Bad und zieht sich um."

„Und du. Willst du dir nicht auch was anderes anziehen?"

„Nein." Ich war fix und fertig, weil mein Vater mich bereits durch die erste Hälfte des Tages geschleppt hatte. Jetzt war meine Mutter dran. Nach einer langen Pause fragte sie, ob ich mich wohlfühle.

„Ja."

Als sie merkte, dass ich von mir aus nichts weiter zu dem Gespräch beitragen würde, fragte sie mich, ob ich noch viel an Ina denke.

„Ja."

„Das ist jetzt schon über ein Jahr her. Ich dachte, du würdest sie langsam vergessen."

„Vergessen? Wie soll das gehen?", sagte ich aufgebracht.

„Frank, sie ist zu diesem Jan nach Norwegen gezogen, wenn ich dich richtig verstanden habe."

„Ja, aber sie gehört zu mir."

„Stellst du das nicht ein bisschen spät fest?"

„Nein. Die Liebe findet einen Weg", sagte ich mit der Euphorie, die man von Schauspielern bei Shakespeare-Stücken kennt. Ich war besessen vom Pathos. Kein Film, kein Buch, kein Lied, das nur annähernd passte, entging mir. Dazu musste ich noch nicht mal die Lieder komplett verstehen oder die Bücher lesen. Mir reichten oft Bruchstücke, um Bestätigung zu finden. Bei Beautyful South war es der Refrain „You need a little time to think about it" oder der Buchtitel von Susanna Tamaro „Geh, wohin dein Herz dich trägt." Ich hatte es nicht gelesen, aber es lag ein dreiviertel Jahr auf meinem Schreibtisch herum, weil ich plötzlich den Titel mochte.

„Und wie soll das bitteschön aussehen? Denkst du, Ina kommt einfach so zu dir zurück, nach all dem, wie du dich verhalten hast?" Meine Mutter wollte mich auf den Boden der Tatsachen zurückholen. Ich hätte ihr besser nicht so viel erzählt.

„Was weiß ich. Keine Ahnung. Ina weiß nicht, dass ich sie betrogen habe. Sie hat also keinen Grund, mir zu misstrauen."

„Machst du es dir nicht ein bisschen einfach?“ Sie fing an, die Salatsoße anzurühren, und ich fand, dass meine Mutter es sich einfach machte.

„Was soll das jetzt? Solidarität unter Frauen? Ich habe es auch nicht leicht. Ich hab mich seit einem Jahr beim Blick in den Spiegel nicht mehr lächeln gesehen.“

Mein Vater erschien kurz im Türrahmen. Als er mitbekam, dass wir über Ina sprachen, sagte er, er würde den Kachelofen anmachen, und verschwand wieder im Flur. Morgen würde er es sicher wieder mit Holzhacken bei mir probieren.

„Frank“, meine Mutter goss uns zwei Weinschorlen ein und setzte sich zu mir, „Junge, es tut mir so leid, aber vielleicht habt ihr nicht zusammengepasst.“

„Wir haben zusammengepasst. Ich wusste das immer. Ich muss eigentlich nur ...“

Meine Mutter unterbrach mich: „Du hättest Ina nur so gut behandeln sollen wie deine Freunde.“

Sie war eindeutig nicht auf meiner Seite, wie es sich eigentlich für eine Mutter gehören sollte, deshalb geriet das Gespräch außer Kontrolle.

„Ich wusste immer, was ich an ihr habe. Es gab Situationen, in denen ich neben ihr lag und dachte, dass dies einer der schönsten Momente meines Lebens ist. Manchmal wusste ich es und manchmal nicht. In der Auvergne zum Beispiel, wir hatten miteinander geschlafen und lagen am Rand eines kleinen Baches im Gras. Ina hatte ihr Sommerkleid dabei anbehalten. Damals wusste ich es genau, dass es sich um einen einzigartigen Moment handelt. Ihr Geruch, das Geräusch des Baches. Jedes Plätschern eines Baches erinnert mich an diesen Tag – an den Sex mit ihr.“ Trotzig fuhr ich fort: „Und weißt du was, ich habe Glück, dass das Geräusch eines Baches diese Erinnerungen in mir weckt. Bäche hört man ziemlich oft. Wenn wir in einem Sessellift miteinander geschlafen hätten, dann würde ich mich seltener daran erinnern. Aber was soll´s? Ich bin einunddreißig. Weshalb sollte ich dir noch erzählen, wann und wo ich mit Ina geschlafen habe. Das geht dich nichts an. Sie und ich, wir haben gut zusammengepasst", sagte ich barsch.

Meine Mutter starrte mich ratlos an und sagte, dass sie nicht nach Sex gefragt hätte. Und um ehrlich zu sein, hätte sie auch nicht darüber sprechen wollen.

„Ich habe auch nicht über Sex gesprochen, sondern über Erinnerungen." Ich stand auf und ging in mein Zimmer.

Bis zum Weihnachtstag waren wir so stark eingeschneit, dass selbst mein Vater nicht mehr darauf bestand, Schnee zu schaufeln. In den letzten Tagen hatten wir nur noch Holz gehackt und Regale aufgebaut.

Weil alles nichts half, war ich mit der Zeit enttäuscht und beleidigt, dass auch meine Eltern keinen Ausweg wussten. Ich war schlecht gelaunt und das Einzige, was mich noch interessierte, war die Frage, ob Ina sich wenigstens am Weihnachtstag bei mir melden würde. Die Wahrscheinlichkeit war gering, aber ich ging davon aus, dass sie über einen Anruf an Weihnachten zumindest nachdenken würde. Am späten Nachmittag des Vierundzwanzigsten war es dann endlich so weit.

Obwohl ich darauf gewartet hatte, wunderte ich mich regelrecht, als das Telefon klingelte.

„Wie geht es dir? Was treibst du so?", fragte sie.

Ich versuchte entspannt zu wirken. „Nichts."

Irgendetwas stimmte nicht.

Dann erzählte sie mir, dass sie zu Weihnachten aus Norwegen nach Hause gefahren ist, um mit ihren Eltern zu feiern. Hätte ich das gewusst, dann wäre ich nicht nach Österreich gefahren. Ich dachte, dass sie das erste Weihnachtsfest mit Jan in Norwegen verbringen würde. Ich fragte sie, warum sie nicht bei Jan sei, und überlegte mir gleichzeitig, ob eine Chance bestünde, bei gemeinsamen Freunden Silvester zu verbringen.

Ohne meine Frage zu beantworten, kam sie zum eigentlichen Grund ihres Anrufes. Ina war im vierten Monat schwanger. Sie war hauptsächlich nach Deutschland gekommen, um es ihren Eltern zu sagen. Sie war schwanger. Ich musste mich setzen. Mit trockenem Mund fragte ich sie, ob das Absicht gewesen sei, und sie antwortete: „Nein, natürlich nicht."

Jan und sie freuten sich trotzdem. Ich hatte seit über einem Jahr nicht mit ihr geschlafen und dachte, wenn im richtigen Augenblick mal was gut gelaufen wäre, dann wäre das jetzt mein Kind und nicht seines. Ich überlegte sogar kurz, wie es wohl wäre, das Kind eines anderen großzuziehen. Doch dann konzentrierte ich mich wieder auf Ina. Ich versuchte mir vorzustellen, was in ihr vorgeht. Sie klang ganz ruhig und ausgeglichen, sie klang nicht so, als ob sie sich Gedanken um uns machte. Ich gratulierte ihr noch und wünschte ihr schöne Weihnachten und viele Grüße an ihren Bruder und ihre Eltern.

Wir hatten nie Weihnachten zusammen gefeiert und so wie es aussah, wurde es immer unwahrscheinlicher, dass das jemals der Fall sein würde.

So geknickt, wie meine besorgten Eltern dachten, war ich nach dieser Nachricht allerdings nicht, denn ich merkte, dass nicht nur Positives mich gerade schwer erreichte, sondern auch schlechte Nachrichten wie diese drangen nur gedämpft zu mir durch.

Während ich noch dasaß wie ein Kind im Sandkasten, das erst anfängt, sein Spielzeug zu beachten, wenn die Mutter es verleihen will, war Ina schnell mal zur Frau geworden.

Sie hat Jan kennengelernt, ist nach Norwegen gezogen, in ein Land, dessen Sprache sie nicht sprach. Und zu guter Letzt wurde sie auch noch schwanger.

Am Heiligabend, als meine Eltern schon im Bett lagen, habe ich mir noch den Jahresrückblick im Fernsehen angeschaut. In diesem Jahr war viel passiert, die Roten und die Grünen taten sich zusammen und lösten Helmut Kohl endlich ab. Die Rote Armee Fraktion wurde aufgelöst und Großbritannien schloss Frieden mit der IRA – nur Ina wollte nicht zu mir zurück.

11. GEPÖKELTE HERZEN

August 1999, Karasjok, 14 Tage

Endlich, nach knapp zwei Stunden in der kleinen Propellermaschine, tauchte Alta unter mir auf. So wie es von oben aussah, hätte man mir erzählen können, es wäre vor drei Tagen eigens für meine Ankunft aufgebaut worden und würde nach meiner Weiterreise sofort wieder abgerissen.

Was hatte Ina hier verloren? In Norwegen, einem Land, das alte Leute normalerweise mit nostalgischen Postschiffen abklappern?

Sie war es, die sonst in exotische Länder oder brodelnde Metropole wollte. Ihr Beuteschema was Reisen betraf waren heiße Strände und Badeorte wie St. Tropez, die Seychellen, Clifton oder Bondi Beach. Sie zog es nach Australien, Kapstadt oder Indien. Und wenn sie nicht baden wollte, dann wollte sie nach New York, Mailand oder Casablanca. Hauptsache weit weg und etwas sehen, was man sonst nicht sieht, und etwas erleben, was man später vielleicht nicht mehr erleben könnte.

Für Rentner-Urlaube war normalerweise ich zuständig. Mich zieht es eher nach Frankreich, England oder Schweden. Eine Reise ins Elsass oder an die Küste von Devon genügt mir völlig. Ich kann auch eine Woche irgendwo in Deutschland verbringen oder komplett zu Hause bleiben. Ayers Rock kommt auch ganz gut ohne mich zurecht. Jahrelang hatte ich es geschafft, jede Fernreise zu umgehen und ihr jeden spontanen Last-Minute-Trip zu vermiesen. Eigentlich hätte ich gedacht, dass sie nach unserer Trennung eine Weltreise macht oder zumindest sehr lange sehr weit weg fährt.

Stattdessen hat sie ihre privaten Dinge sortiert, ist ein halbes Jahr später zu Jan nach Norwegen gezogen und hat Keira mit ihm bekommen. Und ich habe sie über ein Jahr nicht mehr gesehen. Jan bekam innerhalb von zwei Jahren das, wovon ich seit fast zwanzig Jahren geträumt hatte.

Ich hingegen bekam, bei immer seltener werdenden Anrufen, schillernde Geschichten von Jan, Keira, Norwegen und der Natur erzählt. Von eben der Natur, die ich schon immer mochte und sie nicht.

Darüber hinaus begann Ina in den letzten Telefonaten, Jan mit mir zu vergleichen. „Ihr seid euch so ähnlich, ihr beiden", hat sie gesagt. Und das in einem Ton, den andere normalerweise für neugeborene Welpen verwenden.

„Ihr seht euch ähnlich, ihr seid in eurem Wesen ähnlich und“, als sei das der Höhepunkt, „ihr angelt beide auch noch gerne.“

Kein guter Vergleich, sie sollte sich mal umschauen, wie die Typen an Angelseen links und rechts normalerweise aussehen.

Fröhlich und befreit schlug sie ernsthaft vor, dass ich sie doch besuchen solle. „Dann lernt ihr euch kennen, du siehst die Kleine mal, ihr könnt ein paar Tage angeln und du kannst dich erholen.“ Ich hatte ihr kurz vorher erzählt, dass es bei der Arbeit zurzeit sehr stressig war. In Wirklichkeit wollte ich nicht zugeben, dass im Gegensatz zu ihrem Leben in meinem nicht viel los war.

Ein paar Wochen später nahm ich mir vor, nach Norwegen zu fahren. Nicht, um mich zu erholen, sondern um Ina die Augen zu öffnen. Sie dachte tatsächlich, ich käme in die Tundra um Keira, Jan und seine Eltern kennenzulernen. Ich wiederum dachte, es wäre an der Zeit, dass die mich kennenlernen.

Deshalb saß ich in dem Flugzeug. Ich war gekommen, um mir Ina zurückzuholen. Und das, was mich dort unten erwartete, war kein Urlaub, sondern die alles entscheidende Schlacht.

Wir landeten und fuhren vom Rollfeld. Jan und Ina holten mich ab. Ich sah sie sofort, denn der Flughafen bestand nur aus einem kleinen Gebäude, dem Rollfeld und dem Parkplatz, vor dem die beiden standen. Wann ist eine Ortschaft eine Stadt, wann ist ein Rollfeld ein Flughafen und wann ist ein Freund ein Mann? Keiner, nicht nur ich, hätte je nachvollziehen können, weshalb Jan und ich uns ähnlich sein sollten. Er ist etwas kleiner als ich, aber wesentlich besser durchtrainiert. Er ist etwa einmeterachtzig groß, hat dunkelblondes, zotteliges Haar, breite Schultern, kräftige, warme Hände, graublaue Augen, ein eckiges Kinn und ein offenes Lachen. Das habe ich allerdings auch. Er trug Jeans, alte Turnschuhe und ein verwaschenes, blaues Sweatshirt, über dessen Farbe er womöglich noch nicht mal beim Kauf nachgedacht hatte. Nach den gedanklichen Turbulenzen während des Fluges war ich so aufgeregt, dass ich die herzliche Begrüßung von Jan gerne und aufrichtig annahm.

Dann kam Ina. Ich freute mich, sie endlich wieder zu umarmen. Sie trug einen Pullover, den ich nicht kannte, und einer Frisur, die ich unter anderen Umständen nicht kommentarlos gebilligt hätte. Aber sie war immer noch dieselbe. Die Haltung, der Geruch, die trockenen Hände, all das hatte sich nicht verändert. Nur ihr Ton, wie sie sprach und was sie sagte, war härter geworden. Am Telefon dachte ich immer, es läge nur an mir, doch jetzt sah ich, dass sie mit allem und jedem rigoroser umging. Allein der Umstand, dass sie die Sprache schon recht gut beherrschte, enttäuschte mich und machte mir klar, dass es nicht so leicht werden würde, wie ich es mir vorgestellt hatte.

Jan sprach zwar deutsch, weil seine Mutter Deutsche war, aber Ina wollte sich lieber auf Norwegisch unterhalten, weil sie die Sprache mochte und schnell lernen wollte. Außerdem sollte Keira zunächst Norwegisch und dann später Deutsch lernen.

Sie vergaßen relativ häufig, dass ich dabei war. Ansonsten sprach man aus Höflichkeit in meiner Gegenwart deutsch.

Wir stiegen in das einzige Auto, das noch auf dem Parkplatz stand. Ein weinroter Subaru, wie der von Urs im Tessin.

Die Fahrt von Alta nach Karasjok war schön, aber wenig abwechslungsreich. Eine Stunde Wald, eine Stunde Tundra und eine halbe Stunde unbefestigte Straße später hatten wir unser Ziel erreicht. Dafür erfuhr ich schon während der Autofahrt jede Menge über Land und Leute.

Wir hier in Nord-Norwegen. Wie war die Reise nach Nord-Norwegen? Die Eltern von Jan sind schon seit den Siebzigern in Nord-Norwegen. Gefällt dir die Landschaft in Nord-Norwegen?

Jan und Ina sagten niemals Norwegen, sondern immer Nord-Norwegen. Wenn man in Süd-Norwegen war, dann war man in Süd-Norwegen oder in Norwegen. In Nord-Norwegen hingegen war man aber nur in Nord-Norwegen. Das lag zum großen Teil an den Streitigkeiten um die Walfangrechte. Mit Oslo war das politische Zentrum im städtischen Süden des Landes. Dort hatte man beschlossen, sich an der Einschränkung der Walfangrechte zum Schutz der Tiere zu beteiligen. In Nord-Norwegen, wo ich mich befand, lebten die Menschen zum großen Teil vom Walfang. Jan erklärte mir, dass man den Fischern ihre Lebensgrundlage nähme, wenn man diese Gesetze verabschieden würde, und dass es mit der Walpopulation schon bergauf gehe. Ich hätte sagen können, dass es nur bergauf geht, weil sämtliche Länder, außer China und Nord-Norwegen, sich an die Bedingungen halten, aber das ließ ich bleiben, weil wir uns erst seit einer Viertelstunde kannten. Zu meinem Erstaunen verteidigte auch Ina die Schlachterei und meinte, ich solle unbedingt Walfleisch probieren und dass der Fang ganz schonend vor sich ginge. Es war dieselbe Ina, die noch vor ein paar Jahren körperlich litt, wenn Kernbrennstäbe ins Wendland transportiert wurden.

In Nord-Norwegen macht man sich nicht viel aus der Zeit. Man hat sie und nimmt sie sich. Das stellte ich zum ersten Mal bei dieser Autofahrt fest. Ich kann niemandem einen Vorwurf machen, weil keiner etwas in der Art zu mir gesagt hatte, aber ich ging davon aus, dass wir zehn Minuten oder maximal eine viertel Stunde zu unserem endgültigen Ziel unterwegs sein würden. Mit einer zweieinhalbstündigen Autofahrt auf der Rückbank eines Subarus hatte ich nicht gerechnet.

Wenn man in Deutschland jemanden abholt und dann zweieinhalb Stunden unterwegs ist, die zwei waren insgesamt fünf Stunden unterwegs, dann wäre das, zumindest mal ganz kurz, ein Thema. Vor dem Rückweg würde man fragen, ob der Sprit reicht, ob jemand Hunger habe oder ob noch mal jemand zur Toilette müsse. Es gäbe auf jeden Fall Hinweise. Man würde vielleicht todlangweilige Streckenabschnitte zitieren, wie zum Beispiel die Stunde auf der Autobahn in den Kassler Bergen, die sich zieht, weil man keinen vernünftigen Radioempfang hat. Oder auf Nord-Norwegen bezogen, das Stück zwischen Büschen und Sträuchern in der Tundra, weil es über eine Stunde geradeaus geht, ohne Berge, ohne Kurven und ohne Radioempfang.

Als wir endlich ankamen, hatte ich Hunger und musste auf die Toilette.

„So, da wären wir", sagte Jan, lachte mich an und ich lachte ihn an. Er lenkte den Subaru durch eine Schranke auf ein wildes Areal mit ganz unterschiedlichen Häusern. Alle hatten jedoch eines gemeinsam: Ich hätte keines davon dort erwartet. Er parkte in einer dunklen Ecke, unter Bäumen und neben dem größten, absurdesten der Häuser. Es hatte ein langes, geschwungenes Dach, das an der Seite, auf der wir geparkt hatten, fast bis zum Boden reichte und sich von dort aus wellenförmig wie eine Schneewehe nach oben schob. Auf der Rückseite war es dicht eingewachsen und vorne gab es mehrere große Glasfronten mit Fenstern vom Boden bis zum Dach. Die Teile dazwischen waren bunt bemalt. Von der Seite, auf der wir geparkt hatten, wirkte es klein und unscheinbar, aber wenn man nur zwei Schritte nach vorn ging, sah man das komplette, seltsam beeindruckende Gebäude. Es wirkte, als hätte ein Star-Architekt als Test ein kleines Museum für Moderne Kunst am Ende der Welt aufgebaut, nur um zu sehen, wie es aussieht, bevor er es zwanzig Mal größer in New York bauen ließe.

Um das große Haupthaus scharten sich viele kleine, bunte Holzhäuser, von denen keines dem anderen glich. Das eine war blau, das andere rot oder grün. Hier hatte eins eine Terrasse, das andere eine große Fensterfront. „Eirik, der Vater von Jan, sammelt alte Scheunen und Heuhäuser und baut sie zu Wohnhäusern für die Auszubildenden und Angestellten um“, erklärte mir Ina, während sie mir meine Sachen aus dem Kofferraum anreichte. „Immer, wenn eine Maschinengarage oder ein Heuschober abgerissen werden soll, fährt Eirik hin, baut sie dort ab und hier auf dem Gelände wieder auf. Jan hilft ihm oft dabei“, fügte sie hinzu und streichelte stolz seine Schulter.

Eine ältere Dame und ein noch älterer Herr kamen gemütlich auf uns zu. Die Frau hatte klatschnasse Haare, entschuldigte sich dafür, dass sie gerade aus der Dusche gekommen sei, stellte sich als die Mutter von Jan vor, forderte mich auf, sie Tuva zu nennen und fragte, ob man so eine Reisetasche, wie ich sie dabei hatte, im Internet bestellen könne. Eirik, ihr Mann, war viel ruhiger, nahezu sprachlos. Wenn man mal jemandem begegnet, der nur spricht, wenn es nötig ist, dann merkt man, wie unwichtig Sprache sein kann. Wir standen gemütlich neben dem Auto. Ich mit meinem Gepäck und die anderen mit einem freundlichen Gesicht. Tuva fragte Jan, wie denn die Fahrt gewesen sei, ob er auf dem Hinweg noch nach dem Treibholz geschaut habe und ob das mit den neuen Farben für das Boot klar gegangen sei. Ich wusste nicht, wovon sie redete, und es interessierte mich auch nicht, weil sich mittlerweile Hunderte von Mücken auf meinen Pullover, auf mein Gesicht und auf meine Haare gesetzt hatten. Es surrte, zischte und summte. Wir standen direkt neben einem matschigen Wasserloch und es lag noch mal fast genauso viel Feuchtigkeit in der Luft. Tuva hatte sogar nasse Haare. In anderen Ländern würde man das als Foltermethode verwenden. Ich war allerdings der Einzige, der um sich schlug, und hatte deshalb das Gefühl, unter Halluzinationen zu leiden. Bis Ina mich endlich mit den Worten: „Ganz schön viele Mücken hier, wollen wir nicht rein gehen“, erlöste. Ganz langsam gingen wir auf das Haupthaus zu, nur ich ging, trotz des Gepäcks, etwas schneller.

„Wenn du die Natur akzeptierst, dann wird sie dich auch akzeptieren“, rief Eirik mir hinterher, ich hörte die anderen lachen.

So hatte ich im August, wenn in Nord-Norwegen die Sonne niemals ganz untergeht, Johaug's Gullsmed kennengelernt. Die bekannteste Goldschmiede von Nord-Norwegen.

Ich wurde mit meinem Gepäck in einem seltsamen Ausstellungsraum des Haupthauses abgestellt, bekam erst einen Kaffee und dann, nacheinander, zwei Colas von einem kleinen dicken Jungen serviert. Ich saß alleine an einem Tisch neben zwei Busfahrern, weil direkt nach meiner Ankunft abends um halb neun ganz plötzlich jeder noch kurz etwas zu erledigen hatte.

Zunächst wollte ich mir den ganzen Ramsch hier nicht anschauen, aber als nach einer dreiviertel Stunde sogar die Busfahrer weg waren, schlenderte ich erst von Auslage zu Auslage und schließlich von Raum zu Raum.

„Ist schon beeindruckend, was?“

Der dicke Junge stand neben mir und strahlte mich an.

„Ja“, antwortete ich verhalten, weil ich es zwar beeindruckend, aber vor allem seltsam und unwirklich fand.

„Viele Touristen, meistens ältere Leute, nehmen für diese Sehenswürdigkeit zweihundert Kilometer Fahrt in Kauf. Mit Bussen kommen sie sogar aus Finnland über die Grenze, um sich das Gebäude anzuschauen oder um Schmuck zu kaufen“, sagte er stolz.

Die Räume waren groß und hoch, die Inneneinrichtung wirkte indisch und zwischen dem Schmuck wiesen auch immer wieder Tücher und Holzelefanten auf die regelmäßigen Besuche der Familie in Indien hin. Die Holzvertäfelung in den Räumen war, wie die Außenhülle und die herumstehenden Hütten, in unterschiedlichen, klaren Farben bemalt. Und überall diese eigenartigen Schmuckstücke, die man kaum voneinander unterscheiden konnte, weil sie alle aussahen, wie das Ergebnis eines großen Bleigießens an Silvester. Wir gingen an einem Raum vorbei, der aussah wie eine Glasschleuse. Der Boden bestand aus normalem Gras.

„Im Winter sind die Tiere hier drin. Ich heiße übrigens Karl.“

„Frank. Welche Tiere?“

„Ziegen und Schafe. Eirik und Tuva wollen immer in Einheit mit der Natur leben. Deshalb haben sie auch dem Haupthaus die Form einer Schneewehe gegeben. Und immer wenn sie wieder Geld, Holz oder eine neue Vision haben, bauen sie eine weitere Verwehung dran.“

„Aha.“

„Warst du schon im indischen Zimmer?“

„Nein.“

Er führte mich in das rote Zimmer, in dem ich doch schon gewesen war, und begann, mir die Gegenstände einzeln zu erklären, vor denen ich gerade noch geflohen war.

„Ich bin der erste Auszubildende, der übernommen wurde“, erzählte er stolz. „Alle anderen“, betonte er, „sind nur Auszubildende und werden dann wieder nach Hause geschickt.“ Insgesamt waren sie immer zwischen fünfzehn und zwanzig Leute. Sie waren alle jung und kamen aus norwegischen Großstädten oder aus Deutschland, so wie er. Karl kam aus Gießen. Weil er so infantil wirkte, hätte ich ihn wesentlich jünger geschätzt. Aber er war bereits sechsundzwanzig und arbeitete schon fast drei Jahre für die Familie. Wahrscheinlich weil ich geistesabwesend und müde wirkte, sagte er plötzlich: „Du liebst sie noch, oder?“

„Was, wen?“

„Ina. Du bist doch ihr Ex-Freund.“

„Ja, aber ist das nicht etwas indiskret dafür, dass wir uns erst seit zehn Minuten kennen.“

„Ich hab dir vor einer Stunde Kaffee gebracht, also kennen wir uns schon länger. Du ziehst übrigens auch zu mir in die Hütte. Ich finde, man sieht es dir an.“

Für einen kleinen Dicken war er ziemlich wendig im Gespräch.

„Ich bin zum Angeln hier und um Keira mal zu sehen."

„Ja, ja. Ich glaube, das denkt Ina auch", sagte er schmunzelnd und nahm einen Teil meines Gepäcks, bei dem wir inzwischen wieder gelandet waren. Zumindest wusste ich jetzt, wohin ich gehörte. Und ich war irgendwie auch dankbar, dass mich endlich mal jemand persönlich wahrgenommen hatte. Ich wurde zu meiner Hütte gebracht. Das Erste auf dieser Reise, was nur für mich getan wurde.

Dafür, dass ich ursprünglich vorbeigekommen war, um einiges zwischen Ina und mir zu klären, fühlte ich mich noch schwer in der Defensive. Am ersten Abend traf ich sie nicht mehr. Ich musste etwas unternehmen, aber ich wusste nicht was. Ich tat es als normale Anlaufschwierigkeit ab.

Am nächsten Morgen wartete Karl am gedeckten Tisch auf mich. Er hatte Frühstück gemacht, goss mir den vorbereiteten Kaffee ein und fragte, ob ich gut geschlafen hätte.

„Jaja", antwortete ich pampig. Ich hatte schlecht geschlafen, wirr geträumt, zweimal Mücken gejagt und rund zehn Stiche abbekommen.

Karl schaute mich fragend an und legte den Kopf schräg wie ein Wellensittich.

„Was soll das. Ich bin noch müde. Bist du mein Analytiker?"

„Wir hier in Nord-Norwegen reden nicht viel, aber das, was wir sagen, meinen wir ernst", klärte er mich freundlich auf.

Ich erinnerte ihn daran, dass er aus Gießen kam, und ging erst mal duschen.

Danach frühstückten wir doch noch zusammen, weil er einfach weiterhin auf mich gewartet hatte. Er gehörte zu den Menschen, die man zwischendurch einfach nicht beachtet, um ihnen zu zeigen, dass sie einem auf den Wecker gehen. Und wie nahezu alle Menschen dieser Sorte bemerkte er es nicht oder ging einfach darüber hinweg. Schließlich brachte er mich zu Jan in die Werkstatt, weil man ihn am Abend zuvor damit beauftragt hatte.

Jan begrüßte mich herzlich und ich ihn auch. Wenn alles gut lief, sollte Ina am Ende der vierzehn Tage mit mir kommen. Kein Grund für mich, unhöflich zu sein. Als er fragte, ob er mir die Schmiede zeigen solle, sagte ich, dass Karl das gestern bereits getan habe.

„Wart ihr auch hier in der Werkstatt?"

„Nein." Mir fiel auf die Schnelle keine Ausrede ein, die diese nächste Führung hätte verhindern können. Im Gegensatz zu gestern bekam ich jedoch alles so erklärt, dass ich mich nicht langweilte. Er zeigte mir die Werkstatt mit den elf Arbeitsplätzen. Zwischendurch bekam ich immer mal wieder etwas in die Hand gedrückt. Mal ein Messer, mal eine sehr feine Feile, eine kleine Kurbel für einen winzigen Schraubstock oder ein Stück Silberblech, aus dem Ringe gebogen wurden. Ich durfte mal einen von den kleinen Bunsenbrennern benutzen, bei denen das Besondere war, dass man durch das vorsichtige Blasen in einen kleinen Schlauch die Intensität der Flamme bestimmte. Mir gefiel daran, dass alles urwüchsig und unverstellt vonstattenging.

Jeder Arbeitstisch hatte Einschnitte in Halbkreisform. Und darin hingen aus echtem Leder die sogenannten Felle. Das war nichts anderes als ein Auffangsack, in dem sich die kostbaren Schmiedereste sammelten. Wäre es nicht der altertümliche Beruf des Schmieds, hätte man das System sicherlich schon gegen ein anderes, effektiveres ersetzt. Plastikschubladen oder Sauggitter mit Filteranlagen. Aber es sah nicht so aus, als würde es hier in den nächsten zwanzig Jahren ein Update von 3.0 auf 3.1 geben, und das hatte etwas ungemein Beruhigendes. Ich freute mich, als Jan mir das Fell zeigte, das er schon seit seiner Ausbildung besaß.

Danach gingen wir leider doch noch mal durch die Schmuckausstellung. Sie war fest in Tuvas Hand. Ich bekam wieder den indischen Raum gezeigt, auf den man offensichtlich besonders stolz war. Der Kram, der dort rumlag, sah so hässlich aus, dass mir die Angestellten, die ihn Tag für Tag in dieser Einöde herstellen mussten, leidtaten. Das, was für mich so aussah, als hätten Kinder mit Wachs gespielt, musste aufwendig gebogen, geschmiedet und immer weiter bearbeitet werden, bis es ganz glatt war und man keine Schweißnähte mehr sah. Ich fragte Jan nach der Bedeutung der einzelnen Formen, in der Hoffnung, dass es eine gab. Dann hätte die Plackerei wenigstens einen Sinn gehabt. Wenn das, was ich gerade in der Hand hielt, zum Beispiel der samische Gott der Fruchtbarkeit oder der Familie gewesen wäre. Es sah aus wie der Totenkopf einer Kuh, auf den man ein paarmal mit dem Hammer eingehauen hatte. Aber Jan nahm es mir aus der Hand, legte es vorsichtig zurück und sagte, dass es keine bestimmte Bedeutung habe. Tuva sei die Idee dafür bei einem Spaziergang in der Abenddämmerung gekommen.

Nach der knapp dreistündigen Führung brachte er mich zu der Hütte, in der er mit Ina wohnte. Davor verabschiedete er sich, weil er noch ein Messer fertigmachen wollte, und verschwand. Ihre Hütte war die kleinste auf dem Areal. Jan hatte mir erzählt, dass sie sich dafür entschieden hatten, weil man von der rückseitigen Terrasse aus über ein paar Stufen direkt zum See runtergehen kann. Von der Hütte aus sah man allerdings den See nicht, weil er so weit unten lag und alles so stark eingewachsen war, dass man kaum nach draußen schauen konnte. Drinnen war es nicht geräumiger als in einem komfortablen Campingwagen. An der Wand hingen Messer von Jan.

Es war meine erste Gelegenheit, mit Ina unter vier Augen zu sprechen. Keira hatte ich noch nicht gesehen, sie war bei Tuva und Eirik. Ina kam gerade vom Einkaufen und verstaute die Lebensmittel.

„Na, und wie war es? Hat Jan dir sein Boot gezeigt?", fragte sie mich.

„Nein", log ich, denn ich war gerade mit ihm daran vorbeigelaufen. Es war ein sehr flaches, breites Paddelboot für vier Mann, mit dem man beim Angeln besonders gut Stellen mit niedrigem Wasserspiegel erreichen konnte. Er hatte es aus hellem Holz selbst gebaut.

„Du musst es dir unbedingt anschauen, es sieht fantastisch aus."

‚Fantastisch' hatte ich noch nie aus Inas Mund gehört, es klang aufgesetzt.

Wieso mögen Frauen Männer, die handwerklich begabt sind, und warum bin ich es nicht? Jan hatte den Estrich in der Werkstatt verlegt. Während er mir das bei seiner Führung erzählte, erfuhr ich überhaupt erst, was ein Estrich ist und wozu man ihn braucht.

„Ja, er scheint so einiges zu wissen", sagte ich.

Sie konnte nicht zwischen den Zeilen lesen.

„Stimmt, und er strahlt die Ruhe aus, die mir gut tut."

„Und er sieht gut aus."

Sie kicherte und drehte sich zu mir um: „Findest du?"

„Ja, das ist ganz offensichtlich."

„Ich glaube, du hast Recht."

Ich fragte sie, ob ich etwas zu essen bekommen könne, denn ich hatte bei dem Frühstück mit Karl keinen Bissen heruntergebracht und es war halb vier. Ich hatte bisher weder etwas angeboten bekommen, noch war mir während der Lobreden auf Nord-Norwegen etwas über den Weg gelaufen, das ich hätte einfach erschlagen dürfen.

„Oh, natürlich, das hatte ich ganz vergessen. Du hast bestimmt schon Hunger. Ich hab mit Jan und Keira heute Morgen ausgiebig gefrühstückt. Möchtest du gepökeltes Rentierherz?"

„Gepökeltes Rentierherz?"

„Ja, das ist eine Spezialität hier, die Touristen kaufen es immer. Du solltest auf jeden Fall deinen Eltern auch was davon mitbringen."

„Ich glaube nicht, dass ihnen gepökelte Rentierherzen schmecken."

„Doch, die sind lecker. Die Samen nehmen sie auf ihren langen Reisen zur Küste im Winter mit, weil sie sich gut halten und viel Energie geben. Jan macht sie selbst."

„Das dachte ich mir. Schneidet er sie auch raus?"

Sie lachte: „Nein, er bekommt sie von ein paar Samen, mit denen wir ab und zu Tauschgeschäfte machen. Er räuchert und pökelt sie nur selbst."

Brot bekam ich keins. Dafür drückte sie mir einen faustgroßen, schrumpeligen Klumpen, der nach Hirsch, Lamm und Salzwasser roch, in die Hand. Sie zeigte mir, wie man kleine Schnipsel davon abschält.

Das alles war Wahnsinn. Ina nahm mich überhaupt nicht wahr, die Eltern von Jan, verklärte Aussteiger, die schräge Goldschmiede in der Einsamkeit, die fünfzehn

Auszubildenden, der dicke Karl, Stechmücken, kein Essen – und ich hockte in Ecken herum und wartete auf Jan, der alles konnte. Angeln, schmieden, Kinder zeugen, Boote bauen und Herzen pökeln.

In den ersten beiden Tagen begann Ina, einen guten Freund in mir zu sehen. Das lag zwar ganz und gar nicht in meinem Interesse, aber ich sah auch keine Chance, es kurzfristig zu ändern. Als Karl mich fragte, ob wir wandern gehen wollen, stimmte ich zu, weil man sich in einer ungewohnten Umgebung immer dem ersten Idioten anschließt, der zufällig neben einem steht. An diesem Morgen war das Karl. Er schlug vor, Beeren zu sammeln, und ich hatte bis zum Abend keine Pläne, weil alle anderen arbeiten mussten. Für den Tag hatten sich drei Busse mit Touristen angekündigt. Ich hielt es für eine gute Idee, Karl ein wenig über die Familienverhältnisse auszuhorchen, um Dinge zu erfahren, die ich anschließend gegen eine bestimmte Person oder für mich und meine Zwecke verwenden könnte. Es kann allerdings auch gut sein, dass ich lediglich alles über Inas Lebensumstände wissen wollte, so wie man immer alles über denjenigen wissen will, den man liebt.

Zu der Jahreszeit, als ich in Nord-Norwegen war, trug man bei längeren Spaziergängen oder Wanderungen Imker-Hüte gegen die Stechmücken. Am Anfang kommt man sich lächerlich damit vor, aber wenn nach einer Weile Hunderte von Mücken darauf herumkrabbeln, denkt man nicht mehr darüber nach, wie man damit aussieht. Karl hatte das Netz seines Imker-Hutes nach oben gerollt, damit er besser Luft bekam. Offensichtlich lebte auch er in Einheit mit der Natur und den Mücken. Mit der Zeit stellte ich fest, dass seine debile Freundlichkeit lediglich ein Mangel an möglichen Mienen und Gesten war. Das stellte sich heraus, als er wütend wurde, weil ich versucht hatte, Tuva und Eirik Johaug so hinzustellen, als würden sie die Auszubildenden ausnutzen. Irgendwo musste ich schließlich anfangen.

„Wenn ich so was höre, dann werde ich stocksauer“, sagte Karl monoton und lächelte dabei freundlich.

„Ich meine ja nur. Hier am Ende der Welt zu hocken, ohne Diskothek, ohne vernünftige Einkaufsmöglichkeiten oder eine soziale Infrastruktur, wie Kinos, Kneipen und so weiter, das ist für junge Leute bestimmt kein Spaß. Und dann ist es auch seltsam, dass man hier nur billige Auszubildende hat. Die verdienen doch hier alle nix, ich meine kaum etwas“, versuchte ich meinen Standpunkt zu erläutern.

„Dafür lernen sie viel, sehen etwas, das sonst keiner sieht, und sie müssen nicht in irgendeiner Fußgängerzone in Deutschland Eheringe verkaufen oder bei der Inventur von langweiligen, großen Juwelierketten helfen.“

Man merkte, dass wir über sein Leben sprachen und nicht über meins. Offensichtlich hatte er sich schon intensiver damit auseinandergesetzt als ich.

„Die Johaugs sind tolle Leute“, fuhr er fort, „sie sind herzlich und fair und haben eine Vision. Sie teilen. Den Platz hier hat mir Tuva anvertraut. Und Beerenplätze erzählt man nicht jedem“, sagte er stolz.

Wir standen im reinsten Mückennest, aber es gab überall gelbe Beeren. Für das Verhältnis von Karl zur Familie Johaug gibt es in Filmen und Romanen ausreichend Beispiele. Es sind die versoffenen Hilfssheriffs, die ihren Boss anhimmeln, die leitenden Hausdamen, die alles für ihren Schlossherren aufs Spiel setzen würden, die treuen Knappen, die Ihren Ritter in jeder

Spelunke verteidigen. Er hörte überhaupt nicht mehr auf, von der Familie zu schwärmen. Jeder wurde einzeln gelobt, keiner durfte zu kurz kommen. Ich sammelte währenddessen mürrisch Beeren und schlug immer wieder die Mücken von meinem Hut, um sicher zu sein, dass keine durch die Maschen geschlüpft war.

Abends war ich bei Jan und Ina zum Essen eingeladen. Jan war nicht da, weil er noch was zu tun hatte, wie Ina sagte. Ich nahm an, er baute hinterm Haus einen Rennschlitten oder ein Kolosseum. Mir sollte es recht sein, wenn ich dafür einen Abend mit Ina alleine verbringen konnte.

Endlich bekam ich Keira gezeigt. Sie hatte einen kleinen Kopf, kleine Hände und kurze Arme. Der Oberkörper kam mir im Verhältnis ziemlich lang vor. Aber davon verstehe man nichts, wie Norbert sagt, solange man nicht selbst Vater geworden sei.

Während Ina Keira wickelte, erzählte sie mir etwas über die Messer von Jan, weil sie gemerkt hatte, dass ich sie nebenbei immer wieder anstarrte. Sie waren wunderschön, ähnelten sich jedoch in der Grundform und unterschieden sich hauptsächlich in der Größe und den Materialien, aus denen die Griffe hergestellt wurden. Einige davon waren aus Holz, Leder und manche sogar durchgehend aus Metall. Sie sahen aus wie Wurfmesser, aber man könne sie nicht werfen, sagte Ina, weil es samische Jagdmesser seien. Die Samen, so nennen sich die Bewohner in diesem Teil der Tundra, sind ein Nomadenvolk, das mittlerweile zum Teil sesshaft geworden sei, erklärte sie mir. Aber das wusste ich schon von Karl, Jan und Tuva. Allerdings sah Ina am besten dabei aus. Mit funkelnden Augen erzählte sie mir von dem Leben in der Tundra und von den unvorstellbar kalten Wintern, in denen ihre Hütte zum Teil komplett unter dem Schnee läge.

Sie trug enge Jeans, ein T-Shirt mit einem Aufdruck, den ich nicht entziffern konnte, und ihre Haare standen hier und da mal ab, als wäre sie gerade aufgestanden. Ihre Haut war zwar so hell und blass wie immer, aber ihre Wangen waren roter als früher. Ob sie immer noch so riecht wie damals, dachte ich, wenn man ganz nah an ihr dran ist, wenn man mit den Fingern über die drei Mückenstiche fährt, den einen auf der Stirn, die beiden links am Hals, direkt nebeneinander? Ob ihr Gesicht immer noch so verklärt anders aussieht, wenn man ganz nah beieinander liegt, sodass sich die Nasenspitzen fast berühren? Ina spürte, dass ich nicht mehr über die Messer nachdachte.

„Ach, du hast bestimmt schon Hunger. Entschuldige. Und ich langweile dich mit den ganzen Norwegen-Geschichten. Ich weiß doch, dass dich fremde Länder gar nicht interessieren." Sie schubste mich nur leicht, aber es verletzte mich. Wenigstens hatte sie zum ersten Mal, seit ich angekommen war, das ‚Nord' vor dem ‚Norwegen' vergessen.

„Ich wusste nicht, dass du dich für das Leben am Polarkreis interessierst", gab ich zurück und entdeckte noch einen vierten Mückenstich an ihrem Ohr.

„Du wusstest noch nie, was mich interessiert. Deshalb sind wir schließlich auch nicht mehr zusammen."

„Wir sind nicht mehr zusammen, weil du Jan kennengelernt hast."

„Ich glaube, es ist besser, wenn wir jetzt rübergehen."

So aufgeräumt hatte ich Ina noch nie erlebt.

Ich dachte, Ina meinte mit ‚rübergehen' die Küche oder den Esstisch. In Wirklichkeit meinte sie die himmelblaue

Hütte, die am dichtesten beim Haupthaus stand. Wir waren leider zum Abendessen bei Tuva und Eirik eingeladen.

Auch hier tauchte Jan nicht auf. Dafür hingen überall in der Wohnung seine und Tuvas Bilder. Man konnte sie kaum voneinander unterscheiden, obwohl Jan seine während der Pubertät gemalt hatte.

Langsam begriff ich, weshalb ich hier nicht Fuß fassen konnte. Die Wohnungen waren Hütten. Es gab keine Briefkästen und keine Mülltonnen. Die Eltern von Jan waren nicht wie Inas oder meine Eltern. Die Menschen um mich herum waren anders, die Landschaft, das Essen, alles war anders, sogar die Sonne ging nicht wie gewohnt unter. Wie sollte ich es hier schaffen, mich auf Ina einzulassen.

Dazu kam, dass ich anfing, mich wohlzufühlen. So seltsam alles war, was ich zu sehen und zu hören bekam, so sehr war ich am Ende davon fasziniert. Diese Menschen hatten den Mut, ein anderes Leben zu führen. Es ist nicht schwer, einen normalen Job zu finden, sich in der Gesellschaft unauffällig zu bewegen und die Tage vernünftig rumzubringen. Es ist aber schwer, ein Leben zu finden, das man selbst täglich für lebenswert hält. Das hatten Tuva und Eirik geschafft. Und Jan und Ina würden ihnen folgen. Sie lachten viel und tranken kaum Alkohol, weil er zu teuer und zu selten war. Mir fiel auf, dass sie sich hin und wieder unter den Socken oder an den Oberarmen kratzten, weil sie trotz ihrer Verschmelzung mit der Natur nicht von den Mücken verschont wurden. Über den ganzen Abend hinweg hatten wir uns eine Flasche Weißwein geteilt, Tuva und Ina waren redselig. Eirik und ich schwiegen, wenn auch aus unterschiedlichen Gründen. Er aus Zustimmung und ich aus Unwissenheit. Zu den meisten Themen des Abends hatte ich nichts beizutragen. Ich wusste weder etwas über Motorschlitten noch über Schneehühner oder die Hochzeitsrituale der Samen. Beiläufig erfuhr ich, dass Jan und Ina bisher nur nicht geheiratet hatten, weil sie ansonsten das ganze Dorf hätten einladen müssen.

„Wie viele Einwohner hat Karasjok?“, fragte ich, um mich mit Fakten abzulenken.

„Dreitausend“, antwortete Eirik. Aber erst, nachdem klar war, dass Tuva und Ina es nicht sagen würden, weil sie es nicht wussten.

„Und die müsstet ihr alle einladen?“, fragte ich scheinheilig.

„Ja. Wir würden heiraten, dann alleine eine Nacht auf einem Berg unserer Wahl verbringen und am nächsten Tag würde man mit dem ganzen Dorf feiern. Drei Tage lang.“

„Das ist ja unbezahlbar. Heiratet denn hier überhaupt jemand? Das kann sich doch keiner leisten.“

„Wir würden den beiden natürlich unter die Arme greifen. Aber unser Jan will das nicht“, sagte Tuva und nickte Ina zu.

„Berge gibt es hier nicht. Ich hab auf jeden Fall noch keinen gesehen“, fiel mir dazu noch ein. Tuva korrigierte mich, es gab einen Berg, einen einzigen weit und breit. Einer würde genügen.

Es gab hier so viel Gutes, dass ich das grundsätzliche Bedürfnis bekam, Böses zu säen. In mir entstand eine Art Zwang, so wie Punk entstehen musste, weil es vorher überall nur glatt gebügelte Popper gab. Doch alles, was ich dem Abend noch entgegensetzen konnte, war zu sagen, dass mir der Rentierbraten überhaupt nicht geschmeckt hatte. Immerhin fühlte ich mich dabei abgrundtief schmutzig, denn ich hatte gelogen.

Nachts träumte ich, dass Jan, Karl, Tuva, Inas Eltern und Marco, der Exfreund von Ina, Busfahrer wären. Ich stieg von Bus zu Bus um und kam nie bei Ina an. Alle lachten freundlich, obwohl ich in jedem Bus randalierte.

In den nächsten vier Tagen konnte ich an meiner Situation nichts ändern. Ina himmelte abwechselnd Keira und Jan an. Ich wurde mit Essensresten gefüttert, bis ich mit dem plappernden Karl zum einzigen Supermarkt in Karasjok gefahren bin, um meine Überlebenschancen zu erhöhen.

Jan ging zwischendurch mit mir angeln. Er war ein begnadeter Angler, der im Gegensatz zu mir natürlich das Fliegenfischen beherrschte. Wir trafen uns fast täglich um fünf Uhr morgens, die einzigen Termine, zu denen er absolut pünktlich erschien. Dann fuhren wir mit seinem Boot den Fluss hinunter, bis wir zu einer riesigen, flachen Stelle kamen, die so breit war, dass sie wie ein See aussah, der im Morgennebel vor uns lag. Ich war froh, dass Jan dabei war. Er ist jemand, den man gerne bei solch einem Erlebnis dabeihat. Ich mochte ihn.

Es gibt Wirtschafts- und Kriegsregeln, die besagen, dass man jemanden zu seinem Freund machen sollte, wenn man ihn nicht besiegen kann oder man solle seine Taktik ändern. So raffiniert war ich damals nicht. Ich mochte solche Strategien nie. Die Dinger sind meistens in Englisch und funktionieren meiner Ansicht nach nicht. ‚If you can't overspend them, oversmart them.'

Oder die Win-Win-Situation, schlimmer Mist. Damit ist nicht etwa gemeint, dass man ein Geschäft abschließt und jede Partei am Ende des Tages etwas davon hat. Der eine ‚Win'. Und der andere auch ‚Win'. Nein, es ist nicht wie bei Symbiosen in der Natur, wo sich bestimmte Tiere mit anderen Tieren oder Pflanzen zusammentun und gegenseitig voneinander profitieren. Der Experte meint mit einer Win-Win-Situation Verlust auf keiner Ebene, ganz gleich, was mit der anderen, gegnerischen Seite passiert. Für jemanden, der klar denken kann, ist wohl ziemlich offensichtlich, dass das Leben so nicht funktioniert. Ich finde das Wort Gegner schon falsch. Er heißt Jan oder Michael oder Stefan, oder sonst wie. Es sind die anderen Jungs, die genauso ihr Glück probieren wie ich. Und da gibt es keine Kriegsregeln oder Strategien, so sehr man sich auch manchmal danach sehnt.

Es tat gut, neben Jan im Boot zu sitzen, und ich glaube, er mochte mich auch. Ich spürte, dass er tatsächlich, wie Ina es bei unseren Telefonaten prophezeit hatte, oft das Gleiche empfand wie ich, nur dass er aus diesem Grund sein Leben hier lebte.

Ich platschte meinen Schwimmer ins Wasser, er platzierte mit langen, leichten Schwüngen seine Fliege regelmäßig und lautlos vor den Schilfstreifen. Einmal wollte er, dass ich es auch versuche, aber ich sagte ihm, dass ich erst damit anfangen wolle, wenn ich sechzig bin, damit ich mich im Alter noch auf etwas freuen könne. Er nickte freundlich und warf wieder perfekt aus.

Es gibt einen alten Clark-Gable-Film, in dem er einen heruntergekommenen Reporter spielt, der sich in eine hübsche Gelehrte verliebt hat. Sie ist mit einem Professor verlobt, der alles kann, ganz gleich, was Clark Gable auch anstellt und provoziert, der Professor gewinnt immer.

Ich mag den Film, denn Clark Gable bekommt am Ende trotzdem die Frau.

Am Vormittag des vierten Tages stellte sich heraus, dass ich meine Chance bekommen würde. Jan musste in der Gegend von Alta eine Zentrifuge zur Reparatur bringen. Weil sie schon am Tag darauf fertig sein würde, wollte er eine Nacht dortbleiben. Als ich mich schon darüber freute, dass er für eine Weile weg wäre, sollte es noch besser kommen.

Tuva schlug vor, sich um Keira zu kümmern, damit ich mit Ina fahren könne, um eine Nacht in dem Ferienhaus am Polarmeer mit ihr zu verbringen. Jan würde uns in Alta absetzen. Dort könnten wir frischen Dorsch fangen und ich würde erleben, wie wunderbar Nord-Norwegen ohne Mücken sein könne, sagte sie. Außerdem könnten wir dort mal nach dem Rechten schauen. Ich muss schon ganz schön harmlos gewirkt haben, sonst hätte sie so etwas bestimmt nicht vorgeschlagen. Jan freute sich, dass er die lange Fahrt nicht alleine machen musste. Ein teurer Preis, dachte ich. Eine Nacht zu zweit in einer Hütte am Nordmeer, das könnte meine einzige Chance sein.

Am Nachmittag saß ich bestimmt zwei Stunden neben dem Pick-up und ließ mich zerstechen. Dann tauchte endlich Jan auf. Er fragte mich, was ich hier mache. Ich sagte ihm, dass ich mein Zeug gepackt habe, und fragte ihn, wann es losgehen solle. Er entschuldigte sich, sein Termin hatte sich verschoben und wir würden erst am nächsten Morgen fahren. In Nord-Norwegen wurde nicht viel gesprochen, aber viel gewartet.

Um Punkt zehn in der Frühe saß ich wie ausgemacht wieder auf meinem Platz neben dem Wagen. Ich hatte mir eine blaue Kappe von Karl genommen, die im Esszimmer herumlag. Um Erlaubnis fragen konnte ich nicht, weil ich ihn seit gestern Morgen nicht mehr gesehen hatte. Mit der Kappe sah ich genauso lächerlich aus wie mit dem Imker-Hut, aber wie gesagt, das war egal. Hinter meinen Ohren und an den Schläfen lösten sich bereits Hautplacken, weil ich mich Tag und Nacht mit Mückencreme einrieb. Ich hatte das schärfste Zeug gekauft, das ich bekommen konnte. Die Mistviecher waren so aggressiv, dass ich an jeder Stelle, an der ich nicht dick genug eingepackt oder eingeschmiert war, zerstochen wurde. Ich hatte eine dicke Lippe, weil ich am Tag zuvor draußen aus einer Wasserflasche getrunken hatte. An zwei kreisrunden Stellen war die Mückencreme weg und ein paar Minuten später wurde ich zeitgleich in die Ober- und Unterlippe gestochen.

Neben den gewöhnlichen Stechmücken gab es Knots, das waren kleine Biester, die nur halb so groß wie eine Eintagsfliege waren. Genaugenommen stachen sie nicht, sondern sie bissen winzige Stücke Fleisch aus der Haut. Das hinterließ nur einen kleinen, roten Punkt mit Blut, der aber tagelang höllisch juckte. Eigentlich kann man gegen Knots nichts machen. An allen Hütten waren Knot-Netze an den Fenstern, außer bei Jan und Ina und Tuva und Eirik. Die Maschen dieser Netze waren so eng, dass Knots nicht durchkamen – Sauerstoff allerdings auch nicht. Es gab Räucherspiralen, die man abends anzünden musste und die dann langsam verglommen. Danach musste man kurz durchlüften, denn sonst hätte man in beißendem Gestank schlafen müssen. Die Frischluftzufuhr durch die Knot-Netze reichte nicht aus. Man bekam trockenen Husten, wenn man versuchte, ohne Lüften auszukommen. Ich hatte es mehrmals probiert.

Als es endlich losging, war es bereits halb zwölf. Jan setzte uns nach der zweieinhalbstündigen Autofahrt, auf die ich innerlich vorbereitet war, am Hafen von Alta ab. Ich hatte aber nicht damit gerechnet, dass ich mit Ina und einem alten Norweger über eine Stunde in der Hafenverwaltungshütte Kaffee trinken würde. Sie unterhielten sich auf Norwegisch. Ich fand keine Beachtung, weder bei der Begrüßung noch beim Nachschenken des Kaffees. Lediglich als wir sein kleines, muffiges Büro verließen und ich ihm die Tür aufhielt, schüttelte er den Kopf und sah mich an, wie jemanden, der vergessen hatte, seine Hosen anzuziehen. Draußen auf dem windigen Steg zeigte er uns den Liegeplatz eines Bootes, gab Ina einen Schlüssel, schüttelte herzlich ihre Hand und ging. Auf der Treppe seiner Hütte angelangt, blieb er stehen, drehte sich um und winkte ihr noch mal zu.

„Fahren wir etwa mit dem Boot?", fragte ich.

„Klar, was hast du denn gedacht, wie wir hinkommen?"

„Na mit dem Auto, wie sonst. Ich dachte ein Ferienhaus am Polarmeer sei ein Ferienhaus am Polarmeer und nicht ein Ferienhaus auf einer Insel im Polarmeer."

Ina lachte frei heraus: „Es ist nicht auf einer Insel, sondern wie die meisten Häuser hier in einer Bucht, die von Felsen eingeschlossen ist und die man deshalb nur mit dem Boot erreichen kann. Fast jeder hier hat so ein Haus. Es ist nicht teuer und man gönnt sich im Sommer gerne mal ein paar Tage ohne Mücken."

Es stimmte, schon am Hafen gab es keine Mücken. Dafür wehte ein eisiger Wind. Alles, was gut gegen nord-norwegische Mücken ist, dachte ich, ist auch gut gegen Menschen.

Ich saß im Heck des Bootes, das auf den Wellen im Polarmeer auf- und abtanzte und schaute Ina zu, wie sie es selbstsicher steuerte. Sie trug ein rotes Kopftuch, das sie im Nacken zusammengebunden hatte, und ließ sich von der Gischt nicht einschüchtern. Sie achtete nicht mehr darauf, wie sie wirkte, und hatte nahezu die gleiche Natürlichkeit wie damals, als ich sie kennengelernt hatte.

Beklommenheit machte sich in mir breit, als mir einfiel, dass es schwer werden könnte, sie davon zu überzeugen, dass es nicht an mir gelegen hat, wie sich die Dinge entwickelt haben. Natürlich, Jan sah gut aus, er war liebevoll und sympathisch, eigentlich ein Mann, der Ina verdiente und den auch sie verdiente. Aber sie hatte sich verändert, sie sprach anders, sie kleidete sich anders und sie verhielt sich anders als früher. Es war unfair, dass sie jetzt, wo wir nicht mehr zusammenwaren, selbständiger und lebenslustiger geworden war. So sympathisch Jan auch war, er hatte es nicht verdient, das zu bekommen, was mir zustand. In der kommenden Nacht wäre ich mit Ina alleine. Kein Jan, keine Keira. Alles was da nicht geschehen würde, würde nie passieren. So viel stand fest.

Wir fuhren an der kühlen, felsigen Küste entlang, bis Ina nach einer Stunde plötzlich den Motor anhielt und sagte, dass wir jetzt Dorsche angeln. Sie fragte mich nicht, ob wir angeln wollen. Sie sagte mir einfach nur, dass es soweit sei. Als wären wir nur losgefahren, um genau diesen Platz im Meer zu finden, von dem ich bis gerade eben noch nicht mal wusste, dass er überhaupt existierte. Sie kam nach hinten ins Heck, öffnete zu laut eine von zwei Kühlboxen und holte ein Stück Angelschnur heraus. Daran hingen in vierzig Zentimeter Abständen relativ große Haken mit farbigen Plastikschläuchen, die aussahen wie Zier-Peperoni.

„Damit sollen wir angeln?“

„Ja, und mit der.“

Ina zeigte auf eine große Rolle mit dicker Schnur, die eher einer Seilwinde als einer Angel glich und an der Reling festgeschraubt war. Sie befestigte den Teil mit den Haken und ließ das Ganze ins Wasser gleiten.

„Mal sehen, ob wir Glück haben, letztes Mal ...“ sagte sie gut gelaunt und gab mir aus der anderen Kühlbox einen Holztotschläger und ein großes, schönes Fischmesser. Jan hatte es gemacht, aber bevor sie ihren Satz zu Ende sprechen konnte, bewegte sich die Schnur am Bootsrand wild hin und her. Ina holte sie ein und hievte mit einer geschickten Bewegung, die ich ihr vor zwei Jahren nie zugetraut hätte, drei große Dorsche ins Boot. Ich löste sie vom Haken, tötete sie mit einem kurzen Schlag ins Genick und einem Stich ins Herz und legte sie in eine der Kühlboxen. So ging das noch zweimal. Bis ich fertig war, hatte Ina schon wieder neue Fische hochgezogen. Diesmal waren es vier und einer war besonders groß. Wieder schlug ich mürrisch zu und stach sie ab. Schließlich sollte es meiner Ansicht nach eine Liebesnacht mit Kerzen und Rotwein auf der Veranda oder im Bett werden, aber auf keinen Fall ein Gemetzel mit stinkenden Fischen. Sie fragte begeistert, wie ich es fände. Ich ging nicht darauf ein, sondern fragte, was wir mit dem ganzen Fisch anstellen wollten. Im Boot lagen vierzehn oder fünfzehn Dorsche herum, weil ich nicht mehr dazu kam, sie in den Kühlboxen zu verstauen.

„Wir frieren sie ein und bringen sie Tuva mit. Sie überrascht einmal im Monat alle Angestellten mit Fischsuppe.“

„Einmal im Monat? Klingt nicht gerade überraschend, sondern eher zwanghaft."

„Sag mal, was ist mit dir eigentlich los? Du hast an allem was auszusetzen."

„Bei mir ist alles in Ordnung, mach dir um mich keine Sorgen", schrie ich. „Aber was ist mit dir, bist du glücklich? Ist es das, was du willst?" Ich fuchtelte mit den blutigen Händen in der Gegend herum, wo ich Alta und Karasjok vermutete. Und das war keine Anspielung, keine intelligente Doppeldeutigkeit: ich voll Selbstmitleid und mit Schuldgefühlen, mit blutigen Händen. Nein, ich stand einfach nur mit einem Totschläger und einem Messer zwischen abgestochenen, zuckenden Dorschen, das war alles.

„Was soll das jetzt, natürlich bin ich glücklich, warum sollte ich dich anlügen?", sagte Ina giftig.

„Keine Ahnung, was weiß ich? Woher soll ich wissen, was in dir vorgeht. Wir haben uns fast ein Jahr nicht gesehen."

„Wie kommst du überhaupt darauf, dass ich dir was vormache. Du hast mir jahrelang was vorgemacht, hast gesagt, dass unsere Zeit noch kommen wird. Ich habe gewartet, immer auf dich gewartet. Und du – hast gelogen."

Ich packte den Fisch in die Kühlboxen, denn sie hatte aufgehört zu angeln, dann fuhr sie nach einer unerträglichen Pause, in der mir nicht einfiel, was ich zu sagen hatte, ruhig und traurig fort.

„Du hast mich belogen. Aber wahrscheinlich kannst du nichts dafür, denn Männer lügen sowieso zwanzig Prozent mehr als Frauen. Das hab ich neulich gelesen."

„Männer lügen nur, wenn Frauen kurze Beine haben. Und dann mit Recht."

Ich sagte es, um das Gespräch aufzulockern, aber es klappte nicht. Mit ernstem Gesicht ließ sie den Motor an und ich kam mir vor wie ein geschwätziger Städter, der seinem Wildhüter gerade auf die Nerven gegangen war.

Als wir endlich bei der Hütte ankamen, wurde es schon langsam dunkel. Dafür übertraf der Anblick bei weitem meine Erwartungen. Die Bucht war klein und von hohen, steilen Felsen eingerahmt, sodass man tatsächlich nur mit dem Boot herankommen konnte. In der rechten Seite der Bucht hing fünfzig Meter über dem Wasser, zwischen Felsen und Bäumen, ein rundes Holzhaus mit buntem Dach und Veranda. Ein paar Holztreppen führten vom Steg im Zick Zack zwischen Beeren und Sträuchern hinauf.

Während Ina das Boot vertäute und Vorräte und Rucksäcke aus der Kajüte aufs Deck stellte, sagte sie mir, wie einfach unsere Übernachtung sein würde. Es gab kein Badezimmer, sondern nur eine Stelle am Hang über dem Haus, wo man auf die Toilette ging, es gab kein fließendes Wasser und keine Heizung. Das Wasser wurde aus einer Quelle geholt, die mithilfe einer Holz-Rinne am Haus vorbeigeführt wurde. Geheizt wurde mit dem Kamin. Ich freute mich, weil ich mich sehr dumm anstellen müsste, wenn ich es hier nicht schaffen würde, ihr näherzukommen. Wir gingen die Treppe zur Hütte nach oben und ich konnte den Blick von ihrem Hintern in den Jeans nicht lösen. Trotz Keira hatte sie ihre alte Figur behalten.

Oben angelangt, stellten wir das Gepäck ab und Ina suchte den Schlüssel auf dem Türrahmen.

„Er ist nicht da“, sagte sie verwundert.

„Ist ja auch kein besonders raffiniertes Versteck“, antwortete ich.

„Wer soll schon hierherkommen?“, sie verzog das Gesicht, weil sie zynische Bemerkungen gegen Nord-Norweger nicht leiden konnte.

Ich begann, den Schlüssel zu suchen, schaute unter die Blumentöpfe und unter die faustgroßen Steine, die in einer Reihe auf der Veranda-Brüstung lagen.

„Was machst du da?“, fragte sie mich.

„Na den Schlüssel suchen, was sonst?“

„Der liegt aber immer auf dem Türrahmen“, sagte sie starr. An dieser Tür kam sie mir plötzlich vor wie ein Aufziehspielzeug, das gegen eine Wand gelaufen war und darauf wartete, umgedreht zu werden. Ich suchte weiter, weil ich der festen Überzeugung war, dass jemand das Versteck gewechselt hatte und es überflüssig fand, darüber zu sprechen. Als ich begann, auf der Fensterbank zu suchen, sah ich, dass drinnen der Kamin brannte, aber der große Raum leer war. Wortlos ging ich an Ina vorbei und öffnete vorsichtig die Tür. Sie war nicht abgeschlossen. Jemand hatte Kaffee gemacht und ein Bett auf dem Boden vor dem Kamin vorbereitet.

Ich fragte Ina, was hier los sei. Sie hatte aber auch keine Ahnung und wunderte sich selbst, vor allem über den Umstand, dass kein Boot da war. Unschlüssig, ob wir bleiben sollten oder nicht, holten wir unser Gepäck herein.

Es gab nur einen großen Raum, in dem drei Teppiche lagen. Am Rand befanden sich ein kleines Waschbecken mit Spüle, ein Kamin, eine Nische, in der Brennholz lag und zwei Türen, eine die hinaus auf die Veranda führte, und der Haupteingang. Am Rest der Wand stand eine große Eckbank mit Stoffbezug, die die Hälfte des runden

Raumes einnahm. Es gab nur einen ausziehbaren Tisch, den man da hinstellen konnte, wo man ihn brauchte oder wo er nicht im Weg war. Geschlafen wurde auf den Eckbänken oder auf Matratzen, die lose in den Raum gelegt wurden.

Abwechselnd rätselten wir, was vorgefallen sein könnte.

Grundsätzlich gab es zwei Möglichkeiten. Entweder war derjenige, der das Feuer gemacht hatte, noch in der Bucht oder er hatte uns beim Dorscheangeln von Weitem gesehen und die Zeit genutzt, um unbemerkt mit seinem Boot zu türmen. Mir fielen Filme wie ‚Gangster in Key Largo' oder ‚An einem Tag wie jeder andere' ein. Ich hoffte, dass wir inzwischen alleine waren, und versuchte, Ina und mich mit harmlosen Versionen dessen, was hier vorgefallen war, zu beruhigen. Jemand hatte einen Motorschaden mit seinem Boot gehabt, hatte es hier repariert und ist dann weitergefahren. Oder jemand hatte eine Magenverstimmung und musste ein paar Stunden ausruhen. Den brennenden Kamin brachte ich jedoch in keiner meiner Theorien vernünftig unter. Das beunruhigte Ina genauso wie mich. Wenn jemand den Kamin brennen und alles andere stehen und liegen lässt, dann hat er Dreck am Stecken. Eine andere Erklärung gab es leider nicht.

Ich ging sogar, kurz bevor es dunkler wurde, nach draußen und suchte halbherzig die Gegend ab. Dabei machte ich jedoch so viel Lärm, dass die Wahrscheinlichkeit, jemanden zu überraschen, gegen Null sank.

Später machten wir uns Nudeln, aber aßen wenig.

„Schau mal, das sind Dorsche da draußen." Es war schon spät, aber die Sonne lugte immer noch knapp über den Horizont. Ina deutete auf eine brodelnde Stelle im

Meer, die aussah, als hätte jemand auf fünfzig Quadratmetern das Wasser zum Kochen gebracht. Ich konnte mich aber weder auf die Dorsche noch auf Ina konzentrieren, bis es gegen elf zaghaft an der Tür klopfte. Wir brachten keinen Ton heraus. Dann klopfte es noch mal und die Tür wurde so langsam geöffnet, dass ein Überfall vollkommen ausgeschlossen war.

Es war Karl. Er stand bibbernd im Türrahmen und sagte nur: „Mir ist kalt."

„Karl?", sagte Ina fragend.

„Karl!" Ich war auf der Stelle erleichtert und genervt zugleich. Unabhängig davon, was er zu sagen hatte, Karl Heuel aus Gießen hatte mich bereits eine halbe Nacht mit Ina gekostet.

„Was um Himmels Willen macht der hier?", fragte ich sie.

„Das weiß ich auch nicht. Was machst du hier?", fragte sie ihn.

„Wollte mich hier verstecken."

„Warum?", wollte ich wissen.

„Weil ich nach Deutschland muss. Aber kann ich nicht erst mal reinkommen? Mir ist kalt."

Er zitterte und hatte Schüttelfrost. Ina machte ihm einen Tee auf der Elektroplatte und er bekam etwas von unseren Nudeln.

Erst als Ina sich auszog und ein ärmelloses T-Shirt zum Vorschein kam, begann ich, mich wieder auf sie zu konzentrieren. Ich betrachtete sie und bekam einen Luftzug ihres Geruches ab, als sie ihren Pullover neben mich warf. Sie roch nicht mehr ganz so wie früher, irgendwie fremd, süß-sauer. Lag es daran, dass ich sie so lange nicht umarmt hatte oder lag es an Keira? Verändert die Geburt eines Kindes den Geruch einer Frau? Ich wusste es nicht, aber dann fiel mir ein, woher ich den Geruch kannte. Jan roch genauso. Ihre Spezial-Mückencreme aus Finnland roch genauso.

Ina starrte versonnen in den Kamin. Ohne den Blick vom Feuer zu lösen, fragte sie Karl in ruhigem Ton, was er hier zu suchen hatte und warum er nicht seiner Arbeit in Karasjok nachging.

Karl erzählte uns, dass er zurück nach Deutschland wolle, weil er einen Brief von seiner Exfreundin bekommen habe. Kurz entschlossen hatte er Silber in der Schmiede gestohlen, das er in Alta verkaufen wollte, um sich den Rückflug leisten zu können. Der einzige Händler in Alta erkannte ihn aber als Angestellten von Johaug's Gullsmed. Statt ihm sein Geld zu geben, hatte er das Silber behalten und den Vater von Jan angerufen. Karl ist mit einem gestohlenen Boot abgehauen. Zwei Buchten vor der Hütte war ihm das Benzin ausgegangen. Er hatte Ewigkeiten gebraucht, bis er das kurze Stück über die Felsen geklettert war und hatte sich dabei Schürfwunden und eine Erkältung mit Fieber eingefangen. Als er uns kommen sah, wollte er über die Felsen in die nächste Bucht klettern, fand aber keinen vernünftigen Einstieg und später wurde es schließlich zu kalt draußen.

„Warum hast du dir dein Geld nicht geben lassen?“, sagte Ina.

„Welches Geld?“, fragte Karl.

„Na dein Geld. Der alte Johaug legt für jeden seiner festen Angestellten einen Teil vom Gewinn als Beteiligung an.“

„Ich bekomme Geld?“

„Natürlich. Warum denn nicht?“

Ich wunderte mich kein bisschen, dass Eirik darüber noch nicht gesprochen hatte. Karl ließ den leeren Teller auf seine Knie sinken und sackte ein Stück in sich zusammen. Ich glaube, es wäre ihm lieber gewesen, nicht zu erfahren, wie dämlich er sich angestellt hatte. Und dass es völlig überflüssig gewesen war, all die Strapazen auf sich zu nehmen.

Karl klaute Silber, wollte abhauen, stahl ein Boot und ist in eine Hütte eingebrochen. Das hätte ich nie von ihm gedacht. Einerseits wollte ich wissen, was das für eine Exfreundin war und was in ihrem Brief stand, andererseits interessierte es mich nicht. Ich wollte nur, dass Ina ihn endlich zum Schlafen ins Boot schickt.

Erst als sie aufstand und sagte, dass sie in der Kajüte des Bootes übernachten würde und ich mit Karl hier bleiben solle, wurde mir das komplette Ausmaß des Unglücks klar. Natürlich war mir bewusst, dass Karl störte, aber weiter hatte ich noch nicht nachgedacht. Der Umstand, dass er ein Dieb und Einbrecher war, war skurril genug, um sich alleine damit zwei Tage gedanklich zu beschäftigen. Ich war völlig überrascht, als Ina sich eine Decke nahm und in Richtung Tür ging.

„Karl kann doch im Boot schlafen. Warum soll er am Kamin liegen und du in dem kalten Boot. Schließlich hat er sich eingeschlichen“, schlug ich schnell vor.

„Er ist krank und muss am Kamin bleiben“, sagte sie entschlossen.

„Dann bleib du aber auch hier.“

„Das ist doch Quatsch.“

Das war kein Quatsch. Karl sollte ins Boot und Ina vor den Kamin, schließlich war ich ein Liebhaber und kein Kindermädchen.

Ina ging über den Steg zum Boot und ich schaute ihr nach. Aus einer Holzkiste zerrte ich mir einen Schlafsack und stellte fest, dass man zornig Reißverschlüsse schließen kann. Das Feuer knisterte und ich fühlte mich elend. Karl lag schon in seinem Schlafsack. Seine filzigen Haare schauten heraus und er schlotterte ein wenig. Er fragte mich, wie es mir gehe, und lächelte bestimmt dabei.

„Ich dachte, selbst jemand wie du könnte in der Tundra kein Unheil anrichten, aber ich habe mich wohl geirrt", raunte ich wütend.

„Du liebst sie wirklich."

„Das geht dich nichts an, hab ich dir schon mal gesagt."

„Ich kenne das", bibberte es aus seiner Richtung.

„Lass mich in Ruhe."

Er robbte mit dem Schlafsack zum Kamin, warf noch ein Stück Holz nach und erzählte mir ungefragt seine eigene Geschichte.

Die Freundin, von der er den Brief hatte, kam aus dem ehemaligen Osten. In den Wochen, bevor die Mauer gefallen war, kam sie über Ungarn immer wieder rüber in den Westen. Karl hatte sie in einer Diskothek kennengelernt und zunächst nur ein paar Wochenenden mit ihr verbracht. Schon am Bahnhof bei der Ankunft hatten sie ausgemacht, dass sie sich in den kommenden Tagen nicht loslassen würden. Ganz gleich, wo sie auch hingingen. Ob zum Duschen, Einkaufen, in Umkleidekabinen oder auf die Toilette. Sie wollten sich immerzu berühren. „Das geht", sagte er und lachte hustend. Sie war ein Jahr jünger als er und sie waren irre verliebt. Schon nach dem dritten Treffen ist sie einfach dageblieben und bei ihm eingezogen. Ihrem Freund im Osten hatte sie einen Abschiedsbrief geschrieben. Und mit Karl hatte sie schon nach sechs

Wochen beschlossen, Kinder zu bekommen und die Pille abgesetzt. Sie wurde nicht schwanger. Stattdessen ist Karl eines Morgens aufgewacht, seine Freundin Melanie saß mit bleichem Gesicht auf der Bettkante und sagte, sie rieche Trabis. Tatsächlich war es der Morgen nach dem Fall der Mauer und durch das offene Schlafzimmerfenster drang ein ungewohnter Geruch. Keine fünf Stunden später stand ihr ehemaliger Freund vor der Tür und schrie sie an. Als Karl dazukam, ging er zwar, aber er verschwand nicht mehr aus dem Leben der beiden. Immer hielt er sich in der Nähe auf, ob sie abends weggingen oder am Wochenende einkaufen waren. Er bekam schließlich einen Job in einer Tankstelle um die Ecke. Karl ertrug all das, weil er Melanie liebte. Als sie nach einer ganzen Weile immer noch nicht schwanger wurde, kam es zu Spannungen. Das Verhältnis zu Melanies Exfreund hatte sich beruhigt. Sie nahm ihn in Gesprächen hin und wieder in Schutz und wenn sie ihm begegneten, dann grüßte sie ihn sogar freundlich. Darauf, dass sie heimlich angefangen hatte, die Pille wieder zu nehmen und sich mit ihm traf, wäre Karl nie gekommen, bis er sie zufällig zusammen im Auto erwischte. Kurze Zeit später hatte er Jan bei einer Messe in Offenbach kennengelernt und ist sofort mit ihm nach Karasjok geflogen. Seit damals war er weder in Deutschland gewesen noch hatte er etwas von Melanie gehört.

Drei Tage bevor wir ihn in der Hütte trafen, hatte sie ihm geschrieben. Sie könne ihn nicht vergessen, habe den anderen verlassen und warte auf ihn. Karl musste also nach Deutschland, so schnell es nur ging. Sie wollte ihn zurückhaben, ohne Fragen, ohne Kompromisse, ohne langes Gerede. Sie meine es ehrlich, das versicherte er mir. Ich brachte kein Wort heraus. Das war Leidenschaft und ich beneidete ihn darum.

„Geh zu ihr“, murmelte er zum Schluss, drehte sich um und schlief ein.

Der kleine, dicke Karl wusste, was er wollte und wie er es bekommen konnte. Und ich hatte alles vermasselt. Ich malte mir sogar aus, wie es wäre, so leidenschaftlich zu sein wie Karl und Melanie, nicht viel zu reden, sich nicht zu streiten, wie ich es nachmittags beim Angeln getan hatte. Ich erinnerte mich an die Anfänge von Ina und mir, an die Zeit, wo es bei uns genauso war. Bisher wollte ich sie hintergehen. Seit ich angekommen war, hatte ich alles Mögliche versucht, um gegen Jan anzugehen, aber ich hatte ihr nicht einmal gezeigt oder gesagt, dass ich sie immer noch liebte. Um halb zwei machte ich mich auf den Weg zum Boot und zu ihr.

Leise betrat ich die Kajüte, die unter Deck lag, zog meine Schuhe aus und glitt unter ihre Decke. Ina drehte sich mechanisch zu mir um, legte den Arm auf meine Hüfte und fragte mich mit leiser, verschlafener Stimme, was ich hier mache. Sie schlief, sie verwechselte mich mit Jan, sie nahm mich nicht wahr. Das Dach der Kabine war aus Glas und ich sah Millionen Sterne über dem Polarmeer. Es schaukelte leicht und leise. Als sich meine Augen an die Dunkelheit gewöhnt hatten, erkannte ich, dass Ina mich ansah. Ihr Mund war nur ein paar Zentimeter von meinem entfernt. Sie war zwar verschlafen, aber sie verwechselte mich nicht, sie war wach und sie wusste, dass ich es war.

„Hat Karl geschnarcht?“, hauchte sie leise, während ich meine Hand auf ihre Hüfte legte. Es gab keinen anderen Platz dafür.

„Nein“, ich küsste sie und bewegte meine Hand nur ein ganz klein wenig, damit ich nicht ohnmächtig wurde.

Sie erwiderte den Kuss und auch ihre Hand begann sich zu bewegen. Davon ermutigt rückte ich näher an sie heran und küsste sie fester, intensiver. Ihr Körper schmiegte sich an mich und ich spürte, dass sie sich auch nach mir gesehnt hatte.

„Ich habe dich vermisst", sagte ich zu ihr und hätte es am liebsten durch ihren Mund in den Körper gesprochen. Eine Welle aus Schmerz, Angst und Freude überrollte mich und ich musste weinen. Ina wischte liebevoll mit dem Finger eine Träne von mir ab.

„Ich dich auch."

Kurz überkam mich der Anstand, und ich dachte an Jan und Keira und daran, dass Ina hier glücklich war. Aber dann dachte ich, dass ich sie auch glücklich machen könnte und dass sie mich glücklich machen sollte.

Sie trug knappe, dünne Shorts und ein altes, weißes T-Shirt. In meinem Zustand wäre ich aber auch durch NATO-Stacheldraht marschiert.

Wir zogen uns aus, rieben uns, küssten uns, streichelten uns, berührten uns. Es gibt Dinge, von denen man weiß, wie sie sich anfühlen, noch bevor man sie berührt. Das ist für mich so bei Moos, Steinen, nassem Sand in der Gischt und bei Inas Haut.

Ich roch an ihr und sie saugte meinen Geruch ein. Ina war wieder Ina, sie bewegte sich wie damals, sie roch wie immer und sie küsste wie immer. Sie war wieder bei mir, sie war wieder meine Ina und keine Fremde mehr. Ich erkannte alles was ich spürte wieder, ohne dass ich mich erinnern musste.

Später fing Ina an zu weinen. Doch bei ihr hatte es eine andere Bedeutung als bei mir. Ich hatte aus Freude geweint, Ina weinte aus Verzweiflung.

„Ich kann nicht, wir …", sagte sie.

„Ich weiß.“ Und ich wusste es auch.

Ich rührte mich nicht von der Stelle, streichelte ihre Schläfe und sie kraulte meinen Nacken. Ich versuchte, mir alles außer ihren Tränen einzuprägen, denn ich würde ihr nie wieder so nahe sein. Nie wieder.

Meine Tränen flossen erst am nächsten Abend, als wir wieder in Karasjok waren und ich alleine in meinem Zimmer war. Ich sank auf die Knie und fing fürchterlich an zu heulen. Ich schluchzte, schrie, trat gegen Dinge, zerrte an meinen Haaren und starrte mich bitter im Spiegel an. Zwei Stunden später lag ich erschöpft neben dem Bett auf dem Boden und schlief ein.

Nach dem Erlebnis mit Ina auf dem Boot dachte ich, der Rest meiner Zeit in Johaug's Gullsmed würde unerträglich werden oder ich müsste früher abreisen. Es war aber nicht so. Ich ging mit Jan jeden Tag angeln. Er fing immer ein oder zwei Fische und ich nichts. Nachmittags gingen wir gemeinsam mit Karl Heu stapeln, eine Arbeit, die in den kommenden Wochen anstehen würde. Wir hatten dabei so viel Spaß, dass ich sogar die Mücken vergaß, sie mich aber nicht.

Eirik und Tuva gingen mit mir Beeren sammeln und sie hielt beim anschließenden Putzen lange Vorträge über Chakren, wandernde Nomaden, Visionen und indischen Schmuck. Die Treffen mit Ina wurden immer seltener.

Nach wie vor trieb mich von Zeit zu Zeit die schrullige Stille oder die Unpünktlichkeit der Nord-Norweger zur Raserei. Manchmal waren auch die unnatürliche Zufriedenheit und der ganze selbstverliebte Naturquatsch daran schuld. Wen interessierte es schon, ob Jan einen traditionellen samischen Geburtslöffel so schmieden konnte, dass man keine Schweißnaht sah? Abgesehen davon, dass ich begann, mich mit der Zeit dafür zu interessieren.

In Wirklichkeit gaben mir die Leute dort nichts, außer schrägen Geschichten. Aber mit dem, was sie in sich trugen, gaben sie mir das beruhigende Gefühl, niemanden zu stören, denn sie waren mit wenig zufrieden.

Nur nachts dachte ich immer an Ina. Um mich dann selbst für meine Ignoranz und Dummheit zu bestrafen, dachte ich absichtlich an die Auvergne, wo ich Ina jederzeit neben mir hatte und trotzdem wegwollte. Wo sie immer da war und ich nur an Tanja dachte. Damals musste ich nur den Arm ausstrecken und sie lag neben mir. Nun zog ich stattdessen in diesen Nächten mein Kissen an mich, damit Karl mich nebenan nicht weinen hörte.

Einmal war ich noch mit Jan im Supermarkt. Wir waren die einzigen Kunden. Wenn man Alkohol haben wollte, dann musste man eine Flasche Jim Beam, Whiskey oder Gin kaufen. Die Flaschen waren aber bis auf kleine Pfützen mit Geschmackskonzentrat leer, man musste sie mit purem Alkohol auffüllen. Weil das fürchterlich schmeckte, nahmen wir nie etwas davon mit. Als ich nach Papier-Taschentüchern fragte, lächelte Jan nur und führte mich zu dem Regal mit Toilettenpapier. Selbstverständlich gab es nur eine Sorte, zweilagig, ziemlich rau, aber dafür effektiv, wie mir Jan versicherte. Dort oben wuchs kaum etwas außer Beeren und Rentierherzen, deshalb wurde das meiste Obst und Gemüse aus dem Süden eingeflogen. Das führte dazu, dass man zum Beispiel keine ganze Salatgurke kaufte, sondern nur eine drittel Salatgurke, man bezahlte aber eine ganze. Die Leute waren allerdings nicht unzufrieden oder meckerten über den Preis, sondern sie machten einen besonderen Anlass daraus, wenn sie sich abends eine dünne Scheibe davon auf ein ebenso kostbares Käsebrot legten. Anschließend wurde das Gurken-Goldstück in Zellophan eingewickelt und in den Kühlschrank gelegt. Wenn ich nicht vergessen wurde, bekam ich vorher auch etwas davon angeboten. Es wurde mir jedoch nicht aufgedrängt.

Wenn man anfängt, die Menschen dort zu verstehen, dann spürt man, wie liebenswert sie sind. Ich selbst war nach dieser Reise jedenfalls ein ganzes Stück demütiger.

Mit Karl habe ich immer noch regelmäßig Kontakt. Er ist damals mit mir zurückgeflogen. In den Tagen vor unserem Abflug wirkte er, als hätte er den Adrenalin-Vorrat der Einwohner Karasjoks geklaut und geschluckt. Zwei Wochen nach unserer Ankunft in Deutschland ist er mit Melanie zusammengezogen und lebt seither mit ihr in Gießen. Er hat sie mir vorgestellt, sie ist ein ehrlicher, herzlicher Mensch, der gute Laune verbreitet und viel lacht. Ich kann Karl gut verstehen, sie passen perfekt zusammen.

Auf die Nacht im Boot mit Ina hat er mich seither nie wieder angesprochen.

12. FALSCHE PERLEN

Januar 2002, Zürich, 3 Tage

Ein neues Millennium begann, sonst passierte zunächst nichts Außergewöhnliches.

Zwei Jahre vergingen, in denen ich den Kontakt zu Ina komplett abgebrochen hatte. Zunächst rief sie mich noch an, aber ich täuschte entweder vor, wenig Zeit zu haben und gleich wegzumüssen, oder ich nahm gar nicht erst ab, wenn ich Ihre Nummer auf dem Display sah. Nachdem ich ihr ein paarmal gesagt hatte, dass ich mich wieder melden würde, wenn es passt, und das nicht getan hatte, rief sie nicht weiter an.

Natürlich dachte ich an sie, aber ich hörte auf, es jemandem zu erzählen. Selbst meine engsten Freunde glaubten, ich sei ernsthaft auf der Suche nach einer neuen Frau, und ahnten nicht, dass ich lediglich auf der Suche nach Ablenkung war. Ich hörte auf, die Wahrheit über meinen Zustand zu sagen. Nicht, dass ich mich dessen geschämt hätte, ich dachte einfach, dass es nichts bringen würde. Immerhin bin ich ein fröhlicher Mensch, warum also sollte ich mit meiner Traurigkeit hausieren gehen?

Nach und nach entstanden auf diese Weise zwei Realitäten. Die eine, in der ich lebte, und die zweite, die der Vergangenheit angehörte und die langsam, wie ein Relikt aus der Antike, verschüttet wurde. Nur mit dem Unterschied: Was bei den Römern und Griechen Jahrhunderte gedauert hatte, geschah bei mir in wenigen Monaten, denn ich versuchte nachzuhelfen.

Zu dieser Zeit hatte ich keine Probleme, Frauen kennenzulernen, aber wenn ich mich mit einer traf, kam es innerhalb weniger Tage oder Wochen meistens zu seltsamen Situationen, die sich keiner von uns beiden erklären konnte.

Am häufigsten passierte es, dass sie sich in mich verliebte und ich mich daraufhin von ihr trennen musste, obwohl wir meiner Ansicht nach noch nicht mal zusammenwaren.

Dabei hatte ich stets das Glück, an Frauen zu geraten, die mir keine Szenen machten. Dafür war ich sehr dankbar. Dennoch taten sie mir leid und ich ließ zwischendurch die Finger von ihnen. Dann aber, wenn ich die Wochenenden alleine zu Hause verbrachte, war es so unerträglich, dass ich die nächste kennenlernen musste. Ich probierte es immer wieder, obwohl mir keine je etwas bedeutete.

Oft bekam ich gesagt, dass ich schüchtern sei, weil ich nichts dafür tat, dass es voranging. Eine hatte mir mal grinsend beim Abendessen gesagt, dass in mir doch sicherlich auch so etwas wie ein brasilianisches Feuer lodern würde und ob ich das nicht mal brennen lassen wolle. In Wirklichkeit jedoch war ich nicht schüchtern, ich war nur gelangweilt, nicht verliebt und sah keinen Grund zu zappeln, solange ich an keiner Angel hing. Weder tabuloser Sex noch die Besuche moderner Theateraufführungen funktionierten bei mir.

Dabei waren die Trennungen häufig das Fantasievollste, was mich mit manchen Frauen verband. Die Komik einiger Situationen rief so etwas wie eine hysterische Fröhlichkeit hervor, wenn ich Norbert oder Olaf von meinen Bekanntschaften erzählte.

Einmal, als mehrfache Erklärungen nicht halfen, rief ich sie an und sagte, dass es mit uns wohl nicht klappen würde. Um dem Ganzen eine gewisse Leichtigkeit zu geben, verband ich es mit der Analogie, dass ich hiermit mein Probe-Abo telefonisch abbestellen wolle.

Ein anderes Mal saß ich nachts nach dem Besuch einer Bar mit einem viel zu jungen Mädchen auf einer Bank an einem Taxistand. Ich musste sie loswerden, bevor überhaupt etwas passieren würde. Sie fragte mich, warum ich nicht so lustig sei wie vorhin in der Bar. Ich starrte auf das Taxi vor uns und bediente mich abermals einer Analogie:

„Heute Abend bin ich mit meinem sensiblen Fahrzeug von der Autobahn abgekommen und auf einem Schotterweg gelandet“, sagte ich zu ihr.

Sie verstand mich nicht, aber das war nicht schlimm. Ich ließ sie einfach sitzen, denn außer den letzten drei Stunden war ich ihr nichts schuldig geblieben.

Es gab aber auch alte Bekanntschaften, mit denen ich versuchte, mich wieder zu treffen. Einmal war mir Tanja über den Weg gelaufen und wir verabredeten uns für das darauffolgende Wochenende bei mir zum Essen. Sie hatte Krach mit Michael und es war uns beiden klar, dass das Kochen nur ein Vorwand für das war, was uns am meisten miteinander verband.

Einen Tag vorher sagte ich jedoch ab.

„Das mit dem Abend bei mir lassen wir lieber. Michael fände es bestimmt seltsam, wenn du alleine zu mir in die Wohnung kommst. Und ich kann ihn nicht dazu einladen, weil ich nur Menschen in meine Wohnung lasse, die mit mir schlafen“, sagte ich ihr am Telefon und fügte launisch hinzu: „Das hat es übrigens schwer gemacht, eine Putzfrau zu finden.“ Ohne ihre Antwort abzuwarten, legte ich auf. Ich musste nun nicht aufräumen, nicht kochen und Tanja würde mein Leben nie wieder durcheinanderbringen.

All das ging so lange, bis ich Melissa, die Tochter von unserem Verwalter aus dem Tessin, zum ersten Mal wiedertraf. Sie hatte mich während einer ihrer Vorlesungspausen im Internet aufgestöbert und nach kurzem

E-Mail-Austausch besuchte sie mich. Ich holte sie vom Bahnhof ab und wir gingen Essen. Als wir anschließend zu mir fahren wollten, rissen wir uns schon in einer Seitenstraße die Kleider vom Leib. Sie war immer noch wunderschön und genauso temperamentvoll wie damals auf der Veranda ihres Hauses, wo ich sie zum letzten Mal gesehen hatte.

Während sie sich auf mich setzte, fragte ich, ob wir uns nicht erst besser kennenlernen sollten. Darauf antwortete Melissa mit hochrotem Kopf: „Was, wenn wir uns nicht mögen?"

Ich sagte: „Du hast Recht."

Ihre Haut roch gut.

Ich fragte mich bald, ob sie vielleicht die wäre, die mich aus all dem herausholen würde. Sie hatte alles, was ich mir wünschte. Sie war intelligent, sexy und allem und jedem gegenüber aufgeschlossen. Beim Verlassen eines Cafés sagte sie mit der gleichen lässigen Selbstverständlichkeit Tschüss, mit der sie zu Hause ihre Unterwäsche in die Ecke pfefferte.

Zu Norbert sagte ich, obwohl er mir verbot, Frauen miteinander zu vergleichen und mich meistens unterbrach, bevor es dazu kam, dass Melissa mich an Tanja erinnerte, zu der Zeit, als ich sie kennengelernt hatte. Nur war Melissa nicht egoistisch und im Gegensatz zu Tanja liebte sie mich. Norbert ließ den Vergleich ausnahmsweise zu, weil anders als in meinen bisherigen Gegenüberstellungen eine Frau positiv abschnitt und so – wenigstens theoretisch – für mich in Frage kam.

Melissa war mittlerweile bei ihren Eltern im Tessin ausgezogen, studierte seit 1998 Psychologie in Luzern und lebte mit einer Freundin in Sempach, einem kleinen Ort ganz in der Nähe.

Sie war fünf Jahre jünger als ich. Und selbst wenn man ihr die Füße zusammengebunden hätte, wäre sie schneller durchs Leben marschiert. Der Mensch und alles was mit ihm zusammenhing, faszinierte sie. Deshalb führten wir lange Gespräche über Themen, mit denen ich teilweise schon vor Jahren abgeschlossen hatte. Allerdings brachte Melissa dabei jedes Mal neue Aspekte ins Spiel, die ich bisher offensichtlich übersehen hatte. So schaffte sie es, dass ich mir wieder über Emotionale Intelligenz, Respekt, Charisma, Empathie, Religion und die sinnvolle Nutzung von Baulücken Gedanken machte.

Zunächst weigerte ich mich, mit ihr über Dinge zu sprechen, die ich schon viele Male mit Norbert, Olaf und manche auch mit Ina hinter mich gebracht hatte. Aber hartnäckig wie ein Angehöriger, der unbedingt einen Mordfall geklärt haben möchte, zerrte sie immer wieder neue Beweise ans Tageslicht, bis sie mich schließlich dazu brachte, alte Gesprächsthemen wieder aufzurollen.

Wir sprachen über Familie, ihre Geschwister, ihre Eltern, darüber, wie sie miteinander auskamen und wie sie alle aufgewachsen waren. Obwohl sie aus einfachen Verhältnissen kam, war ihr Familienleben äußerst komplex und diffizil. Alles hing mit allem zusammen.

Bei mir hingegen reduzierte sich ihre psychologische Analyse auf eine einzige Tatsache: Ich war Einzelkind. Jeder Teil meines Lebens, alles was ich tat und auch alles was mich umgab, ließ sich auf mein Einzelkind-Dasein reduzieren. Prinzipiell hatte ich nichts dagegen, konnte ich auch nicht, denn mit den meisten ihrer Theorien und Hypothesen hatte Melissa recht. Dennoch widerstrebte mir auf Dauer der Gedanke, dass ich so simpel gestrickt sein sollte. Da wo bei anderen unter der Oberhaut Lederhaut, Unterhaut, Talgdrüsen und Nervenzellen kamen, war bei mir offensichtlich sofort der Knochen. So fühlte es sich zumindest an.

Melissa, Melissa, Melissa. Sie hatte in Gesprächen überhaupt keinen Respekt vor mir. Ich meine, ich war älter als sie und mit Sicherheit um einige Lebenserfahrungen reicher. Anfangs sträubte ich mich, sie wirklich an mich heranzulassen.

„Wir sind zu verschieden. Unsere Gewohnheiten sind zu unterschiedlich", hatte ich gesagt.

Melissa: „Finde ich nicht. Es sei denn, du quälst heimlich Tiere."

Recht schnell konnte und wollte ich nichts mehr gegen sie tun. Ich gab meinen Widerstand auf und sie brachte eine einmalige Unruhe in mein Leben. Mein bester Freund Norbert freute sich so sehr darüber, dass ich irgendwann zu ihm sagte, man könne fast meinen, er hätte sie bei mir eingeschmuggelt.

„Das hätte ich gern, das hätte ich gern, mein Lieber", hat er damals geantwortet, „aber dieses Mädchen ist schlauer als wir beiden zusammen."

Ich weiß, ich sollte nicht vergleichen, aber Tanja begann zu schreien, wenn sie sich aufregte, und Ina begann zu weinen. Sie konnte wegen Kleidern weinen, wegen verpassten Bussen, wegen der falschen Geschenke, die sie machte, oder einfach nur, weil es an einem Tag regnete, an dem es nicht zu regnen hatte. Wenigstens hatte Ina nie überraschend begonnen draufloszuheulen, sondern bereitete ihr Dilemma immer fein säuberlich vor. Einmal, sie war technisch begabt, hatte sie sich einen Computer bestellt. Als es um den Preis ging, spielte sie über drei Wochen zwei der besten Händler der Stadt gegeneinander aus. Bis diese sich miteinander kurzschlossen und beide gleichzeitig den Preis, speziell für Ina, um dreißig Prozent anhoben. Anstatt zu resignieren, bestellte sie den Computer trotzig in Karlsruhe, was für sie damals weitere vier Wochen Wartezeit und über zwei Stunden Fahrt bedeutete. Am Tag der Abholung kam sie mittags in Tränen aufgelöst zu mir ins Büro und heulte so sehr, dass ich sie kaum beruhigen konnte.

„Was ist passiert?“, fragte ich besorgt.

„Ich finde die richtige Autobahnauffahrt nicht.“

Damals nahm ich mir einen halben Tag frei und wir fuhren gemeinsam nach Karlsruhe, weil Ina am Darmstädter Autobahnkreuz immer im Kreis gefahren war. Heute klingt das seltsam, aber ich habe nicht genug Fantasie, um mir solche Dinge auszudenken.

Melissas Wesen hatte etwas von Grund auf Positives und manchmal erschien sie mir wie die freundlichere, intelligentere Reinkarnation von Tanja und Ina. Aber ich will sie ja nicht vergleichen. Doch selbst die simple Aussage ‚Sie ist das Beste, was mir je passiert ist‘ ist ein Vergleich.

Recht schnell begann ich Melissa von Ina und allen anderen, die ich nach Ina kennengelernt hatte, zu unterscheiden.

„Die anderen waren zum Üben da, falls die Richtige kommen würde. Und die Richtige, das bin offensichtlich ich“, sagte Melissa selbstsicher. Sie war die erste Frau, der ich die komplette Geschichte mit Tanja erzählte. Sie wollte alles wissen, was ich bisher erlebt hatte, und ich wollte ihr alles sagen, die anderen Frauen verletzten sie nicht.

„Nach einer unglücklichen Liebe“, sagte sie zu mir, „gibt es nur zwei Möglichkeiten – wenn man Selbstmord ausklammert. Entweder man wartet und meidet jeden Kontakt zum anderen Geschlecht oder man übt, wie du es getan hast, bis man jemanden trifft, in den man sich wieder verlieben kann.“

Ihre Besuche hatten nur wenige Wochen auseinander gelegen. Und kurz nach unserem vierten Wochenende rief sie mich an, um mir zu sagen, dass ich Ende Januar zu ihr kommen müsse. Sie hatte uns, ohne mich zu fragen, in Zürich bei einem esoterischen Wochenend-Seminar mit Familienaufstellung angemeldet. Die Kernthemen, die sich meiner Ansicht nach schon gegenseitig ausschlossen, waren Selbstfindung, Entspannung und Konfliktlösung.

Als Melissa mir am Telefon davon erzählte, sagte ich nur zu, weil der Termin noch weit genug entfernt war, um ihr das Ganze auszureden. Doch es lief genau umgekehrt. Bei unseren folgenden Treffen bereitete sie mich systematisch auf das näher rückende Wochenende vor.

Sie bettelte gut gelaunt, wie ein kleines Mädchen, das ein Fahrrad haben wollte und dabei genau wusste, dass der Vater es längst gekauft und in der Garage stehen hatte.

„Du bist noch nie bei mir gewesen. Ich würde dir gerne mal alles zeigen. Die Berge und den Sempacher See. Wir können jeden Tag mit deinem Wagen von Sempach nach Zürich fahren, es ist eine wunderschöne Strecke. Professor Katassuk, der das Seminar leitet, ist einer meiner Lieblingsdozenten. Ach, tu mir doch den Gefallen.“

„Beim letzten Mal, als ich jemanden aus Gefälligkeit begleitet habe, stand ich morgens um sieben bei Nebel und Kälte auf einem ADAC-Gelände und habe mit Norbert ein Fahrsicherheitstraining gemacht. Er hatte sich einen Kombi für die Familie gekauft und kam damit nicht zurecht. Den ganzen Tag hatte ein Bundeswehr-Major, der unentwegt Reval ohne Filter mit Zigarettenspitze rauchte, unsere Autos durch die Pylonen gescheucht. Gelernt hab ich dabei vor allem, dass sich Offiziere schwer ins Zivilleben integrieren lassen."

Ohne darauf einzugehen, sagte Melissa mir, ein bisschen Selbstanalyse an dem Wochenende könne mir nicht schaden. Als ich sie fragte, wie sie darauf komme, sagte sie nur: „Weil du mir manchmal in Gesprächen vorkommst wie ein Zeitungsverkäufer, der nicht lesen kann."

Am Ende gab ich nach, denn es machte meiner Meinung nach keinen Sinn, sich wegen einem Konfliktlösungswochenende zu streiten.

So fuhr ich am vereinbarten Freitag nach der Arbeit los. Ich war am Nachmittag um sechzehn Uhr mit Melissa und den anderen Seminarteilnehmern im Raum ‚Zermatt' des Tagungshotels in Zürich verabredet. Auf der Fahrt ließ ich mir allerdings Zeit, denn ich wusste schon vorher, dass ich es unmöglich pünktlich schaffen konnte. Ich hielt zweimal an einer Tankstelle, aß Würstchen und Käsekuchen, freute mich auf Melissa und ging davon aus, dass Professor Katassuk ohne mich anfangen würde.

Als ich ankam, stellte sich jedoch heraus, dass ich der Letzte war und alle auf mich gewartet hatten.

Katassuk stand zu meiner Begrüßung, geografisch einzigartig, im Flur zwischen ‚Arosa', ‚Basel' und ‚Zermatt'.

Er hatte vor dem Raum auf mich gewartet und schüttelte mir so euphorisch die Hand, als sei ich der Ehrengast. Er sagte, er freue sich, mich endlich kennenzulernen, denn er habe schon viel von mir gehört. Von Melissa, setzte er nach, als ich ihn verwundert ansah.

„Ah, ich auch von Ihnen", sagte ich verhältnismäßig zaghaft, denn es war mir peinlich, dass er auf mich gewartet hatte.

„Oh, das ist schön. Das ist schön", prustete er, „dann wird das sicherlich mal wieder ein interessantes Wochenende."

Mir war nicht klar, was das eine mit dem anderen zu tun hatte.

Im Raum standen etwa zwanzig Leute mit einem Glas Orangensaft und ihrem Gepäck herum. Sie lächelten mich freundlich an. Und ich lächelte wie ein Wackeldackel von links nach rechts in die Runde zurück.

„Möchtest du auch ein Glas Saft, Frank? Du bist doch Frank Stürmer, der Freund von Melissa?", fragte mich ein unscheinbares Mädchen, das ein Klemmbrett mit der Teilnehmerliste in der Hand hielt.

„Ja, ja. Ich bin Frank Stürmer."

„Sandra", sagte sie und zauberte ein speckiges Händchen unter dem Klemmbrett hervor. „Sandra Schön. Ich bin die Mitbewohnerin von Melissa und helfe Professor Katassuk bei der Organisation."

Der Name Sandra Schön war eine Vergeudung an ihr.

Sie nickte Katassuk zu, er klatschte in die Hände und sagte, dass wir dann ja wohl komplett wären und anfangen könnten.

Ich sah mich um und konnte Melissa nirgends entdecken.

„Setz dich“, sagte Sandra, „Melissa hat den Zug verpasst und kommt heute nicht mehr. Ihr trefft euch später bei uns zu Hause.“

Enttäuscht setzte ich mich. Ich nahm einen Stuhl, der nicht so aussah, als ob ihn jemand haben wollte, weil er etwas abseits stand.

„Guten Tag, meine lieben Freundinnen und Freunde.“ Bernhard Katassuk klatschte wieder in die Hände. „Es freut mich, Sie alle hier zu haben. Ich möchte mich zunächst für Ihre Geduld bedanken. Einige von Ihnen haben jetzt schon über zwei Stunden nur mit einem Glas Saft im Foyer gewartet.“ Er grinste bestätigend eine ältere Dame mit rosigen Wagen an, die stolz zurückstrahlte.

„Nun, Sie werden sich sicherlich fragen, wozu das alles?“, fuhr er fort und nahm sich ein Glas Wasser aus der Karaffe, die auf dem Tisch vor ihm stand. „Ich werde es Ihnen erklären. Wir machen in den nächsten zwei Tagen hauptsächlich Familienaufstellungen. Und Sie werden in dieser Zeit eine Familie sein.“

Er hatte durchaus Züge an sich, die sich mit dem Major vom ADAC vergleichen ließen.

„Sie alle haben sich hier bei mir angemeldet, um etwas über sich selbst zu erfahren. Das ist gut und das werden Sie bestimmt auch. Aber ich werde Ihnen dabei nicht helfen. Ich habe diese Räume gemietet, die Termine gemacht. Und ich bekomme von Ihnen natürlich auch Geld.“ Er lachte und schüttelte den Kopf. „Aber ich muss Sie gleich enttäuschen. Sie haben mich nicht bezahlt, damit ich Ihnen sage, was mit Ihnen los ist. Schauen Sie sich um. Frau Brümmer, Herr Grocht, Sandra Schön, Monika, Frau Meisen, ..., Herr Stürmer ...“ Er beeindruckte damit, dass er bereits alle Namen den Gesichtern zuordnen konnte.

„Das, meine lieben Freunde“, er breitete die Arme vor uns aus, „ist für die nächsten zwei Tage Ihre Familie. Das sind die Menschen, die Ihnen helfen werden, Ihre Probleme zu bewältigen oder etwas über sich selbst zu erfahren. Jeder von Ihnen, nehme ich an, wäre gerne erst einmal auf sein Zimmer gegangen. So macht man das.“ Immer wieder rieb Katassuk sich die Hände und ging vor den Stühlen, die locker im Halbkreis angeordnet waren, auf und ab.

„Man kommt an, man bringt seine Siebensachen aufs Zimmer, schaut mal aus dem Fenster, geht mal auf die Toilette, packt das eine oder andere aus. Und vielleicht ruft man jemanden zu Hause an und sagt, dass man gut angekommen ist. So macht man das, normalerweise. Man kümmert sich um sich selbst. Ich habe sie gebeten, vor dem Raum zu warten, bis alle Teilnehmer da sind. Ich wollte, dass wir gemeinsam ankommen, dass Sie direkt lernen, dass die anderen in den nächsten zwei Tagen Ihre Familie sind. Sie gehören alle zusammen.“

Ich schaute betroffen die alte Dame an, die offensichtlich meinetwegen noch eine dreiviertel Stunde länger im Flur stehen musste, aber sie lächelte verständnisvoll zurück.

Katassuk fuhr fort: „Diese Menschen um Sie herum und Sie selbst tragen die Lösung in sich. Sie müssen sie nur sehen, sich selbst damit konfrontieren. Sie werden in den nächsten zwei Tagen feststellen, dass das Wort Konfrontation eine große Bedeutung für Sie bekommen wird. Und Sie werden lernen, was Sie alles wissen. Und was dieses Wissen Ihnen verraten kann. Sie werden lernen, die Zeichen, die Sie sich selbst geben, zu beachten. Stellen Sie sich vor, Ihre Seele ist ein Mensch am Horizont, der Ihnen unentwegt winkt. Komm hier lang, hierher. Hier geht es weiter. Bisher haben Sie dieses kleine Geschöpf übersehen oder Sie haben es verdrängt, weil Sie auf dem Weg zu ihm vielleicht einmal durch einen tiefen Fluss mussten. Sie bekamen im wahrsten Sinne des Wortes kalte Füße." Katassuk trank wieder einen Schluck Wasser und lachte. „Ich – wir werden uns mit diesen Situationen konfrontieren. Sie werden entdecken, warum Sie damals Angst hatten, und Sie werden den kleinen Mann am Horizont wiedersehen. Und Sie werden wieder auf ihn hören. Vertrauen. Sie werden lernen, dass sie sich auf Ihr Gefühl verlassen können. Sie verraten sich selbst, was zu tun ist. Damit verdiene ich mein Geld. Ich bin der Dolmetscher Ihrer Seele. Und wenn ich meinen Job gut mache, dann brauchen Sie nach den zwei Tagen keinen Dolmetscher mehr."

Er machte eine kleine Pause, öffnete ein Fenster und ging wieder zu seinem Pult.

„Sehen Sie, Frau Schön zum Beispiel. Schauen Sie sich an, wo sie sitzt."

Sandra saß auf dem einzigen Stuhl, der neben dem Pult stand.

„Warum sitzt Frau Schön hier? Neben dem Pult?"

„Weil sie Ihre Assistentin ist", sagte Herr Grocht, wahrscheinlich das älteste Mitglied meiner neuen Familie. Ich wünschte, Melissa wäre hier, weil ich mir verloren und hilflos vorkam.

„Richtig. Frau Schön ist meine Kollegin", schmunzelte Katassuk. „Aber warum sitzt sie hier? Warum hat sie sich ausgerechnet neben mich gesetzt, auf diesen Stuhl? Auf dem Stuhl steht kein Name. Sie hätte sich überall im Raum hinsetzen können. Oder Sie, Herr Grocht, Sie hätten sich dort hinsetzen können. Jeder hier im Raum hätte sich auf den Stuhl neben mir setzen können. Aber

Sie werden mir zustimmen, nur Frau Schön passt auf diesen Platz. Wenn zum Bespiel Herr Stürmer sich einfach dort hingesetzt hätte?“ Alle schauten mich kurz an. „Das wäre doch seltsam gewesen. Herr Stürmer, neben mir hier vorne. Vor Ihnen? Jeder hätte sich sofort gefragt, was ist denn da los?“

Katassuk war mir zwar nicht sympathisch, aber seine einfache Logik beeindruckte mich.

„Der Platz neben mir hier vorne hat eine Bedeutung. Er bedeutet, dass derjenige, der darauf sitzt, mir nahesteht und wahrscheinlich zur Veranstaltung gehört. So hat auch jeder andere Platz in Ihrer neuen Familie eine Bedeutung. Schauen Sie sich Ihren eigenen Platz an, den Platz, den Sie sich gewählt haben. Konfrontieren Sie sich mit Ihrer Situation. Herr Stürmer, um bei seinem Beispiel zu bleiben.“

Ich achtete auf meinen Platz und meine Haltung, aber es war zu spät, an meiner lümmelnden Position etwas zu ändern, weil mich alle bereits anstarrten.

„Frank, sagen Sie uns, unter welchen Umständen Sie zu uns gekommen sind.“

„Ich bin von meiner Freundin eingeladen worden. Es war ihre Idee. Sie ist Studentin bei Ihnen in Luzern“, ergänzte ich für die anderen.

„Und wo ist Ihre Freundin, Frank?“, fragte er scheinheilig, weil er wusste, dass sie den Zug verpasst hatte.

„Sie hat den Zug verpasst“, antwortete ich grimmig.

„Schauen Sie sich Franks Position genau an. In diesem Raum stehen achtunddreißig Stühle und wir sind zurzeit zweiundzwanzig Teilnehmer. Wir haben absichtlich mehr Stühle als notwendig hereinstellen lassen. Sie alle hatten genug Auswahl, und auch wenn der Platz, den sie haben wollten, schon besetzt war, hatten sie genug Alternativen. Frank hat sich ganz ans Fenster gesetzt. Er sitzt, wenn man die Tiefe betrachtet, etwa in der Mitte der Gruppe, aber sein Platz ist dennoch so weit außen, wie es geht. Neben ihm steht ein leerer Stuhl, der ihn von seinem nächsten Nachbarn trennt. Er hat den Arm auf den Stuhl gelegt. Das ist Melissa, seine fehlende Verbindung zur Gruppe."

So muss man sich fühlen, wenn man ahnungslos auf die Bühne eines Zauberers gerufen wird und dort vor allen Zuschauern die eigene Uhr und den Geldbeutel wieder in die Hand gedrückt bekommt.

„Frank hat sich nicht selbst für dieses Wochenende entschieden. Er hat es Melissa zuliebe gemacht und er hat instinktiv den Platz neben sich für sie frei gelassen. Und selbst als ich das Fenster geöffnet habe und von dort sehr kalte Luft hereinkam, hat er sich nicht weggesetzt. Monika." Katassuk ging zu einem blonden, zierlichen Mädchen, dass in der Reihe vor mir saß und legte seine Hand auf ihre Schulter. „Monika, auch eine Studentin bei mir in Luzern, hat sich nach ein paar Minuten näher zur Gruppe gesetzt. Das bedeutet, dass sie bereit ist, ihre Position bei Außeneinwirkungen zu verändern. Herr Stürmer hingegen möchte zunächst an seiner Position festhalten." Dann lachte er und klatschte wieder in die Hände. „Aber vielleicht ist Herr Stürmer auch nur wärmer angezogen als Monika." Alle lachten und selbst ich musste schmunzeln.

„Wir werden an diesem Wochenende lernen, unsere Gefühle und warme Unterwäsche voneinander zu trennen", fügte er hinzu. „Und jetzt gehen Sie erst mal auf Ihre Zimmer und wir sehen uns gleich beim Abendessen wieder. Noch einmal herzlich Willkommen."

Applaus. Jetzt verstand ich, warum Melissa Katassuk mochte.

Ich verabschiedete mich bei der ersten Gelegenheit nach dem Essen und machte mich auf den Weg nach Sempach. Sandra, die sich während des Nachtischs neben mich setzte, hatte ich angeboten, sie mitzunehmen, aber sie übernachtete wie alle anderen im Hotel.

Sempach war idyllisch und viel kleiner, als ich es erwartet hatte. Ich parkte den Wagen zwei Straßen zu früh, weil es so wenige davon gab, dass die Wohnung von Melissa und Sandra nicht weit sein konnte. Das geräumige Vierzimmer-Appartement befand sich in der Kreuzgasse 2, seitlich der Hauptstraße. Um zum Sempacher See zu gelangen, musste man nur ans Ende der Straße gehen, am Gemeindehaus vorbei, über eine große Wiese und man war direkt am Wasser. Eine Stadt, die sicherlich in vierzig Jahren auch für mich lebenswert wäre, dachte ich und klingelte.

Ich hatte Melissa seit über zwei Wochen nicht mehr gesehen und mir auf der Fahrt ausgemalt, wie wir miteinander schlafen würden. Immer, wenn ich sie einige Zeit nicht gesehen hatte, bekam ich wilde Fantasien, die ich nie umsetzte, wenn wir uns anschließend begegneten. Wir schliefen dann zwar miteinander und es war auch sehr schön, aber es dauerte nie vier bis fünf Stunden.

Als sie die Tür öffnete, trug sie einen weißen, groben Strickpullover, der wie Kaninchenfell auf ihrer Haut lag und es fiel mir schwer, sie nach der Begrüßung wieder loszulassen. Ich würde gerne behaupten, dass ich sie mitsamt Pullover zerfleischt habe, aber so war es nicht.

Sie lachte mich an und fragte mit glänzenden Augen, was ich von Professor Katassuk halte, während ich meine Hände auf ihre Beckenknochen legte und ihren Unterleib an meinen drückte. Doch sie drehte sich heraus und zog mich in die Wohnung.

Schnell flogen Türen auf und Melissa zeigte mir alle Räume, Küche, Bad, das gemeinsame Wohnzimmer, Sandras Zimmer, ein Gästezimmer, in dem Wäsche getrocknet wurde, wenn keine Gäste da waren, und ihr eigenes Zimmer.

„Du kannst deine Tasche ins Gästezimmer legen. Schlafen tust du natürlich bei mir“, sagte sie, küsste mich im Vorbeigehen und war schon auf dem Weg in die Küche. „Willst du was trinken? Hast du Hunger?“

Alles ging schnell, wirkte fremd und unpersönlich.

„Ich hab im Hotel schon mit den anderen gegessen, aber trinken würde ich jetzt gern was.“

Während ich ein paar Sachen auspackte und fein säuberlich nebeneinander auf den Boden im Gästezimmer legte, erzählte Melissa mir aus der Küche, weshalb sie nicht in Zürich gewesen war.

„Stadt voll … Taxifahrer langsam … Demonstration … zu spät.“

„Warum hast du Katassuk angerufen und nicht mich?“, rief ich um die Ecke.

„Weil ich wusste, dass Katassuk alle Teilnehmer warten lassen würde, bis sie vollzählig sind. Das macht er immer so.“

Ich setzte mich zu ihr an den Küchentisch und sagte:

„Aha, also seine Masche.“

„Eine interessante These“, Melissa wirbelte herum und stellte mir ein Glas Rotwein auf den Küchentisch. „Ja, eine Masche, wenn man es so nennen will. Andererseits ist in dem Sinne jede wiederholte Unterrichtsstunde in jedem neuen Semester eine Masche. Und jede Kabarettaufführung, die allabendlich wiederholt wird – ist eine Masche. Man könnte sogar sagen, dass jeder Film, der wiederholt wird, um ihn einem neuen Publikum vorzuführen, eine Masche ist. Selbst, wenn du mir sagst, dass du mich liebst, ist das eine Masche, weil ich nicht die Erste bin, der du es sagst. Aber offensichtlich funktioniert es seit vielen Jahren bei Katassuk und bei dir."

Irgendetwas stimmte nicht und ich hatte keine Ahnung was.

„Ist etwas? Hab ich was falsch gemacht?", fragte ich unsicher. Doch anstatt zu antworten, stand sie auf und küsste mich.

Ich dachte dabei an Katassuk und Sandra Schön, an den Weg nach Sempach und daran, dass sich Melissa vielleicht in einen anderen verliebt haben könnte, denn ich hatte mir nichts vorzuwerfen. Als sie spürte, dass ich küsse wie ein Nussknacker, nahm sie meinen Kopf in die Hände und hauchte: „Mach dir keine Gedanken, alles wird gut."

Dann schliefen wir endlich miteinander, machten uns ein paar Brote, aßen im Bett und schliefen wieder miteinander.

Als wir anschließend zusammenlagen, fragte sie mich völlig unvermittelt, ob ich was dagegen hätte, wenn sie nach dem Wochenende mit zu mir fahren würde.

„Ich muss eine theoretische Abhandlung schreiben, das könnte ich auch gut bei dir machen. Dazu brauche ich nur meinen Computer und ein paar Bücher. So viel Zeit hatten wir noch nie zusammen. Und wenn du Lust hast und ich fertig bin, dann fahren wir irgendwo hin. Ich meine, wenn du dir Urlaub nehmen kannst."

Ich war sofort begeistert. Die Vorstellung, wo auch immer in den kommenden Wochen neben Melissa aufzuwachen, bereitete mir ein wohliges Gefühl. Ich könnte jeden Abend meine Hände auf ihren Bauch legen, ihre Haare beim Einschlafen riechen und morgens ihre Waden streicheln. Sie würde, wie immer wenn sie aufgestanden ist, aufs Bett springen, und ich würde sie mit der Decke einfangen. Ich würde sie so viel küssen, bis ihr Dekolleté von meinem unrasierten Bart so rot wäre wie ein Pavianarsch.

Doch statt ja zu sagen und mich vor Freude auf sie zu stürzen, sagte ich ruhig: „Deine Fingernägel sind dreckig", und streichelte ihre Hand dabei.

Ich hatte so viel Glück mit Melissa, dass sie wusste, was für ein Trottel ich war. Sie schaute auf ihre Nägel und sagte nachdenklich: „Du weißt doch, dass sie immer dreckig sind. Ich weiß auch nicht wieso. Ich denke, es kommt von meiner schmutzigen Computer-Tastatur."

„Ich glaube, es ist eher deine weiche Haut. Sie ist so zart, dass sie sich dauernd auflöst, und wenn du dich kratzt, unter den Nägeln hängenbleibt."

„Du willst sagen, dass ich mich andauernd kratze?" Sie betrachtete verwundert ihre Hand, als würde diese gegen ihren Willen handeln.

Irgendwie war das doch kein gutes Kompliment gewesen.

Melissa ließ sich nicht aus der Ruhe bringen. Sie kam zum Thema zurück:

„Ich wäre wirklich gerne bei dir."

Ich zog sie fest an mich. „Ich freue mich, wenn du bei mir bist."

Ich war so froh, endlich jemanden gefunden zu haben, der über meinen Schatten springt.

Am kommenden Morgen, es war Samstag, wachte ich auf und Melissa saß auf dem Balkon und rauchte. Sie hatte die Füße auf das Geländer gelegt und eine Decke umgehängt.

„Ist alles OK?", fragte ich.

Sie sagte kurz ja und drehte sich dann zurück zum Sonnenaufgang, der milchig hinter den Wolken stattfand.

„Wie spät ist es?"

„Muss etwa neun sein."

Ich sprang auf. „Katassuk will doch um neun schon anfangen. Warum haben wir den Wecker nicht gehört? Warum hast du mich nicht geweckt? Wir hätten schon vor anderthalb Stunden aufstehen müssen."

„Wir gehen nicht zu Katassuk", sagte sie knapp und nahm einen Zug von ihrer Zigarette. Es sah fremd aus, ich hatte sie erst einmal einen Joint rauchen sehen.

„Warum nicht?", fragte ich erstaunt.

„Ich hab Sandra angerufen und ihr gesagt, dass ich mir gestern den Magen verdorben habe und dass du bei mir bleiben willst."

„Warum hast du das getan, du hast dich doch auf das Wochenende gefreut. Dieses Seminar war dir doch so wichtig."

„Du bist mir wichtig. Und ich denke, dieses Wochenende ist für dich wichtig", sagte sie und schob ihre eiskalten Hände unter mein T-Shirt.

„Was hat das mit mir zu tun?"

„Mach dir einfach keine Gedanken", sagte sie und schlug vor, mir nach dem Frühstücken die Gegend zu zeigen.

„Seit Wochen hängst du an mir und versuchst mich zu diesem Seminar zu überreden und jetzt willst du mit mir am See spazieren gehen? Und ich soll mir darüber keine Gedanken machen?“

„Ich weiß, wie das bei Bernhard läuft, heute passiert nichts Besonderes, morgen geht es erst richtig los“, sagte sie durch die geöffnete Badezimmertür, während sie auf der Toilette saß. Dabei machte sie sich noch nicht mal die Mühe, glaubhaft zu klingen.

Die Wohnung und Sempach waren wie gemacht für Melissa und mich. Sie wohnte mit Sandra in einem Siebziger-Jahre-Mehrfamilienhaus, das ein Architekt zwischen zwei Fachwerkhäuser geklemmt hatte, die hellen Zimmer waren modern und großzügig. Es gab einen Balkon mit einem in Metall gefassten Glas-Windschutz als Geländer, durch den Holzdielenboden und die Einrichtung erhielt alles einen Charme, mit dem ich mich sofort wohlfühlte.

Im Flur hing eine Fotografie, die Melissa zur Geburt ihrer kleinen Schwester Rosita selbst gemacht hatte. Sie hatte mit der Schreibmaschine Begriffe wie Liebe, Freundschaft, Glück und Freude auf ein Blatt Papier geschrieben. Zwischen den Worten stand Rositas Name und über jedem Begriff lag ein Sonnenblumenkern. Der DIN-A4-Abzug hing ohne Rahmen neben der Garderobe. Die Küche war der kleinste Raum. In ihr stand ein alter, großer Küchenschrank, den die beiden bunt angemalt hatten, als Küchentisch diente der Fuß einer alten Nähmaschine. Überall lagen verzweifelte Wäschestücke herum.

Melissas Zimmer war grün. Ich würde mich niemals trauen, so eine eigenwillige Wandfarbe zu wählen, weil ich Sorge hätte, ihrer nach ein paar Wochen überdrüssig zu sein. Hier fühlte ich mich dadurch unglaublich geborgen. Sandras Zimmer, in einem hellen Eierschalen-

Ton gestrichen, wirkte dagegen wie das Vorzimmer eines Gemeindezentrums. Das kann auch an den beiden Grünlilien auf der Fensterbank oder an den Bildern an der Wand gelegen haben.

Wäre Sandra meine Freundin und Melissa nicht da gewesen, dann hätte ich die zwei Tage trotzdem in Melissas Zimmer verbracht.

Sie war gerne in der Natur, sammelte Pilze, wanderte, kletterte und schnitzte Muster in die Rinde dünner Stöckchen, die sie dann in ihr Bücherregal legte oder auf ihre kleine Kommode stellte. Ich hatte bis dahin nicht gedacht, dass ich mich im Zimmer einer Frau jemals so wohlfühlen würde.

Durch das späte Frühstück und den langen Spaziergang am See verging der Tag wie im Flug. Melissas Laune besserte sich. Sie zeigte mir die größte Vogelwarte der Schweiz in Sempach und nannte mir die Namen der Bergketten am Horizont.

„Ich führe schrecklich gern Alpenpanoramen vor!“, sagte sie. „Dabei fühle ich mich, als wären sie meins. Und ich genieße den Vorsprung meiner begrenzten Bergnamenkenntnis vor der totalen Unkenntnis des anderen.“

Den Nachmittag verbrachten wir im Bett und am Abend wurde sie plötzlich wieder nachdenklicher.

„Das ist der Cristallina, ein Berg bei uns daheim im Tessin.“ Sie lag auf dem Rücken, mit dem Kopf auf meinem Bauch und zeigte mit dem nackten Fuß auf eine kleine Fotografie, die über ihrem Bett hing.

„Ein schönes Foto“, sagte ich.

„Ja, Papa hat es für mich gemacht. Als ich noch daheim wohnte, wollte ich da immer mal hoch. Aber er sagte jedes Mal, noch nicht meine Kleine, dieser Berg ist sehr gefährlich.“

Ich betrachtete das Bild genauer, es war ein sehr steiler Berg mit einem langgezogenen, breiten Gipfel.

„Auf den Cristallina kann man nur zu zweit“, sagte sie. „Und nur mit jemandem, dem man wirklich vertraut, denn der obere Bergkamm ist auf beiden Seiten so steil, dass, wenn einer links herunterfällt, der andere am Seil sofort rechts in die Tiefe springen muss. Sonst haben beide keine Chance.“

Sie drehte sich um und sah mich mit Tränen in den Augen an: „Mit dir würde ich auf diesen Berg gehen.“

Ich streichelte ihre Haare: „Ich mit dir auch.“

Nachdenklich schaute sie wieder auf das Foto: „Das wäre schön.“

Am nächsten Morgen war Melissa wirklich krank.

„Oh Gott, mir ist total schlecht. Ich befürchte, du musst alleine fahren“, hechelte sie.

Als ich ihr sagte, das käme auf keinen Fall in Frage, ich sei schließlich nur ihr zuliebe hier, schüttelte sie den Kopf und sagte, dass ich mir Professor Katassuk nicht entgehen lassen dürfe. Widerwillig ließ ich mich anziehen und ins Auto setzen. Spiel schön mit den anderen Kindern und hör auf deinen Lehrer, hatte sie vergessen zu sagen. Dann fuhr ich los.

Als ich an diesem Sonntagmorgen absolut pünktlich um neun Uhr im Tagungshotel Züricher See auf den Parkplatz rollte, war ich überrascht, dass hier mehr los war als am Freitagabend.

Im Konferenzbereich sah ich dann den Grund dafür. Auf den elektronischen Übersichtstafeln stand, dass in ‚Davos' eine Schweizer Versicherung ein Treffen hatte und in ‚Arosa' veranstaltete der Bundesverband für Kunsthandwerk das ‚Forum für angewandte Kunst'.

9.00 Uhr – 9.30 Uhr: Begrüßung, Tobias Liebscher
9.30 Uhr – 12.30 Uhr: Dr. Eckerhard Hacker, Steinkunst
12.30 Uhr – 14.00 Uhr: Mittag
14.00 Uhr – 15.30 Uhr: Jan Johaug, Johaug's Gullsmed

Der Rest interessierte mich nicht mehr. Jan war hier. Ich schaute kurz in den Raum, in dem sich das Publikum gerade gesetzt hatte. Es sah aber ziemlich aussichtslos aus, ihn auf die Schnelle zu finden, da es offensichtlich mehr Interesse an Kunsthandwerk als an Selbstfindung gab.

In ‚Zermatt' warteten schon wieder alle auf mich. Sandra quittierte mit einem Nicken und einem Haken auf ihrem Klemmbrett, dass ich da war. Ihr Mund formte tonlos Melissas Namen und ich schüttelte den Kopf. Sie zog die Mundwinkel missachtend nach unten, als ob ich meine Hausaufgaben nicht mitgebracht hätte, und machte eine kurze Notiz auf ihrer Liste.

Ich setzte mich auf den ersten freien Platz, den ich bekommen konnte, und dachte automatisch darüber nach, welche Bedeutung er hatte. Ein Stuhl neben mir war frei, der war für Melissa. Ansonsten würde ich sagen, falls jemand fragen sollte, dass ich nur deshalb an der Tür sitze, weil ich als Letzter reinkam und nicht stören wollte. Mit Fluchtgedanken hatte das nichts zu tun. Für meinen Sitzplatz interessierte sich aber niemand, denn offensichtlich war man hier gestern schon weitergekommen.

Jan war da. Was für ein Zufall. Immer wenn so ein Zufall passiert, krame ich andere, ähnliche Zufälle aus einem kleinen Kästchen im Gehirn und erinnere mich versonnen daran. Und am Ende wird der neue Zufall dann liebevoll, wie eine wertvolle Perle, zu all den anderen schillernden Zufällen sortiert.

Jan und ich, damals in Norwegen. Ich verband schöne Erinnerungen mit ihm. Bootsfahrten, Fliegenfischen, Nebel, Rentierherzen, Jagdmesser, Mückenstiche und ein freundliches Gesicht. Vielleicht würde ich es schaffen, ihn in der Pause zu treffen.

Im Norden von ‚Zermatt' klatschte Katassuk derweil in die Hände.

„Liebe Freunde. Ich hoffe, Sie haben gut geschlafen und freuen sich wie ich auf diesen ersten ... zweiten Tag."

Melissa hatte mir bei unserem Spaziergang am See erklärt, was eine Familienaufstellung ist.

Ursprünglich waren Familienaufstellungen nur ein kleiner Teilbereich gewesen, der bei amerikanischen Therapien Anwendung gefunden hatte. Erst einige Jahre später hatte ein deutscher Psychologe begonnen, sie populärwissenschaftlich zu verbreiten. Dabei geht man davon aus, dass in jeder Familie ein Verhältnis der Familienmitglieder untereinander besteht, welches man als psychologisch gesund bezeichnen kann. Geht es jemandem schlecht, dann liegt es mitunter daran, dass die Familienmitglieder sich nicht im geordneten Verhältnis zueinander befinden oder in der Vergangenheit befunden haben. Mithilfe der Familienaufstellung kann man den Fehler finden und Lösungsvorschläge aufzeigen. Da der deutsche Psychologe, der die Familienaufstellung als Erster isoliert verwendete, sehr konservativ war, ging er davon aus, dass die Strukturen innerhalb einer Familie auch eher konservativ sein müssten. Das heißt, Kinder müssen sich den Eltern fügen, die Frau muss sich dem Mann unterwerfen und der ältere Sohn kommt vor dem jüngeren. Hat sich beispielsweise eine Großmutter einem Großvater nicht unterworfen, dann kann es sein, dass ihre Enkelin Jahre später krank wird.

„Das gibt's nicht", sagte ich und war unter einer wunderschönen Trauerweide stehen geblieben.

„Doch", antwortete Melissa und zupfte Blätter vom Baum.

„Das ist doch totaler Humbug."

„Na klar ist das Humbug", sagte sie lächelnd, „Katassuk macht das ganz anders. Viel seriöser."

Sie ließ die Blätter in den See rieseln und ging weiter.

Viel seriöser als Melissas Geschichte vom Vortag kam es mir nicht vor. Die Aufstellung dauerte für jeden einzelnen Teilnehmer zwischen anderthalb und zwei Stunden, sodass von vornherein klar war, dass wir nicht alle drankommen würden. Einigen schien das auch egal zu sein, weil sie hier waren, um von Katassuk zu lernen. Frau Grocht hatte mir beim Willkommens-Abendessen zwei Tage vorher erzählt, dass sie bereits zum siebten Mal hier sei.

Als ich sie, wegen meiner eigenen Unkenntnis besorgt, fragte, ob es sich um eine Art Aufbaukurs handeln würde, sagte sie: „Aber nein. Es ist jedes Mal das Gleiche. Aber Professor Katassuk macht das so gut. Man lernt immer wieder etwas Neues. Weil ja auch immer andere Teilnehmer dabei sind." Dabei legte sie mir ihre Hand auf den Arm und ich kam mir vor wie ein Schaf, das Priester Katassuk am Wochenende für die Lösung eines Konfliktes opfern würde.

Die Aufstellungen selbst verliefen relativ spektakulär. Katassuk bat jemanden, sein Problem zu äußern, und derjenige erzählte kurz, worum es ging. Im ersten Fall, den ich mitbekam, ging es darum, dass der Bruder von Herrn Weck gestorben war. Er hatte sich mit einem Fön in der Badewanne umgebracht. Seine Schwägerin hatte nach dem Tod plötzlich den Kontakt zu Herrn Weck abgebrochen, sodass er seinen Neffen, mit dem er ein enges Verhältnis hatte, nur heimlich sehen konnte.

Das ist wirklich ein Problem, dachte ich, und begann, mir langsam Sorgen zu machen, denn so ein schönes Problem hatte ich nicht zu bieten. Ich kam mir vor wie einer, der in einem Entwicklungsland herumrennt und klagt, dass ihm der Zehnagel abgebrochen ist. Vor allem jetzt, wo ich dabei war, glücklich zu werden. Wegen Melissa kam ich mir hier vor wie ein Betrüger.

Professor Katassuk bat Herrn Weck die Mitglieder seiner Familie, beziehungsweise auch alle ihm nahe stehenden Personen, die damit zu tun hatten, aufzustellen. Dazu ging Herr Weck durch die Stuhlreihen und griff sich irgendjemanden heraus, von dem er dachte, dass er für die Rolle geeignet sei. Das hatte offensichtlich nichts mit Aussehen oder Geschlecht zu tun. Die zierliche Monika stellte er als den Bruder auf, der sich umgebracht hatte. Ich war froh, diese Rolle nicht bekommen zu haben. Mich wählte er als seinen eigenen Vater aus. Ich stand recht teilnahmslos am Rande der Szenerie und spielte auch im Laufe der weiteren Aufstellung keine große Rolle.

Katassuk machte mit sonorer Stimme Ansagen, er solle jetzt seine Mutter, seinen Sohn, seine Tochter und so weiter aufstellen. Wie ein Roboter ging Herr Weck zu den Plätzen, holte sich jemanden und schob ihn oder sie im Raum herum. Letztendlich standen rund fünfzehn Leute im Raum, einige zueinander gedreht, dicht zusammenstehend, andere weit weg. Und manche sogar mit dem Gesicht zur Wand. Ich zum Glück nicht, denn es hätte mich rasend gemacht, meine erste Aufstellung damit zu verbringen, die fürchterlichen, esoterischen Bilder an der Wand ansehen zu müssen, die Sandra und Katassuk extra für die Veranstaltung aufgehängt hatten. Es waren Bilder von Gewässern in allen möglichen Gemütszuständen. Tosende Wellen, stille Bergseen im Morgennebel, plätschernde Bäche, blaue Lagunen und so weiter.

„In jedem von uns stecken all diese Empfindungen", hatte Katassuk am ersten Abend gesagt. „Die Frage ist nur, wie leben sie ihr Leben? Und, wie wollen sie ihr Leben leben?"

Absichtskunst nenne ich solche Bilder, Waldlichtungen, Wellen, breite Wege durch den Schnee, Entenfamilien auf einem großen spiegelglatten See oder eine Blume, die einsam aus einer kargen Bodenscholle bricht. Bilder, die keinerlei Interpretationsspielraum zulassen. Sie aufzuhängen ist meiner Ansicht nach ähnlich hinterhältig, wie jemandem heimlich was ins Getränk zu schütten.

Mein Blick fiel kurz auf einen großen Eisberg, der im Polarmeer trieb und ich musste unweigerlich an Ina denken.

Herr Katassuk und Herr Weck gingen um die Personen herum, die im Raum standen, und sahen sich ihre Position genauer an. Alle anderen waren still. Katassuk hatte Herrn Weck absichtlich gebeten, die Situation so aufzustellen, wie sie vor dem Tod seines Bruders war. Professor

Katassuk machte mit seiner sonoren Zweitstimme, die ganz anders war als bei der Begrüßung und beim Abendessen, weitere Bemerkungen.

„Aha. Die Mutter steht dicht bei ihrem Vater, ihr Sohn ist wiederum seiner Mutter zugewandt. Das ist ja interessant."

Ich dachte in meiner Ecke an Jan im Raum ‚Arosa'. Ob ich ihn in der Mittagspause wohl treffen würde? Und daran, ob ich Ina als mein Problem aufstellen sollte, falls ich drankäme. Immerhin war sie lange mein größtes Problem gewesen. Aber Sandra würde es Melissa erzählen. Und außerdem, was gingen Katassuk meine Probleme an. Ich hatte gerade keine Probleme und fand, er sollte lieber jemanden aufstellen lassen, der Hilfe nötiger hatte als ich.

Inzwischen begann die Aufstellung von Herrn Weck lebendig zu werden. Die unterschiedlichsten Personen bewegten sich langsam, weil sie die Energie der Konstellation spürten. Herr Grocht, den Herr Weck als sich selbst aufgestellt hatte, begann zufrieden zu lächeln und lehnte sich nach vorne in Richtung der Familie seines Bruders. Frau Nellmann, eine Frau Mitte vierzig, die als Schwägerin aufgestellt war, kippte langsam so weit nach vorne zu Monika, dem toten Bruder, bis sie ihre ganze Kraft brauchte, um stehen bleiben zu können. Ihr dünner Körper vibrierte vor Anspannung. Monika hingegen lehnte sich schaukelnd zurück und brach schließlich weinend zusammen. Was sollte sie auch tun, dachte ich. In ihrer Rolle als Bruder würde sie sich bald umbringen. In meiner Ecke blieb weiterhin alles ruhig. Außer Neugierde spürte ich selbst nichts. Frau Brümmer, alias

Herrn Wecks Mutter, klagte über Schmerzen im Arm, an der Stelle, wo Herr Grocht sie berührte. Grocht, der ein friedlicher, schüchterner Mann war, ging erschrocken einen halben Schritt zurück, weil er ihr nicht zu nahetreten wollte. Sofort raunzte Katassuk zu Herrn Weck: „Sehen Sie. Sehen Sie. Schauen Sie genau hin." Grocht sah unglücklich zu seiner Frau hinüber, die bei dieser Runde nicht mit aufgestellt worden war, aber alles begeistert von ihrem Platz aus beobachtete. Danach sollte Weck alle Beteiligten so aufstellen, wie er es aktuell für richtig hielt.

Monika ließ er als toten Bruder an der Stelle liegen, wo sie sich zuvor hatte fallen lassen. Mich zog er einen Meter weiter in den Raum, was sich aber auf meine Beteiligung als Vater-Figur nicht weiter auswirkte. Der große Unterschied, und das sahen Katassuk und ich sofort, bestand darin, dass Weck Frau Brümmer und Grocht und noch zwei weitere Personen so dicht zu der toten Monika schob, dass die Schwägerin keinen Platz mehr hatte, bedenklich wackelte und ebenfalls umfiel.

Als das geschah, sah Katassuk vorwurfsvoll zu Herrn Weck und sagte: „Ihre Schwägerin hat nichts gegen Sie. Aber sie fühlt sich durch Sie gestört und konnte wahrscheinlich ihren Mann nicht verabschieden, weil Sie ihren Platz schon eingenommen hatten."

Ich war begeistert und begann als Einziger zu klatschen.

„Im Normalfall", sagte mir Sandra bei einer kurzen Pause, „wird der Ist-Zustand einer Situation oder eines Problems aufgestellt. Professor Katassuk schaut sich die Konstellation an, analysiert sie und schiebt dann die Personen in günstigere Positionen. Diese neuen Positionen sind gleichermaßen die Handlungsanweisungen für die Aufsteller."

„Wahnsinn", sagte ich und meinte es auch so. „Schade, dass Melissa nicht dabei sein kann. Sie hatte sich darauf gefreut."

Sandra zog die Augenbrauen hoch: „Melissa? Melissa und Katassuk? Ha!"

Ihre Reaktion war seltsam, aber ich fuhr sorglos fort, als hätte ich es nicht bemerkt: „Ja. Sie fand es schade, dass es heute nicht geklappt hat."

„Pfft. Schade. War klar, dass sie nicht kommt." Mit ihren kleinen Speckpfötchen wühlte sie in der Zuckerdose herum.

„Katassuk ist immerhin ihr Lieblingsdozent", sagte ich.

„Ha!", knallte es wieder aus Sandra heraus, dass sie fast ihren Kaffee dabei verschüttet hätte. Sie beugte sich vor zu mir und zischte leise: „Melissa hasst Katassuk!"

„Warum sollte sie uns anmelden, wenn sie ihn nicht ausstehen kann?", fragte ich verständnislos.

„Sie hat sich doch nur dir zuliebe hier angemeldet. Muss sie ganz schön erwischt haben", sagte sie missbilligend.

„Für mich?"

Sandra sollte man aufstellen, sie hat ein echtes Problem, dachte ich.

„Ich weiß es nicht. Mir ist es auch egal", sagte sie und wollte wieder zurück in den Raum gehen.

Ich legte meine Hand auf ihren Arm: „Ich kannte Katassuk nicht mal. Warum sollte ich an einem Konfliktlösungswochenende teilnehmen wollen? Sehe ich aus, als hätte ich ein Problem?"

„Ich sag doch. Woher soll ich das wissen? Ich weiß nur, dass Melissa Katassuk hasst. Sie besucht nur die Pflichtveranstaltungen bei ihm und meidet ihn ansonsten wie die Pest. Ich hab mich schon nächtelang mit ihr deswegen gestritten, aber es hat alles nichts gebracht. Dann hat sie euch beide angemeldet. Zu mir hat sie nur gesagt, dass sie es dir zuliebe macht. Aber ich hätte mir denken können, dass sie es nicht durchzieht. Hätte mich gewundert." Bevor sie sich umdrehte sagte sie: „Sei nicht enttäuscht, das kommt schon noch."

Was kommt schon noch? Bevor ich ebenfalls in den Raum zurückging, versuchte ich, Melissa zu Hause zu erreichen, aber sie nahm das Telefon nicht ab.

Vom zweiten Teil des Vormittags bekam ich wenig mit, weil ich in Gedanken bei Melissa war und bei dem, was Sandra gesagt hatte. Das kommt schon noch. Was meinte Sandra damit? Ich war vor allem deshalb beunruhigt, weil Sandra so enttäuscht wirkte, dass ich mir nicht vorstellen konnte, dass sie gelogen hat.

In der Mittagspause versuchte ich wieder vergeblich, Melissa zu erreichen. Ich stand am Ausgang des Haupthauses und verstand nicht, was gerade geschah. Und noch bevor ich weiter darüber nachdenken konnte, kam Jan mit seinem überaus freundlichen Gesicht auf mich zugeschossen.

„Frank? Na, das ist ja eine Überraschung." Er umarmte mich.

„Ja. Das ist ja eine Überraschung", sagte ich. „Was machst du denn hier?", fügte ich hinzu, um Zeit zu gewinnen.

„Ich halte einen Vortrag beim ‚Forum für angewandte Kunst'."

„Das ist ja schön."

„Na ja. Um ehrlich zu sein, ich hatte erst keine Lust. Bin nur gefahren, weil Ina unbedingt mal raus wollte.

Aber jetzt finde ich es doch ganz interessant mit den Kollegen."

„Ach. Ina ist hier?" Ich hätte mich gerne gesetzt, aber es war kein Stuhl da.

„Ja, ja. Wir wollen zusammen Mittag essen. Sie müsste jeden Augenblick hier sein. Du isst doch mit uns?"

„Ich muss noch …", mir fiel nicht ein, was ich noch musste. Jan zu treffen war eine Sache – Ina eine ganz andere.

„Ach komm. Sie wird sich bestimmt freuen."

Dann kam Ina schon den Kiesweg hochgelaufen. Ich musste keine weiteren Ausreden finden, weil ich mich sowieso nicht mehr bewegen konnte.

Sie trug einen hellen, lindgrünen Wildledermantel, der sportlich geschnitten war, eine verwaschene Jeans, wie fast immer, dunkelbraune Stiefeletten und einen leichten, bunten Wollpullover mit typischem Norwegermuster. Die Haare hatte sie sich bis auf Schulterhöhe wachsen lassen und ich hatte, wie jedes Mal, wenn wir uns länger nicht begegnet waren, das Gefühl, dass sie sich verändert hat.

„Frank!" Ohne zu zögern, fiel sie mir um den Hals. Ich umarmte sie und spürte, dass sich nicht alles verändert hatte. Eine Weile wiegten wir uns hin und her, Jan grinste zufrieden und Ina hatte Freudentränen in den Augen. Ich war gerührt, blieb aber ruhig. Was ich wirklich empfand, konnte ich erst zwei Tage später sagen.

„Frank geht mit uns Essen", befahl Jan und wir setzten uns in Bewegung.

Wir gingen in ein kleines Bistro, das einen Wintergarten mit Blick auf den See besaß. Die Teilnehmer des ‚Forums für angewandte Kunst' waren in dem großen Speisesaal zum Mittagessen und Katassuk hatte für unsere Gruppe ein kleines Buffet in der Kaffee-Ecke des Tagungstrakts aufbauen lassen. Im Bistro waren nur drei Tische mit Feriengästen besetzt. Es passte zu der Situation, es passte zu Ina und Jan.

„Jetzt sag mal – was hat dich hierher verschlagen? Ausgerechnet an diesem Wochenende", fragte Jan und schüttelte noch mal ungläubig den Kopf.

Ina funkelte mich an. Die Gründe meiner Anwesenheit schienen ihr egal zu sein.

„Ich bin bei einem Seminar von Professor Katassuk, einem Psychologen aus Luzern." Die Worte Konfliktbewältigungswochenende und Familienaufstellung wollte ich vermeiden.

„Bei Bernhard Katassuk?", sagte Jan erstaunt.

„Ja. Kennst du ihn?"

„Professor Bernhard Katassuk? Der Scientologe?"

„Nein, er ist Psychologe."

„Der aus Luzern? Der mit den Familienaufstellungen?" Jan kannte sich aus.

Verunsichert stimmte ich zu.

„Dann muss er das sein. Er ist auch Scientologe. Seit wann interessierst du dich für so etwas?"

„Ich interessiere mich nicht dafür. Eine Freundin hat mich angemeldet."

„Und wo ist deine Freundin?", fragte Ina.

„Krank."

„Du solltest dir deine Freundinnen vielleicht besser ansehen, bevor du dich zu Seminaren einladen lässt", sagte Jan grinsend.

Ich fühlte mich, als hätte jemand nachts meinen Koffer aus dem dritten Stock auf die Straße geworfen und ich müsste versuchen, bei starkem Wind alle Kleidungsstücke einzusammeln.

Ina und Jan ging es gut. Sie hatten noch einen Sohn bekommen, was mich nicht erstaunte. An den Anblick von Ina als Mutter hatte ich mich seit der Geburt von Keira gewöhnt. Die Schmiede lief blendend, Eirik hatte sich mittlerweile aus dem Tagesgeschäft zurückgezogen.

„Tuva und Eirik sind auch da, die werden Augen machen", sagte Ina. „Sie sind unten am See mit den Kindern. Wir sind hier nach dem Mittagessen verabredet. Du wirst sie bestimmt noch sehen."

Nach einer Stunde, die wie im Flug vergangen war, stand Jan auf und sagte, er müsse los zu seinem Vortrag. Ich wunderte mich nicht darüber, dass er die Ruhe selbst war, obwohl er gleich vor rund zweihundert Leuten sprechen würde – er war Jan.

Als er weg war, lächelte Ina mich an und sagte: „Schön, dass du doch gekommen bist."

„Doch gekommen bin?"

„Ja, komm schon, tu nicht so. Ich hab dir vor ein paar Wochen auf dein Band gesprochen, dass wir hier sind. Jan weiß nichts davon. Dass du dich dafür sogar bei einem Scientologen-Seminar anmeldest, sollte ich wohl als Kompliment auffassen."

Melissa musste den Anruf gehört haben, als ich arbeiten gewesen war. Jetzt verstand ich das Katassuk-Seminar, Melissas Traurigkeit und den Grund, weshalb sie gesagt hatte, sie könne nicht mitkommen. Melissa wollte, dass ich Ina treffe.

Nur verstand ich nicht, warum. Sie wusste, dass mir nichts mehr an Ina liegt. Natürlich war ich gerührt, aber so ist das eben, wenn man die Liebe seines Lebens trifft.

Ina stand auf und deutet auf eine kleine Gruppe, die zwischen den Feldern den Weg heraufkam.

„Da kommen Eirik und Tuva mit den Kindern. Du wirst sehen, Yann ist dir wie aus dem Gesicht geschnitten. Eirik hat es schon zwei Tage nach der Geburt gemerkt und mich darauf angesprochen. Aber er hat es immer für sich behalten."

Ich wusste, in den Raum ‚Zermatt' würde ich an diesem Tag nicht mehr gehen. Meine Familienaufstellung sollte hier im Bistro stattfinden. Und Melissa hatte sie organisiert. Ich sah meinen Sohn an der Hand von Eirik die Treppe hochhüpfen. Yann trug einen kleinen, roten Anorak. Und er hatte dunkles Haar.

Die Handlung und alle handelnden Personen sind frei erfunden. Jegliche Ähnlichkeit mit lebenden oder realen Personen wären rein zufällig